# Jonas no Mundo das Ideias

DANIEL GAIO SEROISKA

# Jonas
## no Mundo das Ideias

TALENTOS DA LITERATURA BRASILEIRA

São Paulo, 2015

Jonas no mundo das ideias
Copyright © 2015 by Daniel Gaio Seroiska
Copyright © 2015 by Novo Século Editora Ltda.

EDIÇÃO DE TEXTO
**Daniel Gaio Seroiska**

REVISÃO
**Teresa Setti de Liz**

PROJETO GRÁFICO
**Franciele Schneider**

CAPA
**Franciele Schneider**

Por opção do autor, a revisão e edição de texto desta obra não ficaram a cargo da editora, sendo realizadas por profissionais de sua confiança.

Dados Internacionais de Catalogação na Publicação (CIP)
(Câmara Brasileira do Livro, SP, Brasil)

Seroiska, Daniel Gaio
 Jonas no mundo das ideias
 Daniel Gaio Seroiska
 Barueri, SP: Novo Século Editora, 2015.

(Talentos da Literatura Brasileira)

1. Ficção brasileira. I. Título. II. Série

15-08219                                      CDD-869.3

Índice para catálogo sistemático:
1. Ficção: Literatura brasileira 869.3

NOVO SÉCULO EDITORA LTDA.
Alameda Araguaia, 2190 – Bloco A – 11ª andar – Conjunto 1111
CEP 06455-000 – Alphaville Industrial, Barueri – SP – Brasil
Tel.: (11) 3699-7107 | Fax: (11) 3699-7323
www.novoseculo.com.br | atendimento@novoseculo.com.br

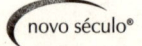

# SUMÁRIO

**Capítulo 01** .................................................................. 21
As aventuras de James

**Capítulo 02** .................................................................. 29
Do outro lado do túnel

**Capítulo 03** .................................................................. 45
Trigre: O primeiro desafio

**Capítulo 04** .................................................................. 63
A cidade da montanha mágica

**Capítulo 05** .................................................................. 101
A cidade das nuvens

**Capítulo 06** .................................................................. 111
Os gigantes e outros grandes

**Capítulo 07** .................................................................. 135
O Mar-Oceano dos Espelhos

**Capítulo 08** .................................................................. 157
Os atarefados homens estranhos

**Capítulo 09** .................................................................. 177
Rio acima

**Capítulo 10** ........................................................................... **195**
Uma porta que se abre

**Capítulo 11** ........................................................................... **205**
A história do padeiro

**Capítulo 12** ........................................................................... **223**
A importante decisão e o homem que conversava
com as estrelas

**Capítulo 13** ........................................................................... **275**
???????????????

**Capítulo 14** ........................................................................... **297**
O jardineiro inominado

**Capítulo 15** ........................................................................... **327**
À beira do abismo

**Capítulo Zero** ...................................................................... **355**
A revelação

Dedico este livro a minha mãe Maristela L. Gaio, aos meus avós, Antônio Carlos Gaio e Odila Bigarella Gaio (*in memoriam*) pelo apoio inequívoco à minha carreira de escritor. À professora Teresa Setti de Liz, que, como revisora desta obra, orientou-me na concretização dos meus sonhos.

# APRESENTAÇÃO

Como ostras entranhadas nas profundezas do oceano à mercê de um pescador que venha libertar suas pérolas e desvendar sua cor, seu tamanho, sua forma e explorar as inúmeras possibilidades de utilização desse tesouro escondido para transformá-lo em uma joia rara, esta obra – Jonas no Mundo das Ideias – oferece um resgate ímpar de conhecimento da arte da vida.

Ao longo das páginas o autor menciona personagens conhecidos da Filosofia, como Sócrates e Platão, menciona Maat, a deusa egípcia da verdade, da justiça, da retidão e responsável pela manutenção da ordem cósmica e social, cita outros personagens históricos, religiosos e mitológicos ao mesmo tempo em que cria cenários e seres fantasiosos, entre eles um céu cor de abóbora, um lindo farol de cristal entre as nuvens, uma sereia que vive com e como um ser humano, pássaros encantados que surgem do som de uma harpa e são capazes de transportar um balão pelos ares, animais que falam, além de tantos outros aspectos peculiares desta obra.

Mais que isso, assim como cada história esconde um desafio para o personagem principal, a obra esconde uma mensagem secreta, devidamente codificada e que pode ser decifrada pelo leitor, o qual conta, para tal, com as orientações necessárias, disponibilizadas na parte final do livro.

Acessível a leitores de todas as faixas etárias, esta é uma obra que explora a ciência, a experiência e o desconhecido, esperando que VOCÊ venha – cheio de vontade, entusiasmo e sedento de saber – imergir nestas águas e matar a sua sede com informação, mistério, entretenimento, aventura e, sobretudo, determinado a dar mais um passo à frente rumo a sua evolução e sonhar...

Penso que viver é magnifico, mas, dá muito trabalho. Para VIVER, é preciso saber viver. Para viver precisa-se o saber e para saber é necessário buscar, ousar e mudar...

Em seu livro Daniel soube entremear histórias fantásticas com excelentes orientações, especialmente para os mais jovens mas que servem a todos, sobre a melhor forma de proceder para conviver em harmonia, observar, aprender, mudar atitudes, ousar... e VIVER.

*Andréia Strasser*
Lages, Santa Catarina.

# PREFÁCIO

Esta obra teve início em 2008, em um período de férias em Urupema, na casa dos meus avós. Em uma noite inspiradora, não tendo nenhuma atividade para fazer eu me recolhi em meu quarto, peguei um caderno e comecei a escrever o original – manuscrito – do que viria a ser chamado **Jonas no Mundo das Ideias.**

No início havia dúvidas sobre como chamar a obra já que dois títulos vieram-me à mente: um deles, *Jonas no Mundo das Ideias*, e o outro, *As Aventuras de James*. O problema foi solucionado intitulando o livro como *Jonas no Mundo das Ideias* e abrindo o livro com o primeiro capítulo intitulado: *As aventuras de James*.

O título *Jonas no Mundo das Ideias* é uma referência ao "Mundo das Ideias", de Platão, onde as ideias têm seu início perfeitas e acabadas. O nome "Jonas" é uma referência ao rebelde profeta bíblico que deveria ir para Nínive, mas, fugindo de sua missão, foi para Társis.

Apresentando uma sequência de histórias interconectadas, o livro – uma obra infanto-juvenil, com conteúdo entretecendo fantasia com um pouco de filosofia, história, mitologia e outros conhecimentos – é acessível a todas as idades.

Enquanto estava sendo elaborado algumas pessoas estiveram ao meu lado. Deixo aqui registrado meu agradecimento a todos, mesmo que não aqui citados, mas, principalmente a minha mãe e a meu padrasto pelo apoio incondicional, e também ao Dr. Edison Gomes de Freitas, primeiro revisor desta obra, ao amigo Carlos Henrique Camargo, pelo incentivo, e de maneira muito especial ao casal Aldívio e Andreia Strasser. Eles acreditaram no meu trabalho e sem seu patrocínio a publicação talvez se tornasse, se não inviável, ao menos bastante difícil.

Esta obra demorou três anos para ser escrita e mais três anos para ser revisada, tanto por ter um conteúdo oculto quanto por diversos imprevistos técnicos. Trata-se de um livro que, no seu interior, tem uma mensagem enigmática, e quem quiser poderá decifrá-la.

Esperando que o leitor possa ter a vontade de decifrar essa mensagem, apresentamos, nas páginas finais deste livro, a forma como a mensagem foi cifrada e também as explicações necessárias para a decifração do código. Assim, se for do desejo do leitor decifrar o código à medida que lê, poderá antecipar-se e ir às páginas finais onde encontrará todo o suporte necessário para ir decifrando enquanto for lendo. Para decodificar a mensagem é necessário o uso da Tabela Pitagórica, presente neste livro (no capítulo 04 e no marcador de páginas). Também estão presentes, nas páginas finais algumas das palavras já decifradas para servirem de exemplo a quem quiser vencer o desafio de decifrar uma mensagem em código.

Boa Leitura!

*Daniel A. Gaio Seroiska*

# DIANTE DA ESFINGE

E vendo a estranha esfinge emoldurada pela palavra PARADOXO o menino leu em voz alta o que estava escrito:

## DECIFRA-ME OU DEVORO-TE!

Ao analisar estas palavras percebeu que o valor numérico de suas letras formava um enigma – a palavra ARW.

Sem saber o seu significado, o menino perguntou para aquele estranho sujeito que usava uma cartola e estava vestido com uma calça em frangalhos qual o significado do enigma, tendo obtido a seguinte resposta:

— Certamente não é uma palavra escrita de modo inverso à palavra WAR (guerra, em inglês) pois, se assim fosse, seria RAW. Muito pensei sobre esse enigma e o seu significado...

— E então?...

— E então digamos que seja um jogo de palavras com WAR, já que o inglês é uma língua amplamente conhecida e assim se estenderia esse desafio a todas as culturas... Mas, para mim – continuou o homem – o que é ARW? Se não é o inverso de guerra, outra combinação dessas letras poderia ser RAW, que poderia ser pensado como "O oposto de guerra é paz!". No entanto também não é isso porque, em inglês PAZ é PAX, PEACE ou outras palavras que não se parecem com RAW nem com ARW.

— Mas se nao é a própria paz é o quê?

— Para mim, segundo o que eu penso, ou melhor, o que eu sinto, ARW é a tentativa de se desconstruir a GUERRA, e, sem guerra, pela minha lógica, construímos a PAZ.

— E esse estranho e imenso PARADOXO que misteriosamente emoldura a Esfinge? — perguntou o menino.

— Este é o grande PARADOXO pois mesmo não querendo entramos em conflito no intuito de chegar à paz, seja um conflito com nós mesmos ou com os outros. E o que eu creio é que a reposta para este dilema seja ditada pela consciência de cada um porque os maiores conflitos estão em nós mesmos, e, na tentativa de mudarmos pequenas e grandes palavras interiores, temos o intuito de compreender os paradoxos para assim chegar à paz. E para você, menino, o que é ARW e todo esse grande paradoxo?

— Todo esse grande paradoxo? ARW... para mim é mais um enigma — concluiu, modestamente, o garoto.

— Mas... — interrompeu-o aquele sujeito peculiar, instigando o garoto a refletir — pode bem ser um desafio... para que, sob pena de serem devorados, todos decifrem não apenas ARW mas também outros enigmas que certamente virão.

— Devorados por quem? — insistiu o garoto.

— Por eles mesmos...

E você, leitor?
Você já desvendou o segredo?
Você já se conhece?

O QUE VOCÊ PROCURA?

*A raposa de três caudas, uma azul,
uma verde e outra rosa, foi à terra
dos ângulos nomear-se "Sexta-feira".*

*Quem souber o nome "raposa"
decifrar, o enigma explicará.*

# 51135

## 1

*As aventuras de James*

614959

Inconformado com sua vida, o garoto sobe as escadas, frustrado e raivoso, dirigindo-se para seu quarto. Ele se acha a pessoa mais incompreendida do universo. Ele está frustrado com seus pais que não o deixam fazer nada, e os julga superprotetores. Em seu quarto, James resmunga, irritado com tudo, em seu péssimo dia: irrita-se até com a claridade do meio-dia que adentra, intensamente, em seu quarto, iluminando-o, e também com a alta árvore frutífera que ele julga ter poucos frutos a oferecer e que fica ao lado de sua janela.

Ele agarra um pesado livro dentre os vários da estante ao lado de sua cama, a fim de distrair sua mente e esquecer "tudo". Tenta lê-lo, mas não consegue: o tique-taque do relógio despertador — movido a corda — ao lado da cabeceira de sua cama não o deixa se concentrar. Ele dá um violento tapa na sineta do relógio e o vira de cara para a parede. Parece que isso funciona, o som do tique-taque diminui. James volta a pegar seu livro e em alguns minutos de leitura seus olhos pesam e ele os pisca levemente. Então, tudo escurece, e com o forte piar de um pássaro ele acorda, em um sobressalto, admirado por ter cochilado repentinamente. Murmura e põe a culpa no livro enfadonho. "Tudo está errado", ele pensa[2], e ele precisa tomar uma atitude.

• • • • • • • • • • • • • • • • • • • • • • • • • • • • • • • • • • • • • • • • • • • •

• Na palavra *pensa*[2], o algarismo (2) indica que nesta palavra e nesta situação específica em que ela se encontra, o valor deste algarismo (2), somado ao valor numérico da palavra que o antecede (pensa = 1), é necessário para completar o número total (3) que a palavra deveria representar, de acordo com o código a ser decifrado. Em outras ocasiões em que houver um número após uma palavra será sempre para completar o valor numérico da mesma.

Então vem a brilhante ideia: "Vou fugir de casa e fazer[1] eu mesmo minha própria vida". Com um lençol e sem pensar muito, James rapidamente improvisa uma trouxa de roupas, coloca-a[3] em suas costas, cata alguns[1] frutos da árvore à sua janela, coloca-os nos bolsos, e, para não chamar a atenção, desce por esta mesma[1] árvore. Decidido, ele corre pela linha férrea que corta o bairro onde mora a fim de pegar clandestinamente um trem e ir viver suas próprias aventuras.

James anda várias horas, contemplando o céu e o sol cuja[1] claridade agora não o incomoda mais, pois o inspira a liberdade, e ele grita faceiro: "Liberdade!" E escuta, do nada, uma voz provocativa, desafiando-o:

— Liberdade?! O que[3] é liberdade para você?

O garoto se vira e vê um homem, de cartola, com a barba por fazer e as calças em frangalhos, sentado, escorado em uma antiga carcaça enferrujada de vagão de trem, afastada pouquíssimos metros da linha férrea.

Surpreso, James olha para o homem que o questiona, e, irritado, responde, com um jeito audacioso para alguém de sua idade:

— Ora! Eu sei muito bem o que é liberdade: é estar livre!

Com a mão direita o homem ajeita a cartola e retruca, perguntando ao garoto:

— Como pode ter tanta certeza de ter a liberdade, hem?

O garoto se aproxima ainda[1] mais do estranho e lhe diz:

— Por acaso o senhor[7] não vê? Eu não ando com algemas e nem carrego uma coleira no pescoço.

Assim respondeu James, tentando transparecer uma segurança igual à dos homens mais velhos com quem seu pai conversava, no Banco. O homem da cartola deu uma risada como que animado com a prosa do "homenzinho" a sua frente, e disse:

— Bem, vejo que realmente você não tem nenhuma coleira e nem parece ter cometido nenhum crime; mas suas últimas respostas de liberdade me pareceram muito superficiais.

— E quem é o senhor[3] para me dizer o que acha ou como eu devo pensar as coisas? – perguntou o garoto[1].

O homem levanta-se rapidamente, estende a sua mão, e, agarrando a mão direita do menino numa forma de cumprimento espontâneo, ele fala: "Muito prazer! Eu sou o Menestrel Errante, ou Errante Menestrel, ao seu dispor".

O menino retira rapidamente sua mão e questiona[6]:

— O senhor é algum tipo de louco? Não sabe[1] que não convém falar com estranhos?

— Mas eu acabei de me apresentar, além do mais você também andou puxando conversa comigo, não foi?

— Sim, mas...

— Sim, não! Eu não sou estranho, eu sou o Menestrel Errante, já me apresentei e não ofereço nenhuma ameaça a você, embora talvez não possa falar o mesmo em relação a você se me basear nos códigos de sua conduta.

· · · · · · · · · · · · · · · · · · · · · · · · · · · · · · · · · · · · · ·

• Idem explicação da página 22.

— Como assim? — questionou o garoto.

— Ora!... Para você, segundo a sua conduta, é ameaçador o estranho, ou seja, quem não se apresenta. Pois bem, você[1] é ameaçador para mim, pois apesar de meu esforço em me apresentar, você ainda não se apresentou, ou seja, você é perigoso.

— Eu sou perigoso?!

— É sim, a não ser que me...

— Ah!... Entendi, meu nome é James[1] — disse o garoto, agora um pouco mais envergonhado de sua atitude, e mais simpático ao se dirigir ao Menestrel.

O Menestrel Errante pôs-se de pé e começou a andar sobre os trilhos; James, curioso, seguiu-o e eles foram conversando.

— Bem, James, você é um garoto muito esperto para a sua idade.

— Sim, eu sou — disse James, com um ar triunfante.

— Mas você não me respondeu o que é liberdade, e eu...

— Espere um pouco, eu vou lhe responder: liberdade é ser! — disse James, às pressas, interrompendo o Menestrel[6].

Então o Menestrel pôs o dedo indicador sobre os lábios de James a fim de pedir silêncio. O garoto calou-se, meio aborrecido. E o Menestrel, elegantemente, tentou[6] concluir seu raciocínio:

— Bem, James, eu vou fazer você pensar um pouco sobre o que é liberdade. Existem várias formas de se pensar, de se entender[8] o que é a "liberdade", e uma delas é: as pessoas livres conquistam coisas para si. Isso, James, é um sinal de liberdade pois representa o poder que elas têm de exercerem controle sobre suas próprias vidas e sobre as coisas que conquistaram. Certo?

— É, está certo.

— E você, por acaso, pensando em fazer essa viagem teve controle sobre sua vida a ponto de ter controle sobre os alimentos que eram indispensáveis durante a viagem, para evitar a fome, e por isso você os tem presentes? Estou certo?

— Sim, está.

— É. E quantos são?

— Bem, se eu me lembro, eu peguei[1] sete figos da figueira.

— Você tem certeza disso, pois sabe que o mais essencial para ter o controle sobre seus alimentos é saber, com absoluta certeza, quantos víveres você possui. Afinal, ter um controle maior, em nível numérico, lhe traria mais segurança. Você se sentiria mais livre, por ter mais controle sobre[5] as coisas de sua vida.

— São sete, sim, tenho certeza: quatro no meu bolso esquerdo e três no bolso direito de minha calça.

— Absoluta certeza?

— Sim, absoluta!

— Tá, então, como é que no bolso direito se percebe o volume de apenas dois figos, já que visivelmente se nota o volume de quatro[1] figos maduros no bolso esquerdo de sua calça?

•••••••••••••••••••••••••••••••••••••••••••••••••••••••••••

• Idem explicação da página 22.

Descrente, James começa a vasculhar nos seus bolsos, pondo todos os frutos para fora e, incrivelmente, constata:
— Falta um figo! — diz ele.

James não compreendia como teria sido possível ocorrer aquilo. Mirou², em estado de profundo espanto, o Menestrel Errante, sentindo-se, ao mesmo tempo, impotente por ter perdido algo⁶.

E o Menestrel, com um leve sorriso, lhe diz: Você perdeu algo, não foi? E não foi só um figo, foi a sua liberdade.
O garoto, entristecido, emudeceu⁶.

Então, como num passe de mágica, o Menestrel Errante retira de trás de suas costas o figo que faltava.
— Mas como pode? — diz o garoto, espantado, perplexo pelo feito do homem, e dizendo para si mesmo: "Como? Eu não senti o Menestrel chegar ao meu bolso, ou melhor, tenho certeza de que ele não⁷ chegou ao meu⁷ bolso. Então, como...?".
E o Menestrel Errante, colocando o figo na mão do menino diz:
— Tome muito cuidado com as ideias de liberdade que você deixa pôr em sua cabeça².
Então James, tentando se fazer de entendido e espertalhão, cata uma caixa de fósforo de sua trouxa, acende um palito, e começa⁴ a "filosofar" em relação ao significado da chama, tentando testar o novo amigo Menestrel, ao qual diz:

— Veja esse palito, agora veja a chama desse palito[4], algo simples, porém incompreensível. Incompreensível, pois a fagulha que forma[1] a chama se fez por uma cadeia incontável de eventos físicos e químicos, e outros fenômenos além da compreensão; assim[5], então me diga, o senhor que se acha o[4] entendido em tudo, em uma frase me diga: De onde vem a chama?

E o homem se agachou, observando atentamente o palito com a chama, nas mãos do menino[2]. Após pensar, com[1] um ar de contentamento no rosto, ele assopra o fósforo, fazendo esvair-se a chama, e diz ao menino:

— Eu lhe[2] respondo, sim senhor, tudo o que quiser e até mais um pouco, se você me responder para onde foi a chama.

James fica desconcertado com[7] a resposta do Menestrel e admite não saber o paradeiro da[2] chama.

O Menestrel voltou a falar:

— Bem, eu sei como foi que ela saiu da ponta desse palito, e[8] foi da mesma maneira que o figo saiu do seu bolso. Deste modo, como eu sou a única pessoa aqui que sabe como o figo saiu do seu bolso, eu sou, seguramente, a única pessoa que sabe onde[4] a chama foi parar.

— E onde está a chama? — perguntou o menino enquanto eles percorriam uma[1] longa curva da estrada férrea. No fim da curva o homem estendeu o dedo e apontou para um imenso e escuro túnel de trem, dizendo:

— James, a chama está lá... lá do outro lado do túnel.

•••••••••••••••••••••••••••••••••••••••••••••••••••••••

• Idem explicação da página 22.

# 2

## Do outro lado do túnel

**O** menino ficou impressionado com a imensidão da grande boca do túnel e, quase sem² fôlego, comentou:

— Diante da grandeza desse túnel eu me sinto diminuir, sinto-me regredir no tempo... Puxa! É como se ele me transformasse em uma criança voltando a⁴ longínquos dois anos atrás.

— Nossa! diz o Menestrel, surpreso. — Então você já não mais é uma criança?

— Claro que não! Sou um pré-adolescente, e assim, praticamente, quase um homem feito — retrucou o menino, aproximando o polegar e o indicador em sinal indicativo de pouco tempo para a⁴ maturidade.

— Incrível... Afinal a idade talvez seja relativa. Há povos na Arábia em que a criança tem sua maioridade aos treze anos² de vida — respondeu ao⁶ menino o Menestrel, tentando animá-lo. E continuou: — Então, James, vamos procurar o paradeiro da chama?... Após um breve silêncio em que parecia estar tentando provocar suspense, o Menestrel disse: "Da chama que ilumina a razão de nossas vidas".

James, empolgado, assentiu com a cabeça. E os dois foram para o túnel.

Algum tempo depois, já na metade do túnel, James se vê imerso na escuridão, e, temeroso, porém tentando não aparentar o medo, diz baixinho ao Menestrel: "Ei⁴, o senhor não acha melhor voltarmos?".

...................................................

• Idem explicação da página 22. Nas páginas a seguir segue a mesma explicação.

Jonas no mundo das ideias

— E por que nós deveríamos?

— Bem, eu² não vejo nem minha mão se colocada no meio da cara! E se pisarmos numa cobra, ou pior, se passar o trem, poderíamos nos ferir.

— Calma, as⁸ cobras detestam trens, elas não suportam nada maior do que elas, e além do mais, nesse túnel, trem não passa.

— E por que não?

— Ora, como poderia, não percebe que ele cada vez se estreita mais? Então o Menestrel pegou uma¹ das mãos do garoto e colocou-a logo acima da cabeça dele e ele pôde sentir o teto do túnel.

— Meu Deus, é verdade! – disse James, surpreso: – O túnel está se estreitando!

Logo eles precisavam se agachar para andar no túnel, e durante um tempo o andar agachado deu lugar ao rastejar. Com a cara quase tocando o chão, sentindo o teto do túnel com os calcanhares, o menino disse: "Não sei se vou conseguir". O Menestrel então falou: "Agarre em um de meus pés que tento puxar você".

— Mas o senhor acha necessário? – questionou James.

— Tá bem, você consegue por¹ conta própria!

— Nããão... Por favor, "me puxe", vai!

— Não! Agora não puxo mais: eu sei que você dá conta!

— É, eu dou, mas me ajude só um pouco!

— Hã... agora não precisa mais, estou a dois dedos da luz¹ do fim do túnel.

— O senhor está?!

— Sim[5], eu estou passando e, quando estiver lá fora eu puxo você para dentro.

— Para dentro?! — questionou James surpreso.

— Sim, para dentro do lado de fora!

E sem poder interrogar o Menestrel, James só sentiu seus braços sendo agarrados e um forte puxão. Inesperadamente, sentiu uma sensação esquisita que nunca havia sentido; ele fechou os olhos e sentiu o seu corpo se espichar feito um[1] elástico, já com a metade da cintura para fora da diminuta boca do túnel, ou, diria melhor, para fora[7] do buraco.

De repente, sentiu suas pernas, ainda devagar, estendendo-se, esticando-se com a força do Menestrel a puxá-lo. Bruscamente seus pés saíram do túnel e seu corpo se contraiu de modo rápido, como o fole de uma[5] sanfona. Quando abriu os olhos, viu-se deitado no chão, e estava intacto!

Ele se levantou num pulo, olhando surpreso para o Menestrel[1] e para o seu corpo recomposto. Então[5], virou-se para onde era o túnel e não o viu! Em seu lugar, James viu uma parede pintada de verde. Ele se voltou para o Menestrel, encarando-o mais surpreso ainda, e disse:

— Menestrel! Menestrel! Menestrel! Onde está a boca do túnel?!?

O Menestrel olha para ele, retira a sua cartola, e o menino fala em disparada:

— Não me diga que a boca de sua[1] cartola é a boca do túnel!

Com a mão na cartola e semblante fechado, o Menestrel olha para o garoto e fala:

— O que você disse? Não seja tolo², garoto, ninguém entra em um túnel e sai em uma cartola. Talvez se possa entrar em uma cartola e sair em um túnel. Isso, porém, é "talvez"...

— Então, o que faz com ela? – perguntou James².

Sorrindo, o Menestrel retira de sua cartola um lenço, com o qual limpa a ponta do dedo indicador. Com os olhos voltados para a parede, ele aponta o dedo, agora limpo, para o meio dela¹!

O garoto, com os olhos atentos, varre a parede de cabo a rabo, mas não encontra nada.

— Não vejo nada! – disse ele.

— Como é? Está cego, James? Olhe para o centro.

E James olhou.

— Mas eu ainda não vejo nada! – disse ele¹, abismado, para o Menestrel.

— Ora essa, como pode, se você não consegue ver com os olhos, pois então veja com os dedos.

James, curioso, mesmo não conseguindo compreender plenamente como alguém conseguia ver com o dedo, levou o polegar para o meio da parede e disse: "Não sinto nada".

Então o Menestrel disse: "Tente o dedo indicador".

James tentou e respondeu: "Eu não sinto nada".

Mais uma vez¹ o Menestrel falou: "Tente o dedo médio".

E James colocou o dedo médio, e mais uma vez disse: "Eu não sinto nada".

— Então tente o anelar – insistiu o Menestrel.

E o Menestrel voltou a ouvir: "Eu não⁶ sinto nada".

O Menestrel insistiu, com mais ênfase: "Talvez você[5] sentisse se colocasse o mindinho".

O menino não titubeou e ia levando o dedo de qualquer jeito para o meio da parede. Inesperadamente, antes de[3] o dedo encostar na parede o Menestrel bradou em alto som:

— Espere! Não[7] faça assim! Há certas coisas que[8] precisam de delicadeza para serem sentidas[2].

Então o menino, com muitíssimo cuidado, pôs o dedo na parede.

— Diga[7], sente alguma coisa? — perguntou o Menestrel.

James esfregou com cuidado o dedo no muro[1].

— Ah, sim, eu sinto! — James havia percebido na parede um[6] buraquinho, pequeníssimo, pelo qual mal passaria uma[1] agulha na parede.

— É isso? É por esse buraquinho que nós passamos? Mas é impossível!

— Como? Impossível? — questionou o Menestrel. — Não[2] sabe que já foi dito, duas semanas atrás, que era a coisa mais fácil fazer um camelo passar pelo buraco de uma agulha? Aliás, eu conheci a pessoa que disse essa frase, e dizem por aí que ele é um cara muito sábio, mas deixamos esse[3] assunto para depois.

— O quê[4]? Para depois!? E como é que a gente vai voltar para casa!?

— Casa? Eu já estou em casa! — replicou o Menestrel, que[6] continuou dizendo:

— Onde os meus pés tocarem o chão será minha casa[4], por[6] conseguinte se o chão é infinito estendendo-se sob

Jonas no mundo das ideias

mares e oceanos e além deles, minha casa é infinita, sem paredes ou divisas... Isso² é um³ exemplo bonito de liberdade.

— É, tá¹, Menestrel, mas os amigos... Às vezes ficamos com saudades de nossos amigos, isso é natural e às vezes queremos revê-los.

— Nós, quem? – perguntou o Menestrel, que prosseguiu: – Quando se tem amigos, não importa a distância, você⁵ nunca está só², porque quem os⁶ tem, carrega-os no lado esquerdo do peito, carrega-os no coração. E, aliás, nesta terra (continuou o Menestrel, apontando ao redor, mostrando o novo mundo em que se encontravam) não existe saudade.

— E que mundo é esse? – perguntou James.

— Esse⁸ é o Mundo das Ideias, onde² tudo nasce ao contrário.

— Ao contrário?

— Sim⁵, tudo nasce antes de ter⁸ nascido.

— Como assim?

— Como assim?! Você nunca nasceu de novo?

— Não, como eu poderia entrar de novo na barriga de minha mãe⁴?

— Hã... É verdade, você precisa nascer de novo nesse mundo... É, mas é uma decisão muito importante, somente sua. Você a quer? – perguntou o Menestrel.

— É bom? – perguntou James.

— Se é bom⁷? É maravilhoso², e⁵ você vai poder ver tudo com os olhos desse mundo.

— E não vai doer?

— De forma alguma; só que é um procedimento muito demorado. Tudo bem[1] para você?

— Tudo.

— Então, falou o Menestrel, enquanto colocava o garoto em uma postura ereta, olhe[6] para cima, e agora olhe para baixo.

O garoto prontamente fez o que lhe foi ordenado.

— Agora, dê[5] três voltas em torno de si mesmo. Pronto, agora você nasceu de novo — voltou a falar o Menestrel.

\* \*
\*

— O quê? Só isso[6]? — perguntou o menino.

— Ah, falta mais uma coisa, fulano.

— Fulano, não! É James o meu nome!

— Não! Você não tem[4] nome ainda, menino.

— Como não[1]!?

— Ora! Você acabou de nascer!

— Mas meu nome é James.

— Ah, não. James é um nome muito bobo — disse o Menestrel ao garoto.

O garoto ficou tão irritado com a atitude do Menestrel, a ponto de seu rosto ficar todo vermelho, corado com a raiva.

— Tá, já sei, o seu nome vai ser Jonas!

— Não! Meu nome é James.

— Quem é James?

— Sou eu!

— Não, o seu nome é Jonas, eu sei que é. Por acaso você não estaria doente, com algum tipo de amnésia?

— Não, eu estou bem.

— Então, Jonas, não tente se passar por outra pessoa, por quem você não é, pois isso é muito feio!

O menino não estava entendendo quase nada e por isso perguntou:

— O que é feio?

O Menestrel encarou-o, com ar zangado, dizendo:

— Por acaso não é feio mentir?

— Sim, é.

— Então não minta, Jonas.

E o garoto resolveu aceitar o novo nome para não perder mais tempo na maluca discussão.

Os dois começaram a andar pelo novo mundo, com um peculiar céu cor de abóbora e outras peculiaridades que seu amigo ia lhe explicando, como a grama xadrez alternando o gramado em tons claros e escuros de verde. E vendo o estranho gramado, Jonas olhou para trás recordando-se da parede verde. O Menestrel Errante notou que Jonas não lhe dava ouvidos, e andava olhando para trás.

Então Jonas foi sacudido e deu um pulo de susto: "O quê?" perguntou ele. E o Menestrel, mais uma vez com um olhar de reprovação, disse:

— Nesse mundo temos um ditado que deve ser respeitado.

— E qual é? – perguntou Jonas atordoado.

— Não se deve olhar muito para trás quando se está andando para a frente.

— Mas isso não é nem ditado nem provérbio, isso é um fato.

— Se é, por que não o faz?

Jonas calou-se e olhou para a frente, agora prestando muita atenção no que dizia o Menestrel.

— Então, Jonas, está feliz com os olhos novos, deste mundo, que você ganhou? — perguntou o Menestrel

— Tenho olhos novos?

— É claro que tem.

Jonas aproveitou o reflexo numa poça de água junto à qual passava para ver a mudança, e disse:

— Não... Não vejo mudança neles; eles ainda continuam como sempre.

— Você sentiu uma coceira neles quando passou pela longa transformação, uma coceira grande, bem grande e persistente?

— Não — respondeu Jonas.

— Então, ela foi bem sucedida, você está com os olhos de ver, com os olhos deste mundo.

— Estou? — perguntou Jonas, desconfiado.

— Claro que sim, você não sentiu nenhuma coceira. Isso significa que você poderá entender melhor as coisas que eu lhe contar sobre o Mundo das Ideias. Tudo nasce antes aqui para depois nascer em outros mundos. E é por isso que estamos aqui para.... tã! tã! tã! tã!...

O Menestrel fez um longo suspense em sua pomposa apresentação:

— Para lhe apresentar... "Ele": seu grande enigma e a quem você tanto procurava.

E com um sorriso de orelha a orelha o Menestrel aponta para o alto do céu.

Jonas segue com os olhos atentos a direção apontada. E ao ver a imensa bola fulgurante, incandescente, suspensa no céu, transforma sua face atenta em um rosto murcho, sem vida, como se o que ele havia contemplado naquele momento fosse uma coisa corriqueira, a qual já teria visto milhares de vezes.

O Menestrel se surpreendeu com a reação do menino e perguntou:

— Cadê o entusiasmo, Jonas?

— Com o quê? ...Com o sol? – murmurou Jonas.

— Olha só, você me pede para eu lhe mostrar de onde veio e para onde foi a chama e você não a reconhece?

— Ah, vai me dizer que esse sol é a chama diminuta de um fósforo, tá bom, se isso não é o sol, cadê o sol?

— Sol para quê?

— Ora, para manter a luz, as coisas claras.

— Nós não precisamos de sol, porque as coisas boas têm sua própria bondade, afeto, e carinho. Quando você os tem, tem a luz!

— E se alguém não possuir esses sentimentos? – Jonas questionou.

— Então – disse o Menestrel – não adiantará a mais intensa luz estar próxima de quem tem esse problema, se esse alguém não enxergar dentro de si a luz interna e acreditar nela.

— Tudo bem, acho que você me convenceu, eu acredito que esse sol... digo, essa bola de fogo, flamejante, seja a chama que estávamos procurando – disse Jonas, sinceramente, tentando transparecer honestidade.

— Sabe como se chama isso que você acabou de fazer, Jonas? Chama-se "ouvir o coração", e é só ouvindo o coração que as pessoas podem ver com os olhos deste mundo.

Jonas sentiu um forte e gostoso calor no lado esquerdo do peito, enquanto admirava, deslumbrado, a grande transformação de sua chamazinha, o início de toda a aventura. Foi assim que pôde perceber uma fina e discreta sombra amiga descer do alto da chama até ao chão, e ele, eufórico, quase gritou:

— Olha, olha lá, Menestrel, está vendo o que eu estou vendo?!

— Sim – respondeu o Menestrel, que concluiu: – Você está vendo o palito de fósforo.

— Puxa! Que bonito! Como acontece?

— Jonas, agora você vê graças aos olhos do coração.

— Que legal! – E os dois se abraçaram e seguiram o caminho, conversando, pelo vasto gramado xadrez.

Durante a conversa com o Menestrel e ouvindo os seus ensinamentos, Jonas se sente obrigado a partilhar alguma coisa boa de sua vida e comenta com ele:

— Sabe, Menestrel, o meu pai é banqueiro.

— E o que é banqueiro?
— É quem trabalha com dinheiro.
— E o que é dinheiro?

"Nossa!" pensou Jonas. "Ele não sabe o que é dinheiro!". E o menino finalmente se sentiu útil para ensinar uma coisa muito boa, que certamente iria mudar a vida de todos os moradores dali.

— Bem, dinheiro é uma coisa para a qual a gente atribui um valor quantitativo e variável, dependendo da forma como o dinheiro se apresenta, se é moeda ou dinheiro de papel. Cada forma de dinheiro tem um valor diferente. Por exemplo, uma moeda, na maioria das vezes, tem um valor menor que uma cédula, nome que damos ao dinheiro em papel. Trocamos o dinheiro pelas coisas que queremos ter. Também, às vezes, trocamos alguma coisa por outra à qual atribuímos um valor correspondente ao do dinheiro.

— O seu mundo é muito estranho, aqui a gente não põe valor nas coisas, porque, aqui neste mundo, as pessoas é que têm valor e não um papel ou uma coisa... moé... sei lá o quê!

E, olhando atentamente para o menino, o Menestrel disse:

— Sabe ao que damos valor neste mundo? Aos gestos livres e espontâneos, frutos da boa vontade e que transmitem, de pessoas para pessoas, altruísmo e fé.

— Nossa, e como isso é possível? Achei que tal coisa não existisse, pois meu pai disse que isso é utopi...? utopia!

— E o que é utopia? — perguntou o Menestrel.

— É uma coisa que não pode existir – respondeu Jonas.

— Mas seu mundo é mesmo esquisito, pois no meu não existe palavra que impeça o direito de existir uma coisa boa. Aqui se sabe que quando se cria uma palavra má você mata as ideias boas antes de elas se materializarem.

— Nossa! – E como é que eu devo falar? Ensine-me, por favor.

— Você, Jonas, você deve aprender a degustar as palavras, saboreá-las, apreciá-las.

— Puxa! Eu não sabia que palavras podem ser comidas.

O Menestrel olhou para Jonas e disse:

— Podem, sim, só que é com a boca do coração que você as mastiga e as saboreia, e um coração bem alimentado é sinal de todo um corpo bem saudável. Só que não sei se você vai aprender.

—Vou, sim! disse Jonas.

— Não é que você não vá aprender, é que antes de aprender a fazer o coração mastigar e saborear é preciso aprender a levar a comida para a boca do coração, da mesma forma que quando criança nós aprendemos a utilizar os talheres e levar papinha à boca. E essa ação de levar comida à boca você irá praticar com, como é que você chama mesmo, *dinheiro*, com o nosso dinheiro, com o nosso método de dar valor às pessoas, solidarizando-se com elas.

— Tudo bem. E como eu vou fazer isso?

— Para isso você deverá cumprir 12 desafios, que...

— Igual aos 12 desafios de Hércules? – interrompeu o menino, empolgado com a explicação do Menestrel.

— Hércules? Que Hércules? – perguntou o Menestrel.

— Ora! Os 12 desafios que ele cumpriu: Matar o leão da Nemeia, matar as éguas antropófagas que comiam carne humana, matar a Hidra de Lerna, que tinha várias cabeças, matar os Pássaros Estinfalos, comedores de homens...

— Espere aí, que mundo maluco é esse no qual você viveu? Nossa! Vocês gostavam tanto de sofrimento assim? Não foi à toa que você quis fugir de lá. Na certa você arrumou muita encrenca com esse tal de Hércules, que não me parece ser boa pessoa.

— Mas ele é um herói!

— Você tem que avaliar muito bem a quem você toma como exemplo de heroísmo. Desafio, nesse mundo, Jonas, é visto como uma coisa muito boa, porque quando alguém lhe dá um desafio, não o dá julgando que você vai fracassar ou esperando o seu fracasso, mas lhe dá com um voto de confiança em você, julgando-o o mais preparado. E eu acredito que você está preparado para ajudar e prestar auxílio a quem precisar. E que os 12 desafios comecem, disse, por fim, o Menestrel. E, num passe de mágica, desapareceu diante dos olhos de Jonas.

# 51135

## 3

*Trigre:
O primeiro
desafio*

95791

Jonas não queria acreditar em seus olhos, mas, diante das circunstâncias, dos últimos inacreditáveis acontecimentos, ele preferiu aceitar aquilo com a maior naturalidade possível.

Antes, porém, de começar a se mover, ele encontrou um bilhete no local do desaparecimento do Menestrel, e nele estava escrito:

ENCONTRE O TRIGRE.

— Mas que coisa é essa? Trigre? O que será? E Jonas pôs-se a pensar... Então ele inicia sua caminhada, olhando para o imenso horizonte de campos xadrezes e céu cor de abóbora.

Jonas continua a caminhar até que encontra uma menininha magra que, com seu vestidinho azul e branco, quadriculado, e com seus desalinhados cabelos castanhos, se aproxima dele. Ela parecia estar muito preocupada e à procura de algo. Ao se encontrarem, ela falou:

— Meu nome é Talita. Qual é o seu?

— Jam..., digo, Jonas é o meu nome.

— Jonas, será que você poderia me ajudar a procurar meu bichinho? – perguntou Talita, esperançosa.

Num tom apressado, Jonas responde:

— Não sei não... acho que não posso, porque eu estou muito ocupado à procura de algo que eu não conheço.

E Talita, surpresa, perguntou:

— E como você consegue procurar uma coisa, se essa coisa você não conhece?

Jonas admitiu que parecia mesmo estranho o que ele dizia, que a pergunta tinha sentido, mas afinal, como as coisas, nesse mundo, às vezes têm respostas que não fazem sentido...

E, de repente, ele se viu como pessoa nascida naquele mundo, mas, como em tudo na vida de Jonas, sempre havia um espaço pequeno para brotar a dúvida: "Será que sou desse mundo"?

— Então? — perguntou, novamente, Talita: — Será que você pode me ajudar?

Despertando do seu devaneio, Jonas olha para seu relógio de pulso e fala, rapidamente:

— Meu Deus! Olha que horas são! Eu preciso logo encontrar sei lá o quê, se não, não cumpro os meus desafios e não aprendo como degustar palavras que o Menestrel Errante falou que ia me ensinar.

Jonas começou então a se afastar de Talita, dizendo:

— Tchau! Foi bom conhecer você.

Talita permaneceu onde estava, sem entender bulhufas do que aquele garoto estava dizendo.

Ao afastar-se de Talita, Jonas sentiu uma sensação estranha e desconfortável dentro do peito como se ele tivesse brigado consigo mesmo, tivesse feito alguma coisa errada. Então ele se lembrou de o Menestrel haver dito:

— É só ouvindo o coração que as pessoas podem ver com os olhos deste mundo.

E Jonas percebeu que seu coração estava tentando lhe dizer algo, e sentiu que deveria ajudar a menina do vestido quadriculado. Ele deu meia-volta e avistou Talita, não muito longe dali. Jonas começou a correr, gritando:

— Espere! Espere, Talita.

A menina, que andava normalmente, em direção oposta à de Jonas, virou-se e esperou, surpresa com os gritos. Logo estava Jonas junto de Talita, e, ofegante, ele lhe disse:

— Uf! Uf! Talita, quem sabe eu posso ajudá-la, se você ainda quiser minha ajuda. Porque, afinal, como eu nem sei o que estou procurando, talvez eu encontre o que procuro, procurando o que você procura!

— Pode me ajudar?

— Sim, claro que posso! E o que você procura? — perguntou Jonas.

— Eu não sei como descrever, ele é parecido com um gato só que bem, bem maior. Com rabos em forma de bengala e tem o corpo todo listrado.

— Já sei o que você procura! É um tigre!

— Tigre? O que é um tigre?

— Ora, tigre é um animal parecido com um gato gigante. É laranja, com listras pretas e uma cauda em forma de bengala.

— Não, esse que eu procuro é um trigre. Ele é azul, com listras laranja, e tem três caudas em forma de bengala.

Jonas exclamou:

— Entendi! E você é meu primeiro desafio!

— Eu? — perguntou, curiosa, Talita.

— Sim, eu devo achar o seu trigre. E como é que você perdeu o trigre?

— Eu estava passeando com ele, e ele se queixou de fome, então fomos até ao trigal. Ele, faceiro, pulou entre os trigos e eu o perdi de vista.

— Então por que não voltamos lá e o procuramos no trigal? Com certeza, com duas pessoas procurando, fica bem mais fácil para achá-lo.

E os dois subiram uma colina ali perto que os levava até ao trigal. No topo da colina, Jonas perguntou:

Talita, estamos perto do trigal?

— Sim, estamos, olhe lá aquela montanha próxima. — Talita apontou: — Vê a base dela? Aquele campo amarelado é o trigal.

Assim, os dois desceram a colina e, já no trigal, Jonas perguntou:

— Mas o trigre não é perigoso, Talita? Ele não come carne humana, né?

— Não! Trigres só comem trigo.

— "Que bom pra mim" — pensou Jonas, aliviado. Achando curiosa a frase dita por Talita e que ele quase não conseguia pronunciar, disse para si mesmo: "Trigres só comem trigo. Que trava-língua engraçado"!

E começaram a procurar. Talita foi para um lado do trigal e Jonas para o outro. Andaram extenuantemente, durante várias horas, mas não o encontraram, até que, quando Jonas e Talita se aproximaram da montanha para aproveitar a sombra e descansar, eis que Jonas pisa em alguma coisa escorregadia no chão e plaft! Leva o maior tombo. Jonas se levanta irritado e, esbravejando, começa a falar palavrões:

— Que diabo! Desprezível tola casca de banana em que pisei!

— O que é que é isso, Jonas? — perguntou Talita, muito surpresa e desapontada com a atitude de Jonas. Você não sabe que é só uma casca, e que palavras ruins e más são perigosas para esse mundo e, principalmente, perigosas para quem as fala?

— Aaai! É que tá doendo muito.

— E o que é que a casca tem a ver com a sua dor? Afinal, é da natureza das cascas de banana serem escorregadias. Você devia saber disso, ser mais atento; assim não teria pisado nela.

E Talita continuou:

— Afinal, a pessoa que usa palavras más e se habitua a elas acaba se habituando a ações más e a atitudes incorretas. E ainda mais que, você deve saber, neste mundo, tudo que você fala volta para você; se você falar flores terá o perfume das flores, mas se você falar "cacacá" terá o perfume de "cacacá".

— Mas será que isso pode acontecer comigo?

Jonas duvidava de Talita, porém a menina começou a abanar a sua mão e prendeu o nariz com os dedos, dizendo:

— Pode sim! Aconteceu com você! Jonas, você está todo mal cheiroso, ui!

Então Jonas deu um pulo de dor, depois começou a sentir espetadelas em seu bumbum.

— Ai! Ui! O que será que "tá" acontecendo? Eu sinto algo pontiagudo sendo encostado no meu... Ai! Ui! Ai...

Talita, achando graça da cena e dos pulos, comentou:
— Não será o tridente?
— O tridente de quem?
— Daquele indivíduo que você citou por primeiro.
— Quem? O diabo?

E quando Jonas falou o nome feio sentiu uma espetada tão forte que o fez dar um pulo tão alto que quando percebeu... estava em cima da copa de uma árvore ali próxima.

Enquanto Jonas descia, com muita dificuldade, da altíssima árvore, a menina se distraía com seu vestidinho azul e branco, observando os quadrados nele estampados. Finalmente Jonas desceu da árvore, tocando, cautelosamente, os pés no chão.

— Você está bem, Jonas? Vejo que não sente mais as espetadelas.

Jonas estava calado até aquele momento, indeciso, sem saber se abria a boca para falar ou não. Talita, preocupada, perguntou:

— Sente-se mal, Jonas? Diga-me, por favor, para ver o que eu posso fazer por você.

Jonas gesticulou com a cabeça, dizendo que estava bem.

Mas Talita insistiu tanto que ele falasse, principalmente para saber se, do alto da árvore, ele avistara o trigre, que Jonas não aguentou, cedendo aos apelos. Ele abriu a boca para dizer algo, quando Talita berrou com Jonas:

— Feche a boca, Jonas, feche a boca! Meu Deus! Que bafo horrível você tem! Eu lhe disse, Jonas, palavras sujas, sujam a boca, pois este é o Mundo das Ideias e aqui uma palavra não é apenas uma palavra é uma ideia verbalizada e aqui o verbo é uma coisa concreta como o ar e a água que você sente mas não pode pegar.

Então Jonas começou a vasculhar os seus bolsos à procura de algo para tirar o mau hálito, e quando começou a procurar sentiu em sua boca um gosto horrível de ovo podre. Jonas, enfim, compreendeu que as palavras tinham poder, e têm!

Ele sentia nojo de sua boca e por isso procurava, desesperadamente, em seus bolsos, algo para tirar aquele bafo e gosto terríveis. Enfim, encontrou em um dos bolsos um dos figos que ele havia tirado da figueira de sua casa. Rapidamente ele o mastigou, com força, pra ver se sumia o cheiro e o gosto.

— Então, Talita, o gosto ruim diminuiu e...
— Mas o cheiro horrível, não — retrucou, nervosamente, Talita.

Jonas logo pegou outro fruto e quando foi enfiá-lo na boca Talita gritou:

— Espere, não coloque dessa maneira!

— Por que? — perguntou Jonas, questionando: — Acha que tem micróbios? É melhor lavá-lo?

— Não — respondeu Talita, com os dedos ainda prendendo o nariz. — Antes de comê-lo, diga para si mesmo, acreditando: "Esse fruto vai me dar um hálito maravilhoso".

Então Jonas afastou o fruto da boca e disse: "Esse fruto vai me dar um hálito maravilhoso". E depois o comeu, mastigando-o e engolindo-o com cuidado.

— E então? Meu hálito está melhor?!

— Ui! Jonas, que nojo, eu disse para você acreditar, não dizer só da boca para fora, tem que crer!

Jonas, muito constrangido, rapidamente pega o terceiro figo, olha para o figo, olha para Talita e lança um sorriso para ela. Ela corresponde, olhando-o com um sorriso. Jonas volta sua atenção para o figo e diz: "Sim, eu tenho fé!". E viu, no formato do figo, um coração. Ele, então, fechou os olhos e falou com o seu coração:

— Obrigado por me dar um paladar e um hálito maravilhoso, em minha boca.

Jonas mordeu, mastigou e engoliu o fruto; sentiu a sensação mais extraordinária de sua vida, como se o seu coração vibrasse de alegria. Ele abriu os olhos e a boca e perguntou:

— E então, Talita? Minha boca está bem docinha, mas quero saber de você como está meu hálito.

Jonas bocejou soprando seu novo hálito para todos os lados e Talita o sentiu:

— Que maravilha! O seu hálito está excelente! Nesse mundo nunca senti fragrância mais maravilhosa.

Jonas também sentiu o incrível odor exalado de sua boca, e disse:

— Eu reconheço esse cheiro, é de menta com hortelã, semelhante ao hálito do Doutor Johnson, o dentista da cidade, comentou Jonas.

— Que bom que tem coisas boas no seu mundo, como hortelã, menta. E... Doutor Johnson é nome de alguma flor?

— Não, Talita, Doutor Johnson é outra história.

Os dois sorriram, olhando um para o outro, e com as faces coradas de vergonha eles olharam para baixo.

Então Jonas, admirado comentou:

— Olhe, Talita, quantas cascas de banana estão espalhadas pelo chão.

— Não são cascas de banana — comentou Talita — são as listras do meu trigre.

— Nossa, e o que elas fazem aí no chão?

— É que é verão.

— E daí!?

— Todos os felinos trocam de pelo no verão. É no verão que meu trigre começa a soltar as listras.

— Veja, disse Jonas, as listras formam uma trilha que sobe a montanha.

— Sim, estou vendo.

— Ei, se seguirmos essa trilha de listras certamente encontraremos o seu trigre, e eu passarei no meu primeiro desafio.

Jonas e Talita começaram a subir a montanha e, embora o topo estivesse coberto de neve, quanto mais subiam, mais quente ficava.

— Nossa, estou suando — falou Jonas, enquanto, distraidamente, juntava algumas listras e guardava-as em seus bolsos.

— Eu também, mas já irei resolver o nosso problema. Talita havia avistado uma manada de muk-uks.

— Venha cá, Jonas.

Então Talita apresentou Jonas aos estranhos e muito peludos muk-uks.

— O que são essas coisas? — perguntou Jonas, curioso.

Os muk-uks eram animais muito peculiares, quase do tamanho de uma vaca, extremamente peludos, com uma lã semelhante à lã de ovelha, só que tinham duas vezes mais pelos, possuindo duas grandes cabeças, uma em cada ponta do animal, não se podendo, assim, saber onde começava e onde terminava o corpo do animal, de que lado era a cabeça e de que lado era o rabo, isso se ele possuísse rabo...

— Estranho esse animal! Cabeça na frente e atrás. Ei, Talita, onde é "atrás" nesse bicho? Esses animais têm tanto pelo que só posso ver o focinho deles. Que focinho roliço, engraçado, parece alguma raça de cachorro.

Talita estava muito ocupada, analisando os muk-uks.

— É esse! — disse ela, diante de um daqueles animais engraçados.

— O que você vai fazer com ele? — perguntou Jonas.

De repente, Talita deu um salto para dentro da lã do muk-uk como se estivesse mergulhando em uma piscina. E ficou só com a metade das pernas para fora e um pouco do seu vestido quadriculado, já amassado.

Jonas só via as pernas e os sapatinhos brancos da menina, chacoalhando, e ele perguntou:

— Ei, está tudo bem?

E, do meio dos pelos, ouviu um "hum, hum", meio abafado pela lã.

— Ei, você está bem? — voltou a perguntar.

E, preocupado pela demora, Jonas não sabia se ele devia pular para dentro da grossa pelagem e ajudá-la, ou puxá-la pelos pés, mas ela começou a chacoalhar e a se chacoalhar. As duas cabeças peludas do animal começaram a rir. O muk-uk começava a rir descontroladamente, a gargalhar, fazendo careta. Logo Talita deu um salto para fora do muk-uk como se fosse grão de pipoca na panela.

Jonas olhou surpreso para ela, não conseguindo acreditar em seus olhos:

— Você está vestindo um casaco de pele grande e grosso no meio desse calorão! – falou surpreso Jonas ao constatar que ela estava envolta em algo parecido com os grossos e chiques casacos de pele que sua mãe costumava usar nos rigores do inverno.

— E o que é que tem? É um excelente casaco! – exclamou Talita, entregando a Jonas outro grosso casaco que segurava.

— Você só pode estar brincando comigo; acha mesmo que eu vou vestir isto?

Talita fez um gesto de quem não entendeu. Pôs o casaco de Jonas no ombro e eles partiram montanha acima, seguindo as listras do trigre. Só que quanto mais subiam mais se aqueciam... Jonas suava e suava, já com a "língua de fora", sentindo uma moleza no corpo. Cada vez que olhava para Talita se surpreendia. Admirado, não conseguia entender como uma menina suportava tão alta temperatura usando tão volumoso casaco. Talita olhou para Jonas, viu a cara de perplexidade do garoto que não desgrudava os olhos dela, e perguntou:

— Que foi? Você me acha tão bonita assim?

— O queeee?! Nem de longe! – disse Jonas, brincalhão.

— Não teve graça! – disse Talita, que "fechou" a cara, e eles voltaram a andar. Não demorou cinco minutos e ela notou que Jonas não desgrudava os olhos dela.

— O que foi Jonas? – perguntou ela, nervosa.

— Não, nada... Mas... me diga, você não sente calor?
— Não, por que deveria?
— Ora, suponho que se você usa casaco é para se esquentar, ou que ele iria mantê-la aquecida.
— É, Jonas, isso vindo de um garoto que há poucos instantes estava surpreso com essa montanha que esquenta em vez de esfriar à medida que se sobe, e o topo não perde o gelo... Jonas, você é o garoto mais estranho que eu conheço; tem certeza de que não quer o casaco? Olhe que se subirmos mais eu vou acabar colocando o seu casaco.

Notando a lógica da montanha, Jonas implorou:
— Por favor, me dê o casaco! Se quanto mais se sobe mais esquenta, eu devo usar uma coisa quente para me esfriar.

Agora, bem refrescado com o grosso casaco, Jonas podia se concentrar na trilha de listras do trigre. A trilha levava até a uma imensa rocha com uma passagem estreita entre ela e um despenhadeiro formado pela montanha. A rocha era tão grande que era impossível enxergar do outro lado.

— Que bicho maluco esse seu! Por que ele foi se arriscar a passar para o outro lado? É muito perigoso, eu não sei se dá para irmos.

— Você está com medo, Jonas? — perguntou Talita.

E Jonas, preocupado em não mostrar temor para uma menininha, disse:

— Não! Jamais! Eu sou um homem e nós, homens, não temos medo de nada.

— Que bom! Então, vá na frente! — disse Talita, empurrando o menino.

E Jonas não sabia se andava ou não, pois suas pernas estavam paralisadas de medo.

— Vamos! Ande! — disse Talita, já zangada com a falta de iniciativa do "homenzinho".

— Já estou indo — disse Jonas, não precisa empurrar.

O garoto deu seu primeiro passo pelo perigoso e estreito caminho. Deu mais outro e mais outro passo; Talita seguiu-o. Ele não queria olhar para baixo, e nem para ela, embora desse para perceber a incrível segurança de Talita no seu leve cantarolar.

Jonas ouvia Talita, e ele ficava cada vez mais nervoso, não nervoso de raiva, mas sim nervoso de apreensão, devido ao risco que corriam. Ele tentava se esforçar para ignorar a perigosa queda de vários metros de altura pela profundidade do penhasco, porém, com um descuido, Jonas olha para baixo sem querer, e o precipício que vê faz gelar a boca do seu estômago. Talita fica muito incomodada e diz:

— Jonas, ande! Por que a demora?

Rapidamente Jonas volta a olhar para o alto, tentando afugentar o medo da queda, e como não adiantou muito ele começou a rezar baixinho enquanto fazia o seu perigoso caminho:

— Ó senhor Deus, me ajude, eu suplico! — dizia Jonas, sem articular as palavras.

Estava quase passando para o outro lado quando algumas pedras diante dos seus pés começaram a despencar; ele, aflito, começou a rezar, nervosamente:

— Meu Deus, Meu Deus, Meu Deus, por favor, por favor, Meu Deus, Meu... — Jonas tentou dar mais alguns passos, porém suas pernas estavam petrificadas de medo e ele não podia movê-las.

— Jonas! Qual o problema? Por que você não anda? — perguntou Talita, atrás dele.

— Não posso, as minhas pernas não me obedecem.

— Veja só, como pode suas pernas não lhe obedecerem? Elas não são suas?

— São, mas elas estão congeladas.

— Se sente tanto frio assim, então tire o casaco.

— Elas não estão congeladas de frio, disse Jonas, com os olhos voltados para cima.

— Eu sabia! Você está morrendo de medo!

Jonas fingiu não ter ouvido, mas Talita continuou:

— Se você estava com tanto medo, não deveria ter ido na frente. Todos devemos superar nossos medos, mas, respeitando os nossos limites. Se o seu medo era o medo de altura, superasse-o, mas com moderação, fosse atrás de mim, optando por um limite suportável.

— Tá bom, eu admito estar com medo, mas o que você vai fazer agora que já estou na sua frente?

Arriscando-se, Talita intrometeu-se no estreito espaço entre os pés de Jonas e o precipício.

— Ai! — disse Jonas quando Talita pisou em seu pé. Seus corpos estavam lado a lado, quase colados. Surpreendentemente, ela conseguiu.

Para surpresa de Jonas agora Talita estava na sua frente. Ela deu mais cinco passos e estava segura, fora dos limites do precipício, atrás da rocha.

— Venha, Jonas.

— Não posso.

— Pode, sim. Tente.

— Eu estou tentando, mas quando mexo minhas pernas sinto pedrinhas rolando lá embaixo e isso me assusta.

Então Jonas sentiu em sua mão o calor de outra mão. Ele desviou os olhos do céu e deu com eles no lindo sorriso de Talita, que lhe disse:

— Que bom que você conseguiu mexer as pernas.

Segurando firmes as mãos, os dois começaram a atravessar o estreito caminho. Havia um pequeno arbusto entre as pedras da montanha, um pouco acima da cabeça de Talita. Ela passou com muito cuidado pelos galhos do arbusto, e, em seguida, Jonas passou também. Inesperadamente, e faltando poucos centímetros para saírem do perigoso penhasco, Talita pisou em falso, em uma pedra e desequilibrou-se. Apertou firme a mão de Jonas, mas começou a cair...

Jonas instintivamente agarrou-se ao arbusto com sua mão esquerda. Talita, suspensa pela mão de Jonas, estava com a face pálida e os olhos arregalados. Jonas, porém, segurava firmemente a sua amiga, e reuniu todas as suas forças para puxá-la de volta. Ele olhou para baixo e vendo-a, naquele momento, para ele, o precipício havia sumido e o que o importava era a vida de Talita. Com muita determinação, Jonas puxou Talita para cima e os dois, em um impulso, venceram os pouquíssimos centímetros que os separavam do precipício. Seguros e sentados, os dois se abraçaram, cheios de felicidade. Nesse momento, Jonas viu, por trás dos ombros de Talita, algo que o surpreendeu.

— Talita! Veja para onde vão as listras do trigre.

Talita, ao virar-se, deparou com um imenso portão, escancarado, no meio de uma imensa muralha, e, lá dentro, havia uma cidade.

# 4

## A cidade da montanha mágica

Adentrando a cidade, Jonas viu uma movimentação na rua principal, que era cercada por uma infinidade de tendas e barracas. Por todos os lados havia um sem número de pessoas, bem "diferentes" umas das outras, com traços asiáticos, árabes, africanos, europeus, indígenas, enfim, pessoas das mais variadas etnias:

— Nossa, quanta gente diferente. A que cultura pertencem? A que raça pertence essa cidade?

— Essa gente pertence à mesma raça, que é a minha, respondeu Talita.

— E qual é a sua?

— A raça é a humana, porque todos somos pessoas.

Jonas se calou, sentindo-se um pouco envergonhado por ter feito esta pergunta.

Andando mais um pouco eles enxergaram, no centro de uma praça, um imenso relógio despertador, vermelho.

—Talita! – disse Jonas, apontando para o relógio – Que incrível! Tenho um relógio igual a esse em meu quarto.

— Nossa, então seu quarto deve ser enorme ou você deve dormir apertadamente.

— Quero dizer, tenho um relógio semelhante, só que muito pequeno.

— Olhe lá! – indicou Jonas, mais uma vez. Há alguém consertando o relógio. Eles se aproximaram e Talita também viu quem estava lá, reconheceu e chamou:

— Rodolfo!

— Rodolfo? – pensou Jonas, sem entender.

Ao ouvir seu nome, aquela figura estranha, vestindo um jaleco bege e uma boina vermelha, desceu a escada, dizendo: — *Oui, Monsieur?*

— *Oui, Monsieur?* Isso é francês...

E, quando Jonas viu melhor, de perto, não conseguiu acreditar no que via...

Era um tigre azul de listras laranjas, com três caudas, e vestindo um jaleco e boina. Era o trigre de Talita.

Talita abraçou afavelmente o seu trigre.

— Rodolfo — disse Talita — quero lhe apresentar Jonas. Sem ele seria muitíssimo mais difícil a sua procura, e se não fosse por ele talvez não estivesse aqui contigo.

Então Rodolfo estendeu a sua "mão" e apertou calorosamente a mão de Jonas, cumprimentando-o.

— Prazer em conhecê-lo. Meu nome "serr" Rodolfo — disse o trigre, com um sotaque francês.

— Prazer, meu nome é Jonas — disse o menino, confuso com aquela cena estranha. — Você é o trigre de Talita?

— *Oui*, sim — disse o trigre de Talita.

— Você é francês! — disse Jonas, surpreso.

— O que é *fran... cês?* — perguntou Rodolfo ao garoto.

— É francês, natural de Quebec. Tenho um tio que mora lá! — disse Jonas.

— Québec?

— É. Quebec. Fica no Canadá.

Rodolfo e Talita olhavam para Jonas sem entender bulhufas, nada, nada.

— Canadá é um país, e Quebec localiza-se lá.
— *Non! Non* sou quebekiano.
— Não se diz quebekiano.
— *Oui. Non* sou Canadiano.
— Não se diz Canadiano, é Canadense, e quem nasce na província de Quebec, no Canadá, é Quebequense. Então, de onde você é? França, Guiana Francesa, Haiti, de alguma colônia francesa, africana...?
— *Non, non, non* e *non*! Eu ser de Trigriânios, terra dos trigres, que fica entre os campos de trigo dourados do sul e os campos prateados de trigo do norte.

Jonas, meio pensativo, falou:
— Engraçado: "Três tristes tigres trazem treze pratos de trigo".
— Onde? – perguntou Rodolfo a Talita e Jonas, tentando ver se os outros trigres se encontravam por ali.
— Não, vocês não entenderam, é um trava-línguas uma frase normalmente difícil de se repetir.
— Mas você a repetiu normalmente, disse Talita.
— É um jogo de palavras. Bem, deixe pra lá, o que importa é que você encontrou seu trigre – disse Jonas a Talita.
— Rodolfo – perguntou Talita, de repente, o que você está fazendo aqui?
— Você lembra, Talita, que eu havia pulado para dentro do trigal, para me alimentar? – perguntou Rodolfo.
— Sim, eu me lembro.
— Estava eu me alimentando quando fui abordado por dois embaixadores do rei da montanha mágica. Eles me

pediram para ajudá-los a consertar o relógio da cidade, já que nós, habitantes de Trigriânios, somos hábeis consertadores de relógio, relojoeiros.

— Tem certeza de que você não é suíço? Meu avô falou que os suíços, além de falarem alemão e italiano, também falam francês e são os melhores relojoeiros do mundo — falou Jonas.

O trigre ficou olhando para Jonas, sem entender nada, enquanto ajeitava sua boina vermelha.

Então Jonas reparou que os ponteiros do relógio andavam normalmente do um para o dois, do dois para o três, e assim sucessivamente.

— Mas esse relógio está certo, os ponteiros andam normalmente.

— Não — responderam, ao mesmo tempo, Talita e o trigre Rodolfo. E o felino azul e laranja prosseguiu:

— O relógio está quebrado, justamente porque os ponteiros andam.

— Mas... os ponteiros andam exatamente para marcar o tempo.

— Como assim? Como podem os ponteiros marcar o que não existe?

— Não existe tempo aqui? E como vocês sabem que é a hora de trabalhar, e quando é a hora de folgar?

— Folgar, para que? Trabalhar é divertido.

Jonas discordou, lembrando como achava enfadonhas as horas extenuantes de trabalho que passava cortando a grama, no sábado, a mando de seu pai.

Então Rodolfo perguntou:

— Por que as horas deveriam ser extenuantes ou enfadonhas quando você faz o que gosta?

— Então vocês só fazem o que gostam?

— Claro, todo o trabalho é gostoso quando se aprende a gostar do trabalho.

— Gostar do trabalho... E como se gosta do trabalho?

— Ora, é como você gosta de uma nova música, sabendo ouvir, é como se gosta de uma pessoa, convivendo com ela. Você deve aprender a apreciar o trabalho, vendo a sutil agradabilidade que ele propicia a você. É como comer. Se você enfia muito rápido o alimento na boca e o engole, você se impede de apreciá-lo, de sentir o seu gosto, de degustar, e ter prazer com ele. Para isso você deve colocá-lo na boca, se concentrar em seu gosto, sentir o seu cheiro, deve mastigá-lo devagar, sentindo-o com a sua língua, com o céu e os lados da boca, e seu gosto em todos os pontos da língua, explorando todas as possibilidades para apreciar seu sabor.

— Espera aí, estamos falando de trabalhos ou de culinária? – interrompeu Jonas.

— Mas o trabalho é como a culinária, saboroso e agradável, quando se sabe apreciar. É como eu disse, o bolo, quando engolido rapidamente, é como o trabalho feito às pressas. Tudo que é feito com muita pressa é feito sem amor.

— E esse negócio de sentir gosto? – perguntou Jonas. Por acaso, se eu estiver varrendo o chão como minha mãe sempre me pede para fazer, será que eu deveria lamber o chão para ver se ele está limpo?

Talita, achando graça, explicou o significado do "gosto": sentir o gosto é sentir-se presente, e assim ver a grandeza do que se faz. Não importando quão simples ou humilde seja a sua tarefa, quando você a "degusta", algo mais é sentido, é o fazer, seja o que for, com o estado de espírito alegre porque você tem a oportunidade de fazê-lo. O prazer com o alimento é o prazer resultante do trabalho, mas para esse prazer ser bem percebido tem que haver a concentração. Concentração é banir toda a distração ruim, o que o desvia dos seus afazeres. Quando você se concentra verdadeiramente no seu serviço, você dá ouvidos ao seu coração, você o escuta, porque o trabalho está sendo feito com esmero, ou, como se diz, você o está fazendo "com o coração".

— E o que o Rodolfo falou em sentir o gosto, o cheiro, a textura, língua explorando todas as possibilidades de como sentir o sabor, não seria muito redundante, específico?
— Ao contrário — voltou Rodolfo a falar: — é exatamente sentir todas as probabilidades de como sentir o trabalho, não se conservar com uma única alegria, na vida, mas sim criar outras, descobrir novas potencialidades dentro de você, desenvolver gosto para outros ofícios, ser um empreendedor de seus sonhos. É assim que a vida se torna mais bonita, porque a beleza do arco-íris não está em uma só cor, mas em várias cores.

Então Jonas sentiu de novo aquela felicidade familiar que sentia em seu coração quando estava diante de acontecimentos únicos e especiais, como a linda chama que parecia um sol no alto do seu imenso palito de fósforo.

E falou:

— Puxa, até gosto do cheiro de grama cortada, pela manhã. É um dos meus favoritos. E quando estou varrendo a casa gosto de imaginar que a vassoura é um remo e eu sou Ulisses, o marinheiro, navegando com sua nau no belo mar azul-turquesa das ilhas gregas, em busca de aventuras heroicas e gigantes.

Tic, tóc, tic, tóc... Os três ouviram o barulho: era o relógio.

— Ele ainda está se movendo — comentou Rodolfo sem compreender o motivo.

— A gente precisa pará-lo — falou Talita.

— O meu relógio é como esse, ele tem um parafuso no meio do tampão, onde se dá a corda. Quando ele é desprendido, solta-se o tampão, e aí pode-se analisar as engrenagens; quem sabe, se conseguirmos abrir o relógio, poderíamos retirar todas as engrenagens. Assim não teria como ele funcionar.

Rodolfo imediatamente convidou os amigos a irem até à escada apoiada no imenso relógio, e eles subiram por ela. Para surpresa de todos, o parafuso era tão grande quanto o próprio relógio.

— Nós vamos precisar de uma chave de fenda muito grande. Onde poderíamos encontrar tamanha chave? — exclamou Jonas.

— Nós a encontraremos no vendedor de coisas grandes, disse Rodolfo.

O trigre Rodolfo e seus amigos dirigiram-se a uma imensa barraca, no meio de dezenas de outras, aglomeradas no fim da praça.
Na entrada da barraca havia uma placa enorme onde estava escrito: "Magazine Pechincha".
Jonas e seus amigos entraram e foram calorosamente bem recebidos por um homem de aparência árabe, moreno, e com um vistoso bigode no rosto, tendo em sua cabeça um belo turbante, ornado com pérolas, e vestindo uma linda túnica de linho. Ele dizia:
— *Salamaleico*! Bom dia! Como vão vocês?
Com um sotaque árabe ele começou a oferecer coisas:
— Desejam um chá? Meu nome é Said, ao seu dispor. Desejam um belo tapete? Eu tenho vários, são os maiores da cidade. Todas as coisas da barraca são as maiores da cidade, os pratos, os garfos, os livros, os lápis. Ontem mesmo eu vendi um penico em que cabiam 500 litros de água para um anão que queria uma banheira. Vocês desejam o quê? Eu tenho de tudo, tenho equipamentos de pesca, jardinagem, ferramentas e...
— Isso! — interrompeu, Jonas, a verborragia do vendedor. — Queremos uma chave de fenda.
— Vocês querem que tamanho? Grande, gigante ou descomunal?
— Você não tem uma que sirva nos parafusos do relógio do centro da praça? – perguntou Rodolfo.

— Ah, sim, o relógio que está quebrado e não para de mover os ponteiros da esquerda para a direita?

— Sim, esse relógio – respondeu Talita. O senhor tem a chave para ele?

— Tenho sim, é a gigante, já que a descomunal serve para desparafusar os tampões dos ralos do oceano. Nem queira saber quantos gigantes supergigantescos são necessários para desparafusá-los.

Jonas não aguentou a curiosidade e perguntou:
— O senhor não seria um turco, ou marroquino, porque Said é um nome árabe, então o senhor, com esse sotaque, nome e roupas, só pode ser árabe.

Said ficou olhando Jonas, enquanto punha a cabeça a pensar e procurava processar toda aquela informação, sem entender nada.

— Árabe? Turco? Não entendo.

— Sua nacionalidade? – perguntou Jonas ao homem, e ele falou:

— Ah, sim, eu sou da nação humana.

— Tá, em que lugar você nasceu? – perguntou Jonas.

— Nasci no Mundo das Ideias, respondeu o homem.

— Tá, mas em que região do Mundo das Ideias o senhor nasceu? – insistiu Jonas.

— Nasci no lindo Vale dos Camelos Floridos perto das Colinas do Leite e do Mel.

Jonas sentiu-se vitorioso:
— Viu? Eu não disse? Said nasceu em um lugar – disse Jonas para todos.

— Sim, nasci em um lugar que pertence à nação humana.

— Que bom para o senhor — disse Jonas, pensativo.

Said foi buscar a chave de fenda gigante, e, após alguns minutos, ele voltou, arrastando, cansadamente, a imensa chave, e dizendo: "Desculpe a demora, tive que procurar as chaves que abriam o armarinho onde ela estava".

Ao ver a chave os três pensaram, imediatamente, surpresos: "Se essa chave de fenda gigante estava em um armarinho, como será o armariozão?".

Aí, Talita falou:
— Vamos pechinchar, senhor.
Said se animou e começou a barganhar. Ele falou:
— Essa chave vale seiscentos talentos, mas eu a faço por trezentos.
E Talita falou:
— Eu te dou trezentos e cinquenta talentos. E o negociante disse:
— Duzentos e cinquenta talentos. E Talita respondeu:
— Quatrocentos talentos. O negociante prosseguiu:
— Duzentos talentos. E novamente falou Talita:
— Quatrocentos e cinquenta.
E eles continuaram pechinchando:
Said disse: — Cento e cinquenta talentos.
E Talita disse: — Quinhentos talentos.
E o homem falou: — Cem talentos.
E Talita, mesmo com Jonas desesperado, puxando dis-

cretamente a rendinha da cintura do vestido dela e falando no seu ouvido, finalizou dizendo: Seiscentos talentos.

— Talita! Talita! Menina, você está fazendo um péssimo negócio, em vez de pedir um preço mais baixo você não para de subir a oferta! — falou Jonas.

Said fechou negócio com Talita:
— Seiscentos, feito! disse Said.
Jonas, boquiaberto, não conseguia acreditar.
— Olha só! Talita, você gastou quase todo o seu dinheiro, era o seu dinheiro, por que não tentou levar vantagem quando o preço estava baixíssimo?

Talita e Rodolfo o olharam com um olhar de reprovação, e Talita disse:
— Sempre, na vida, devemos ser justos e honestos com nós mesmos e com os outros, pagando o preço das coisas com o valor que elas valem. Assim, você valoriza o produto do outro, e o outro, através não do que é o dinheiro, mas da ação desprendida e espontânea, cheia de bondade.

— Isso mesmo, disse Said, aqui o dinheiro é só um símbolo com que devemos manter a ligação de fraternidade com todas as pessoas, desejando-lhes prosperidade. Para nós, uma pessoa vazia carrega consigo um dinheiro vazio, e não importa que ele seja de ouro ou de prata, um dinheiro vazio não tem valor.

— Aqui está, Talita, a sua chave de fenda e trezentos talentos, pois o preço justo inicial dado por mim foi de trezentos e não me sentiria alegre se você não o aceitasse.

— Sim, tudo bem — disse Talita.

E antes de irem embora Said deu mais 150 talentos para Talita, dizendo:

— Jonas, não sei como é o seu mundo, mas aqui no nosso a gente premia com dinheiro as atitudes nobres e bons conselhos como os de Talita.

Jonas sentiu que seu coração falava mais uma vez com ele. Ele retirou do bolso um figo e, entregando-o a Said, disse:

— Isto é seu. Eu lhe dou esse figo como pagamento por esse seu belo e verdadeiro conselho. Muito obrigado.

Said deu um sorriso e um abraço carinhoso no menino, que, de tão feliz, sentiu escorrer uma pequenina lágrima de seus olhos, enquanto seu coração festejava a ocasião.

Said pegou o fruto com as mãos, olhou-o, e perguntou:
— O que é isto? É bonito!
— É mesmo — respondeu Jonas sorrindo. É um figo, um fruto da árvore que fica do lado da janela do meu quarto.

Said então acariciou o fruto, cheirou-o e deu-lhe uma mordida. Quando sentiu o seu gosto, abriu um imenso sorriso que ia de orelha a orelha, e disse:

— Mas esse... figo... é uma delícia! Sem dúvida, uma das melhores coisas que eu já provei em toda a minha vida.

— É. Para mim, isso é uma das melhores coisas que o meu mundo pode oferecer ao seu — disse Jonas.

— Veja — disse Said, fascinado, como quem acabava de ganhar outro presente: Olhem para o figo! Ele tem umas sementes dentro. Isso significa que eu poderei plantá-lo e ter uma árvore de figo para mim e para o meu povo. Como recompensa por esse segundo presente que você me deu, eu chamarei Mohamed para ajudá-los a levar essa pesadíssima chave de fenda para o relógio.

— Mohamed? — Os três, Jonas a menina e o trigre, perguntaram-se, curiosos.

Então Said rapidamente foi buscar Mohamed e em seguida voltou em cima dele, guiando-o.

Para a surpresa de Jonas, Mohamed era um quadrimelo, um bicho parecido com o camelo, só que com quatro corcovas e cor-de-rosa.

Mohamed andava tranquilamente, com suas quatro patas, ao encontro de Jonas, Talita e Rodolfo. Cumprimentando-os, pacata e calmamente, disse ele:

— *Sa...lama...leico...*! Bom... dia... para vocês. Sou Mohamed, a seu serviço... O que querem... que eu... faça... para vocês?

— Por favor, Mohamed, falou o trigre, eu estou consertando um relógio que não para de girar, e essa chave de fenda é muito pesada para nós três levarmos. Será que você poderia nos ajudar a levá-la até ao relógio?

— Sim ...claro que... ajudarei ... Pode amarrá-la... no meio de uma de minhas... quatro corcovas,... e vocês... podem... nelas subir.

Desse modo, o trigre, Jonas e Talita amarraram a chave, horizontalmente, no meio da terceira corcova do quadrimelo, e depois subiram um em cada corcova. Não demorou muito para chegarem ao relógio da praça, embora Mohamed desse passos vagarosos.

Quando desataram a chave de fenda gigante, Mohamed logo foi guiado por Said a se posicionar a uma distância de dois metros atrás do relógio; Jonas e Rodolfo arrastaram a pesada chave até escorá-la na tampa atrás do relógio; Talita trouxe a escada até ao quadrimelo, uma ponta ela colocou sobre as corcovas do quadrimelo cor-de-rosa, e a outra ponta sobre uma saliência, na tampa do relógio. Então os quatro: Said, Jonas, Talita e Rodolfo subiram pela escada.

Equilibrando-se, eles haviam puxado e suspendido a gigante chave de fenda, e, então, começaram a girá-la, devidamente encaixada na fenda do parafuso do relógio.

Aos poucos, o parafuso se desprendia, soltando vagarosamente a tampa do relógio.

— Está quase, se eu... — disse Rodolfo, que estava mais perto do parafuso. — Falta pouco... menos da metade... Continuem girando a chave, só mais um pouquinho... E, de repente, plaft! O parafuso saiu por inteiro caindo no chão. Nesse exato momento a tampa começou a pender para o lado esquerdo e a escada a sacolejar freneticamente, fazendo-os derrubar a chave de fenda gigante e caírem todos no chão com a escada.

— Estão... todos... bem? — Perguntou Mohamed com seu jeito peculiar de falar.

— Sim, tudo bem, ótimo, não houve nada — cada um respondeu.

Então Jonas se levantou e aproximou-se da tampa, curioso. Ele viu que ela, mesmo estando sem parafuso, permanecia tampando um pouco o interior do relógio despertador. Ele foi até ela e começou a empurrar, empurrar, para ver se ela cedia. Aos poucos a tampa foi rolando, rolando e rolando até cair totalmente no lado esquerdo.

Nesse momento Jonas viu que o tambor era formado por uma engrenagem, a qual movimentava o centro do eixo e se conectava com os ponteiros. Para a surpresa de todos, bem lá dentro daquele tambor corria um imenso *hamster*, esquisito.

— Nossa! — Todos se admiraram ao ver aquele roedor correndo no meio do barril.

— Então era você o responsável, hem?! — disse Rodolfo com uma intimidação brincalhona para o *hamster*.

— Mas será que é um *hamster* gigante?

Talita pegou o gorducho e grande roedor dizendo, enquanto o afagava:

— Que fofo é você!

Então Jonas constatou algo curioso naquele animal:

— Ei, gente, esse bicho tem pernas e bolsa de canguru, e, pra falar a verdade, nunca vi *hamster* desse tamanho, do tamanho de um mini mini-pônei.

— *Hamster*? Isso não é um *hamster,* ou seja lá o que for. Isso aqui é um cangurrato — disse Said.

— E o que a gente faz com ele? – perguntou Jonas a Said, que já ia partir com seu quadrimelo rosa.

Said gritou, já ao longe:

—Vão até ao palácio real e falem com o rei. Ele é uma pessoa muito sábia e poderá ajudar.

— Tchau, Said! Tchau, Mohamed! – disseram todos, despedindo-se e ouvindo a retribuição faceira de "tchaus" de Said e de Mohamed.

Jonas olhou para seus amigos e perguntou:

— Então, alguém sabe onde fica o palácio real?

— Sim – respondeu Talita: – O palácio real de Arquimedes.

— Arquimedes!? O gênio da Ciência clássica grega? Que inventou inúmeras máquinas como a caixa de Anticítera, onde os antigos gregos podiam admirar o universo, em um engenhoso planetário mecânico? O mesmo inventor do hodômetro que podia medir longuíssimas distâncias? O grande matemático Arquimedes? É desse Arquimedes que você está falando, Talita?

— Sim, exatamente. Foi ele quem construiu o palácio real que leva o nome dele. Isso faz uns sete ou oito meses. Sujeito muito legal, ele dizia que depois de ajudar um tal de César, de Roma, ele poderia lecionar e difundir livremente seu ensino em Siracusa, mas, não sei por que, ele nunca mais voltou.

—Tá brincando comigo, Talita? Agora só me falta falar que o rei é Platão – disse Jonas, debochado.

— Sim, como é que você sabe? Por acaso você encontrou com ele no seu mundo e ele lhe contou?

— Péra! Péra aí, Talita. Tá me dizendo que Platão, o grande filósofo grego, discípulo de Sócrates e mestre de Aristóteles, o criador do mito da caverna é rei deste mundo aqui?

— Claro, ele saiu algumas semanas depois de Arquimedes com a intenção de encontrá-lo, e me lembro de uma conversa que tive com ele, naquela ocasião. Antes de sair à procura do amigo ele falou que iria transmitir o conhecimento de nosso mundo para o seu, e eu sei disso porque eu me lembro muito bem dele falando para mim: "Talita, vou falar para todos sobre o Mundo das Ideias".

Sussurrando, falando consigo mesmo, Jonas disse:
— Meu Deus! Platão, autor da teoria do "Mundo das Ideias"...
O MUNDO DAS IDEIAS... Não pode ser! É inacreditável!

Jonas não parava de pensar nisso enquanto ele se aproximava do palácio, que surgira após uma curta caminhada por trás das barracas comerciais, espalhadas ao longo da praça.

Quando Jonas viu o palácio, espantou-se com sua grandeza e com sua peculiar arquitetura, que se avistava ao longe: um imenso tetraedro, edificado sobre uma colina em que se estendia uma escada de sete degraus.

Chegando ao pé da escada, Jonas pôde reparar que sobre o cume do tetraedro havia outra forma geométrica, outro sólido geométrico: era um dodecaedro, e nele estava inscrito: XUL TAIF.

**XUL TAIF**

Jonas foi baixando os olhos à medida que se aproximava do palácio e reparou que na face à qual a escada os conduziu, estava escrito, ocupando toda a superfície, a seguinte sentença:

**XUL TAIF**

UOS

14

UOS

5

UOS

2,8

MÉBMAT E

10

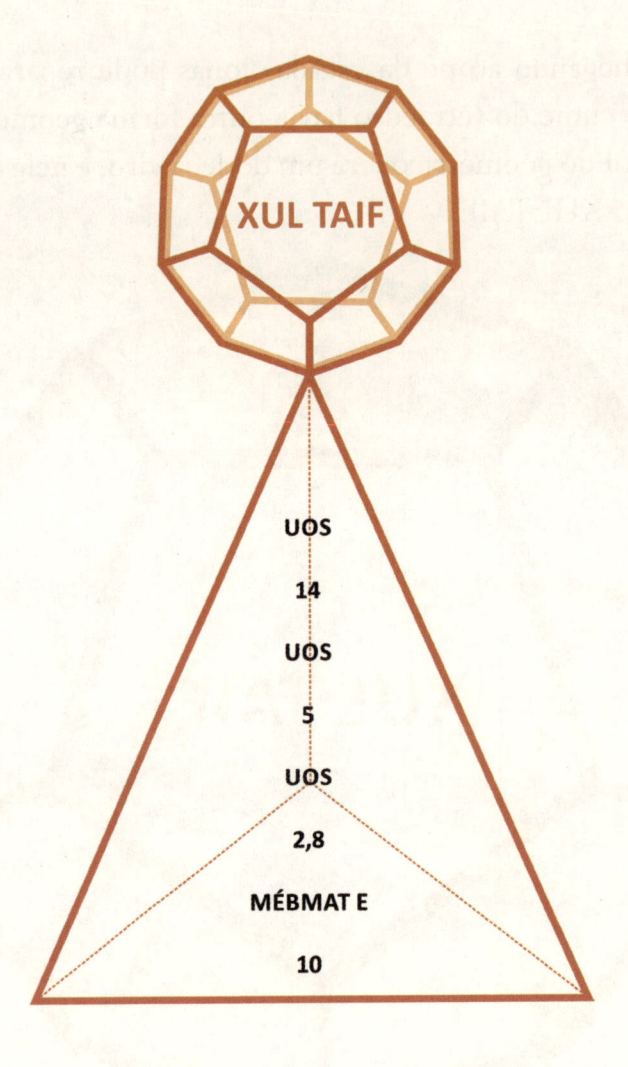

    Jonas viu aquilo e ficou sem entender nada, então perguntou: "O que estas coisas significam"? E o trigre Rodolfo respondeu: "São os enigmas da pirâmide". Jonas refletiu, e depois reparou que ali não havia porta alguma.

— Cadê a porta? — perguntou o garoto, e Rodolfo disse:

— A porta não se encontra, porque ainda há muitos enigmas para serem vistos.

Então Rodolfo e Talita guiaram o menino, fazendo-o contornar o tetraedro. A segunda face do tetraedro também era muito enigmática, e nela havia uma fórmula matemática:

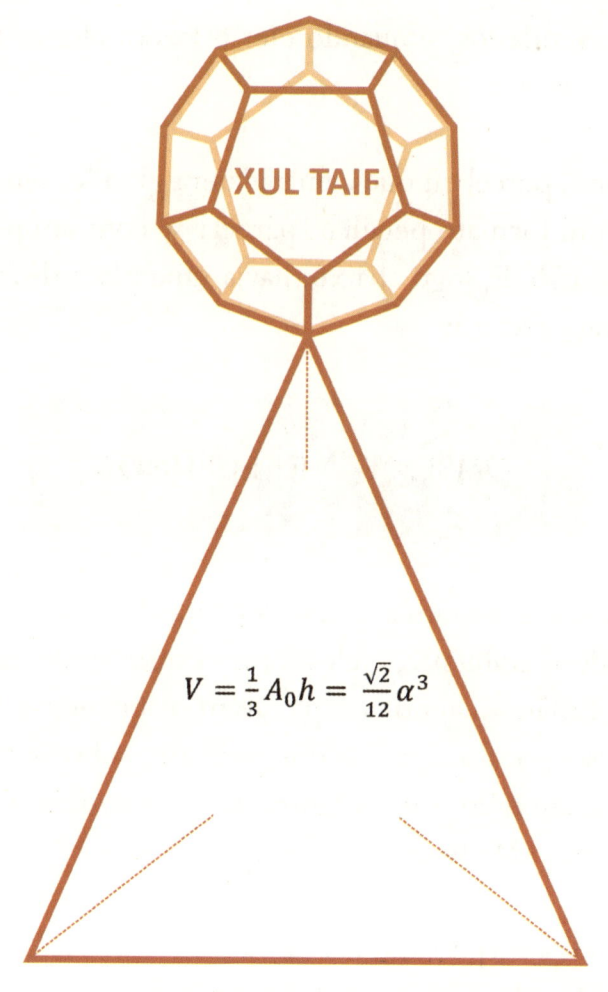

XUL TAIF

$$V = \tfrac{1}{3} A_0 h = \tfrac{\sqrt{2}}{12} a^3$$

Eles prosseguiram, e, chegando à terceira face, Jonas reparou que esta não era branca com letras escritas por cima, mas totalmente espelhada, refletindo tudo que ficasse próximo a ela.

— Eu não entendo... O que significam todos esses enigmas? – questionou Jonas, olhando para seus dois amigos. E eles responderam:

— Nós ainda não sabemos, pois só os escolhidos podem desvendá-los, e quando eles o fazem eles se tornam os nossos reis.

Jonas percebeu que a entrada era grande, sem portas e tinha um formato peculiar: parecia-se com um ponto de interrogação. E, logo abaixo, havia uma placa discreta, na qual estava escrito:

### OMSEM IT A ET-ECEHNOC

Eles adentraram a face sem porta. A escuridão dominava todo o ambiente, e eles foram caminhando vagarosamente. Então, quando completaram os primeiros trinta e três passos, se fez a luz! Todos pararam, sobressaltados, e logo ficaram mudos de espanto, pois quem ocupava o trono real era o Menestrel Errante.

Após a surpresa, Jonas falou:
— O senhor, Menestrel, é o rei!?

O Menestrel estava sentado no trono e, diante dele, no chão, havia vários objetos: uma espada, um cetro, uma batuta, uma varinha mágica e um cajado.

— Se eu sou o rei? — falou o Menestrel. E continuou: Eu sou o servo dos servos, pois dos servos o rei é o que mais serve, pois não serve apenas a um homem mas a um povo; mas sou também uma ideia, e a ideia está em vossas cabeças. Quando perceberdes isso vós sereis reis de vós mesmos. Em seguida, prosseguindo na conversa, perguntou-lhes:

— Então, digam-me: O que desejam?
— Menestrel — respondeu Talita, trazendo nos braços o fofo e meigo cangurrato — nós consertamos o relógio, foi assim que encontramos o cangurrato dentro dele. O que devemos fazer com o cangurrato?

*

Enquanto Talita estava perguntando, Jonas não deixou de notar algo peculiar que estava pintado no chão, em frente ao trono. Dentro do círculo formado por aqueles cinco objetos havia uma tabela formada por uma coluna de números, e três colunas de letras.

Notou, ainda, com espanto por não haver notado antes, que o que segurava as três faces do tetraedro eram três colunas, de cores diferentes, com letras gravadas no meio de cada coluna.

Na coluna azul, estava gravada a letra V, na verde, as letras VII e na rosa, as letras III.

Jonas notou também que essas letras representavam

diferentes valores numéricos, em algarismos romanos, e que cada coluna pertencia a uma face. Todas as três se ligavam à quarta face daquele grande tetraedro, e essa quarta face era o chão.

Jonas percebeu a peculiaridade do fato como se tentasse decifrar os enigmas: as colunas surgiam de um teto escuro, cravejado com minúsculos pontinhos brilhantes, como sendo tudo aquilo, lá em cima, uma representação do espaço.

As colunas iam em direção a uma pintura, feita no chão, de uma tabela que também tinha três colunas nas cores azul, verde e rosa. De onde Jonas as via, as três colunas que ligavam o chão e o teto pareciam se alinhar e seguir do teto até ao local da estranha pintura, onde cada coluna física atingia uma coluna fictícia da intrigante pintura.

E Jonas, na ânsia de desvendar esse mistério interrompeu Talita e o Menestrel, perguntando-lhes:

— O que é esse estranho desenho pintado no chão?

E o Menestrel respondeu:

— Ah, esse desenho é uma *tabela Pitagórica*, criação de Pitágoras, um grande amigo do rei Platão. Pitágoras também saiu, já faz tempo, à procura de Platão, e ainda não voltou.

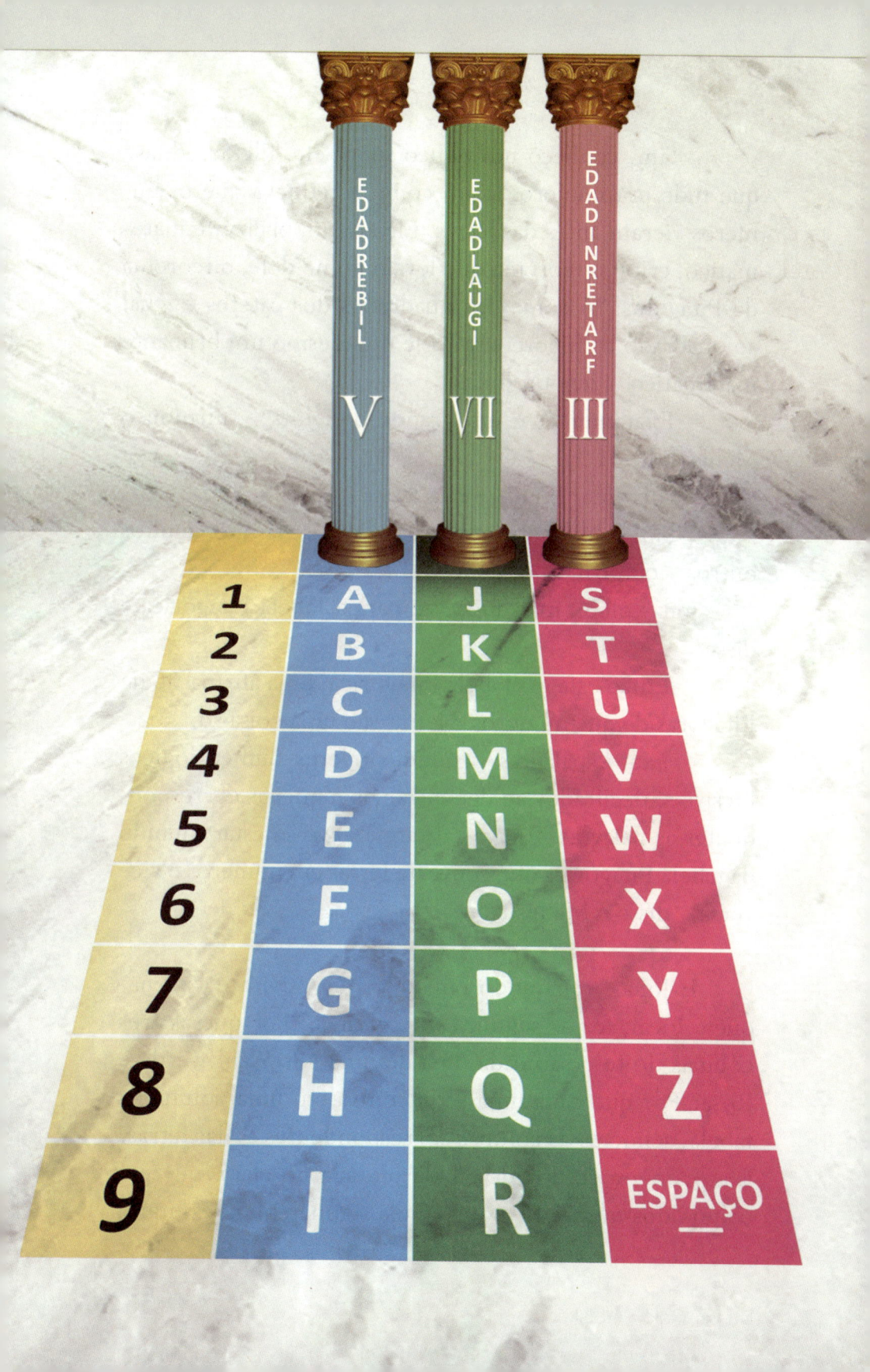

| | | | |
|---|---|---|---|
| 1 | A | J | S |
| 2 | B | K | T |
| 3 | C | L | U |
| 4 | D | M | V |
| 5 | E | N | W |
| 6 | F | O | X |
| 7 | G | P | Y |
| 8 | H | Q | Z |
| 9 | I | R | ESPAÇO |

**V** — EDADREBIL

**VII** — EDADLAUGI

**III** — EDADINRETARF

— Sim, conheço um pouco sobre ele. Ele acreditava que tudo era número, assim como acreditava que os números vieram antes das letras. Ele era um brilhante matemático, criou o teorema que leva o nome dele, o teorema de Pitágoras: "A soma dos quadrados dos catetos é igual ao quadrado da hipotenusa". Ele era mesmo um brilhante matemático — repetiu Jonas.

— Exatamente, e um grande poliglota — afirmou o Menestrel.

— Poliglota? Eu não sabia disso.

— Sim, ele falava inúmeros idiomas; latim e muitos outros — confirmou o Menestrel.

Jonas olhou mais uma vez para a Tabela Pitagórica e disse:

— Então esta é a Tabela Pitagórica, uma afirmação de Pitágoras de que números e letras são uma coisa só.

— Exato, palavras ocultam poderes numerológicos incríveis, decifrados ao encontrar os números correspondentes às palavras. E para tal tarefa deve-se estar munido da tabela Pitagórica que converte letras em números e vice versa — disse o Menestrel.

E Jonas, reparando em tudo que ouvira e vira naquele local, fez as seguintes perguntas: "Por que as três colunas do teto são cada uma de uma cor: Azul, Verde e Rosa? Por que cada uma se encontra em uma coluna da tabela, sendo essas colunas correspondentes às das letras? E a primeira coluna da tabela pintada no chão, que é a coluna dos números, por que ela é uma coluna solitária e não tem o seu correspondente em coluna física que vai até o teto?".

*<br>* *

E o Menestrel respondeu:
– Talvez porque os números são...
– Os números são... o quê? – perguntou o menino.
E o Menestrel respondeu:
– Os números são mais um dos mistérios da pirâmide. Uma coisa eu posso lhe esclarecer: cada coluna que sustenta o teto tem um nome: Edadrebil, Edadlaugi, e Edadinretarf, significando Liberdade, Igualdade, Fraternidade. E se uma delas for quebrada tudo no palácio desabará e nada restará, pois elas não são apenas colunas, são também o tripé. Porque é sendo irmãos que somos libertos e sendo livres nos tornamos iguais.

O Menestrel então se voltou para Talita e disse:
– Bem... onde estávamos? Ah, sim, você me perguntava o que devemos fazer com o cangurrato. Esse cangurrato é filhote e ele precisa da mãe dele.
– E onde podemos encontrá-la? – perguntou Talita.
O Menestrel falou: "Um momento, Talita, acredito que Jonas deseja me perguntar algo".
– Sim, Menestrel, preciso saber qual é o meu segundo desafio.
– Mas você acabou de completar seu segundo desafio.

— É?

— Claro que sim. Você consertou o relógio.

— Puxa! Então esse era o meu segundo desafio, disse animadamente Jonas.

— E o terceiro, qual é? perguntou Jonas ao Menestrel.

— Então o Menestrel falou:

— Procure dentro do cangurrato.

Jonas, Talita e Rodolfo se entreolharam sem entender nada. Quando eles voltaram os olhos para o Menestrel, ele havia sumido. Todos ficaram surpresos.

Então Jonas foi até ao roedor que descansava pacificamente no colo de Talita. Rapidamente, com as mãos, abriu, ou melhor, escancarou a boca do Hamster. O animal, impotente, nada podia fazer contra as mãos violentas do menino lhe apertando a mandíbula.

— Pare! — disse Talita nervosa. Vai machucá-lo!

— Não — replicou Jonas: só quero ver se o Menestrel deixou alguma pista dentro do bicho.

Jonas enfiou os dedos na garganta do animalzinho a fim de ver melhor o seu interior.

Ao acomodar melhor a mão que agarrava a mandíbula do cangurrato, ele se descuida e então: inhac! O bicho cravou seus dentes no dedo de Jonas.

— Ai! Ai! meu dedo, seu...

— Seu o quê? interrompeu Talita. Não se esqueça do poder da palavra.

— Mas ele me mordeu! Buááááá!!! — chorava Jonas.

— Grande novidade! Até eu morderia você, se fizesse

isso comigo. Onde já se viu tentar estrangular o inocente bichinho...

— Então o trigre se aproximou dos dois, dizendo:
— Eu me lembro que os cangurratos possuem uma bolsinha na barriga deles. Quem sabe o que Jonas procura esteja lá dentro da bolsa?

Com muito cuidado, Rodolfo levou a sua mão para dentro da bolsinha, e pegou um colar feito de uma tira de couro, com um pingente. Era uma safira verde.
Jonas perguntou: "Em que um colar pode nos ajudar?".
— Pertence à Safira — disse Talita.
— Sim, eu vejo que tem uma safira, só não entendo que ela seja verde, geralmente elas são azuis. Meu pai aprendeu isso com o gemologista da seção de penhor do banco onde trabalha.
— Não é isso — falou Talita. — Safira é o nome da moça a quem pertence esse colar. Ela mora em uma nuvem no meio do céu laranja.
— E como nós chegamos até lá? — perguntou Jonas.
— Com um balão — respondeu Rodolfo.
E assim foram à barraca de Said ver se ele teria um balão para lhes vender.

Chegando lá eles foram recebidos muito calorosamente, como sempre, por Said e Mohamed.
— O que desejam, meus filhos? — perguntou o comerciante bigodudo.

— Nós procuramos um balão — falou Jonas.

— De que tipo vocês querem? — perguntou Said.

— Nós queremos do tipo normal, para três pessoas — respondeu Rodolfo.

— Mas, do tipo normal, eu não trabalho; eu só trabalho com os tipos grandes, gigantes e descomunais; e não sei se vocês se interessariam pela minha única amostra, ela é uma amostra descomunal.

— E cadê o seu descomunal balão? — perguntaram eles.

— Está aqui, olhem bem: o cesto do balão, forma as paredes e o teto de minha tenda, e a lona que vocês veem lá fora cobrindo esse cesto é o próprio balão, vazio. Eu o envolvi no teto para este não apodrecer com o tempo; mas vocês têm interesse neste balão?

— Não. É descomunalmente descomunal para nós — respondeu Jonas.

— É! — emendou Rodolfo. — Sem seu balão, senhor Said, o senhor ficaria sem barraca. Então nós agradecemos.

Jonas, Talita e Rodolfo saíram entristecidos da tenda quando ouviram Mohamed chamando por eles:

— Esperem... por favor... acho que eu posso.. ajudar vocês.

Eles foram ao encontro de Mohamed.

— Sabem... Said talvez... não conheça... quem venda balões... ou quem os tenha... mas eu sei... quem tem um... um balão... Se vocês quiserem... eu poderei... levá-los até ele.

O quadrimelo cor-de-rosa olhou para Said com seu rosto tranquilo. Said concordou:

– Pode ir levá-los – falou, sorridente.

Jonas, Talita e Rodolfo subiram no quadrimelo.

Mohamed levou-os para fora dos muros da cidade e começaram a subir a montanha mágica até chegar ao topo. Quanto mais se aproximavam do topo, mais mudava a paisagem. Gradativamente, as ralas gramíneas deram lugar para as pedras e quando subiram mais um pouco começou a nevar. Jonas não entendia como poderia nevar em uma montanha que esquentava em vez de esfriar... Então, veio-lhe um pensamento: será que está frio aqui em cima?

A neve estava aumentando. Jonas pegou um floco de neve, sentiu, com os dedos, que ele estava frio e o colocou na boca: ele estava gelado. Então, se eu tirar o meu grosso casaco de Muk-uk, pensou Jonas, sentirei o clima frio.

Talita, que estava atrás dele, na outra corcova do quadrimelo, viu que ele ia tirar o casaco, e disse em voz alta, alertando-o: "Jonas, não seja louco de tirar o casaco, senão você vai se queimar com o quentíssimo tempo que há nessa montanha, aqui em cima".

Jonas não lhe deu ouvidos, pensando consigo: "Ela deve estar louca! A neve está fria, eu a experimentei e ela estava gelada. Se aqui estivesse muito quente ela teria derretido". Ele puxou o seu casaco para trás, e, quando o fez, sentiu uma fortíssima onda de calor bater contra seu peito, como se fossem as compressas quentíssimas embebidas em vinagre, água e sal que a mãe dele colocava na sua barriga quando estava doendo. Ele odiava aquilo, além de sentir sua barriga queimando com o pano quente, ele não suportava o horrível cheiro exalado pelo vinagre, acabando por sempre vomitar em uma bacia ao lado de sua cama ou em si mesmo e na cama.

Não suportando o calor que fazia na montanha, apesar de, curiosamente, estar nevando, Jonas gritava:

— Ai! Ai! Ai! Ai! Meu casaco, eu preciso de meu casaco! — gritava o garoto, tentando, inutilmente, alcançá-lo já que este havia caído atrás dele, próximo ao colo de Talita. Ela pegou o casaco e o colocou no ombro de Jonas, que imediatamente sentiu o frescor do casaco e o vestiu, com a ajuda de Rodolfo, que estava na primeira corcova à sua frente. Deste modo a temperatura voltou ao normal para Jonas e Talita lhe disse:

— Lembra, Jonas: "Vindo de um garoto que há pouco tempo estava surpreso, já que essa montanha esquenta em vez de esfriar à medida que se sobe, e no topo não perde o gelo...".

Jonas, ao ouvir essas palavras, envergonhou-se de si mesmo, sentindo-se um bobo. "Devo ouvir mais os meus amigos, as pessoas que me querem bem", pensou o garoto consigo mesmo.

— Olhem! — disse Rodolfo ao ver surgir, ao longe, os contornos de um imenso balão, descansando em terra firme, e, ao seu lado, avistou um celeiro de madeira, vermelho e branco.

— Nossa! Que lindo balão colorido! – disse Talita.

— É imenso! – emendou Jonas.

Então, parando próximo do balão, eles desceram de Mohamed. Viram que não havia ninguém por ali e se dirigiram para o celeiro. Lá se escutava um intenso barulho de martelo, de furadeiras e parafusos sendo apertados, e, à medida que se aproximavam do celeiro, peças eram arremessadas perto deles.

— Opa, opa, cuidado! – disse Mohamed a um rapaz, agachado perto de uma geringonça. Ao ouvir Mohamed, o rapaz se virou. Aparentava ter 18 ou 20 anos, parecia asiático e estava com sapatos e calças pretas, uma blusa branca e um jaleco branco, não muito branco, pois estava coberto por enormes manchas escuras de graxa, óleo ou lubrificante para máquinas.

O rapaz soltou seu alicate e a chave de boca, levantou-se, foi até eles e os cumprimentou com uma típica reverência oriental dizendo:

— *Arigatô*! Como vão vocês? Olá, Mohamed!

— Olá! – respondeu Mohamed. – Quero apresentar os meus amigos: Jonas, Talita e Rodolfo.

— Muito prazer, o meu nome é Tokugawa-Confúcio.

— Seu sobrenome é Confúcio? Você é parente do grande filósofo chinês Confúcio, o criador dos "Analectos", livros com breves afirmações, diálogos e anedotas que são as bases do Confucionismo, o grande código de Ética, com pitadas de ritual social, Filosofia, Política, o grande conjunto de normas de comportamento?!

— Sim, esse mesmo — respondeu Tokugawa-Confúcio. — Acaso você chegou a conhecê-lo quando ele estava na terra? O vovô sempre me dizia os caminhos da virtude: *LI, DE, ZENG, REM, DAO*; sabe: "Quem diz o que não deve perde o amigo; quem não diz o que deve perde a palavra".

"Sim, a palavra", pensou Jonas. A minha busca é aprender a *"degustar palavras"*.

— Antes de ir para o seu mundo, Jonas, o meu avô me disse:

— Vou para a Terra, para ensinar ao seu povo os ensinamentos de nosso mundo, que um governo é feito de homens que seguem bons costumes e não apenas leis vazias.

Jonas tentou aceitar a ideia de Confúcio haver morado naquele mundo. "Mas...Por que não?", pensou ele. "Afinal, Arquimedes e Platão moraram nele." Seus pensamentos foram interrompidos por uma voz:

— Em que posso ajudá-los? — perguntou Tokugawa.

— Nós precisamos de seu balão — falou Rodolfo. É para irmos até à cidade das nuvens, que fica no meio do céu laranja, e entregarmos a Safira o colar e o afilhado dela.

— O afilhado? — perguntou Jonas.

— Sim, o cangurrato!

— O cangurrato é afilhado de uma pessoa chamada Safira!?

— Claro, quando alguém nasce no Mundo das Ideias tem padrinhos, que podem ser vários — disse Talita.

— Mas ele é um bebê? — perguntou Jonas.

— Claro! Por quê? Você acha que ele não fala, porque não é inteligente? Claro que ele é, e muito, só não está preparado, desenvolvido, ou seja, não tem idade suficiente — disse Talita.

— E porque você não me contou isso antes? — perguntou Jonas, aborrecido, como se Talita houvesse omitido algo.

— Ora, não lhe falei porque você não me perguntou.

Jonas ficou quieto, refletindo sobre a importância da palavra em uma comunicação correta.

— Então querem que os leve agora com o balão? É que eu preciso consertar a caldeira que aquece o balão.

Jonas se meteu na conversa, dizendo: "Quando nós chegamos ao cume da montanha, a primeira coisa que nós vimos foi o seu balão, inflado. Acredito que ele voe".

— Bem, voar ele voa, mas...

— Não tem problema — disse Jonas, bem mal educadamente, interrompendo Tokugawa. Nós vamos no balão assim mesmo.

— Mas... — tentou falar inutilmente Tokugawa, enquanto Jonas tomava a dianteira, indo para o balão.

Todos ficaram olhando Jonas, surpresos.

— O que foi?! — perguntou Jonas, já dentro do cesto do balão. Vamos! Vamos! Embarquem nesse balão.

Tokugawa-Confúcio entrou no balão com Talita e Rodolfo.

Mohamed os seguiu, mas não entrou no cesto.

—Venha, Mohamed! — disse Jonas.

— Eu... agradeço muito... o convite.. mas.... meu trabalho ... já foi cumprido... aqui... Além do mais ... Said precisa muito... de minha ajuda... na tenda.

Todos se despediram do quadrimelo cor-de-rosa.

—Tchau! Mohamed, até mais — disseram todos.

Entusiasmado, Jonas desatou o nó que prendia o balão à montanha, e o balão começou a subir.

— Eu não disse? — falou Jonas. Não precisamos daquela tal de caudei... sei lá, geringonça.

E quando Jonas concluiu a frase, o balão parou. "O que houve?", perguntou Jonas.

Tokugawa-Confúcio falou:

— Você não me deu tempo de lhe explicar que esse balão não se mantém inflado sem sua caldeira, porque o ar no cume dessa montanha é extremamente quente até certo limite. Conforme ele avança no céu, começa a esfriar, impedindo que o balão continue a viagem.

Após explicar, Tokugawa-Confúcio lançou um olhar sério ao menino.

Jonas se sentiu encolhendo de tanta vergonha, como se ficasse do tamanho de uma ervilha, talvez menor que um grão de mostarda. Ele nunca havia passado tal vexame, e seu coração deu uma pontadinha, e Jonas entendeu.

— Desculpe-me! De todo o meu coração, eu lhe peço que me desculpe. Se houver algo que eu possa fazer por você, eu farei, eu ajudarei no que for necessário no conserto da caldeira.

Tokugawa-Confúcio viu que o menino falava de coração sincero e o desculpou.

Ele lançou uma longa escada de cordas, e todos desceram por ela. Lá embaixo, Jonas tomou uma atitude: não ficou parado, se lamentando; foi logo atrás de Tokugawa-Confúcio, a fim de ajudá-lo a puxar o balão para baixo e consertar o seu erro.

Jonas e Tokugawa-Confúcio, com um pouco de esforço, puxaram todo o balão e voltaram a prendê-lo ao chão. Assim todos puderam voltar para o celeiro e se concentrar no conserto do balão.

Durante o conserto, Jonas se mostrou um pouco hiperativo, tanto que não se concentrava, e sem concentração, ele fazia uma coisa e desmanchava outra.

Todos interromperam imediatamente o conserto quando, pela décima quarta vez, o menino estragou a válvula necessária ao que estava tentando consertar. Tokugawa-Confúcio já havia dito, quando Jonas cometeu o décimo terceiro erro, que ele já estava ficando sem válvulas, e que talvez só restassem duas. Então Tokugawa, ao ver a décima-quarta válvula quebrada, parou o que estava fazendo, caminhou até Jonas, e, com seus dedos, pegou delicadamente a mão de Jonas. Tokugawa-Confúcio ficou ajoelhado para poder ficar da mesma altura de Jonas e vê-lo nos olhos:

— Jonas — disse Tokugawa — você está fazendo as coisas rápido demais, não se concentra nelas, precisa ter calma e antes de fazer qualquer coisa, de qualquer jeito, você deve tentar compreendê-la, estudá-la... Olhe a válvula que você girava para encaixar, você girava do lado errado! Qualquer coisa, não interessa o quê, até mesmo um mantra, se você, pronunciá-lo rápido demais, e sem tentar entendê-lo, este perde o sentido, pois ele foi feito como todas as ações boas foram feitas: para serem apreciadas... para ele ser apreciado. E quando você quer fazer mesmo uma coisa, deve fazer com vontade, mas para essa vontade dar frutos mais rápido, precisa fazer seu trabalho com calma, com atenção, através da observância e da concentração. É assim que brota mais amor pelo que se faz.

Então Tokugawa-Confúcio, com um sorriso, colocou sua mão sobre a do garoto, levou-a até à válvula, e, calmamente, mantendo-a sobre a válvula, dirigiu-a para o seu eixo. Então o garoto coloca-a com cuidado e atenção, e a gira para o lado correto. Tokugawa-Confúcio lhe estende uma chave de boca, e, ao pegá-la, Jonas vê o brilho de contentamento nos olhos de Tokugawa-Confúcio.

Eles embarcam então no balão, com a caldeira consertada. Tokugawa desata o nó que prendia à terra o balão colorido e todos voam felizes, no meio da imensidão cor de abóbora do céu, em direção à cidade das nuvens.

**51135**

5

*A cidade das Nuvens*

**69126**

Enquanto o balão se aproximava da cidade das nuvens, Jonas sentiu-se tentado a perguntar a Tokugawa-Confúcio se ele era japonês ou chinês, mas ficou calado, pois sabia a resposta, ele não era japonês, nem chinês, nem tailandês, tibetano ou coreano: ele é ser humano, pertence à nação humana.

Jonas, Talita, Rodolfo e Tokugawa-Confúcio cruzavam o céu laranja e avistaram uma imensa nuvem se aproximando do balão. Eles viram surgir uma enorme estrutura no meio da nuvem: era um farol, lindo, de tijolos de cristal, mas sem luz.

O balão sobrevoou a imensidão da cidade que crescia em torno do translúcido farol.

Eles então desceram com o balão em uma praça circular em cujo centro o farol se impunha, imponente.

Tokugawa-Confúcio levou o balão para o meio da Praça, pousou-o próximo ao farol, e, enquanto descia do balão, disse: "Chegamos à casa de Safira". Todos o seguiram, saindo do cesto.

— Essa é a casa de Safira? — perguntou Jonas diante da porta do imenso farol.

— É sim — respondeu Talita.

Jonas ficou pensando: O que deveria fazer? Será que deveria bater na porta, tocar a campainha? Então Jonas vasculhou a entrada com os olhos à procura da campainha, não encontrou nada, apenas uma corda que levava a uma sineta presa na parede acima do umbral. Ele duvidava muito que alguém que vivesse atrás daquelas grossíssimas paredes de cristal pudesse ouvir alguma coisa. Porém puxou a corda várias vezes, talvez de seis a quinze vezes.

Instantaneamente a porta se abriu na frente deles, e uma mulher loira, de olhos azuis, aparentando ter trinta anos, assustada, com os olhos arregalados, perguntou:
— O que houve? Alguém corre perigo?

Jonas reparou que a jovem mulher tinha um sotaque denso, meio carregado, aparentando russo. "Será que essa moça é russa, ou será que ela pertence a algum país do leste europeu? Talvez tenha nascido na Polônia, ou na Ucrânia, ou, talvez, na Lituânia?" pensava ele.

— Alguém em perigo? — a jovem voltou a perguntar.
— Não — disse Talita. — Foi o meu amigo Jonas que tocou sua sineta várias vezes.
— Ah, estão todos bem!
Ela voltou-se para Jonas, dizendo:
— Que coisa mais feia, menino, pensa que eu sou surda e que não ouvi todo aquele barulhão?
— Espera aí — disse Jonas — que eu saiba esse sininho nem faz tanto barulho assim, quem sabe um leve ruído, talvez.
— Engana-se muito — disse a mulher. — Esse sino é do tamanho da necessidade que eu tenho de ouvir barulho; se eu tenho um sininho, não acha você que é porque eu ouço muito bem? Eu não preciso de algo grandioso ou estrondoso para poder ouvir, disse ela, e Jonas assentiu,

calado.

Então Tokugawa falou:

— Olá, Safira.

Ela sorriu e o cumprimentou.

— Como vai? — disse Tokugawa, de novo, e, como por hábito, fez uma reverência.

— Como está o seu balão? Conseguiu consertar a caldeira dele? — perguntou Safira.

— Sim, graças à ajuda de meus novos amigos. Quero que você os conheça. E como Jonas estava quase na frente de Tokugawa, ele colocou a mão sobre o ombro do menino e o apresentou: Este é Jonas.

Jonas disse: "Prazer em conhecê-la", e Safira respondeu: " O prazer é todo meu".

Tokugawa-Confúcio continuou:

— Talvez a senhora já conheça a Talita e seu trigre Rodolfo.

— Mas é claro que os conheço. Como vai, Rodolfo?

— Vou bem! — disse, simpaticamente, Rodolfo.

— E você, como vai, Talita? — perguntou Safira.

— Estou feliz em vê-la — respondeu a menina.

Foi neste momento que Safira viu, no colo de Talita, o cangurrato. Os olhos de Safira se encheram de lágrimas, tamanha foi a emoção em revê-lo, e ela correu até Talita, pegando o pequeno roedor no seu colo, e falando com um sorriso: " Meu afilhado, que bom que você voltou!".

Ao ouvir todo aquele barulho eis que sai de trás da porta do farol um casal de cangurratos adultos, grandes, com 1,60m de altura. Eles foram ver o que estava acontecendo, e, quando a senhora Cangurrato vê seu filho nos braços de Safira ela começa a chorar de alegria, indo até ele e dizendo:

— Meu filho querido, você voltou! Que maravilha! Eu estava muito preocupada, desde o dia em que você fugiu do berço e caiu da nuvem. Como eu amo você, meu filho!

O pai, o senhor Cangurrato, aproximou-se, muito feliz, e anunciou:

— Este acontecimento merece um banquete de comemoração!

Imediatamente eles aprontaram a mesa: talheres e louças, das mais belas que possuíam para ocasiões especiais, além de toda sorte de alimentos; era mesmo um farto banquete.

Já na mesa, Jonas perguntou:

— Uma coisa eu não entendo, Safira: acaso esse farol não deveria estar sempre aceso em vez de apagado como está?

E Safira respondeu:

— Ao contrário, eu devo, juntamente com o casal de cangurratos, tomar conta desse farol para que jamais nele brote uma chama ou se acenda uma fagulha.

— E por que isso? — perguntou Jonas intrigado.

Pacientemente, Safira explicou:

— Ele deve ser mantido apagado porque não é nas coisas materiais que se deve pôr luz. Não importa o quão belas elas possam parecer, finas e preciosas que sejam. A chama verdadeira, a luz verdadeira, deve brotar de nossos corações, é nele que deve habitar a luz, e não nas coisas materiais, porque estas são passageiras, elas não nascem com a felicidade, porque a felicidade deve nascer dentro de você, através de uma escolha que é só sua. As coisas materiais são úteis, não podemos abdicar delas totalmente, mas isso não significa que elas sejam as respostas para definir as pessoas que somos.

Há pessoas que se procuram em uma fórmula mágica como para emagrecer, ou em um belo carro, num belo vestido ou no que for... Essas pessoas estão procurando num vazio, essas coisas não podem dizer quem elas são, porque essas coisas são vazias. Mas as pessoas podem falar quem elas são, pois são elas as únicas responsáveis por mudar as suas vidas. Cuidado para não se procurar no vazio, senão vazio você se tornará.

Jonas concordou em silêncio e comeu seus alimentos pensando no que Safira havia dito.

O senhor e a senhora Cangurrato brindaram alegremente à saúde do filho, e o roedorzinho começou a balbuciar uma palavra: Jo... Jo... Jonas, falou atrapalhadamente o filhotinho, sua primeira palavra, e os pais ficaram muito felizes. Olharam para Jonas e falaram:

— Sabe, garoto, nosso povo dá muito valor às palavras, acreditamos que elas definem quem nós somos, porque são parte e profecias de nossas próprias ações. Aqui, nessa mesa, falamos muito sobre suas fantásticas aventuras e de como tem se mostrado solidário, valente e prudente. Esperamos que nosso filhote possa se tornar alguém com estas qualidades.

Após a janta Jonas retirou do seu bolso o colar de Safira e o entregou a ela, enquanto seus amigos iam se levantando para sair; Safira, porém, falou:

— Por que vão tão cedo, meus amigos?

— É que temos que encontrar o Menestrel Errante, para sabermos qual será o quarto desafio, respondeu Jonas.

— Mas então não querem saber a utilidade dessa joia? — disse Safira mostrando o pingente de safira verde que pendia de seu colar.

— E ela tem utilidade? Não é só um adorno? — perguntou Jonas.

— Não! Venham comigo até ao alto do farol e eu lhes mostrarei.

Eles subiram as longas escadarias, e, ao adentrarem a sala do farol, no centro dessa sala eles viram uma coluna pela metade, sobre a qual havia uma vela apagada.

Então a mulher se aproximou da meia coluna e sobre esta colocou a joia, ao lado da vela. Com um martelo ali próximo, quebrou ao meio a safira verde. Da pedra começou a escorrer um grosso filete d'água que, como possuído por vida, começou a dançar e serpentear em volta da vela.

Safira então pegou a pedra quebrada e a juntou no meio, e como por mágica a pedra se reconstituiu. Safira, olhando para a água a envolver a vela, disse:

— Essa é a água da vida eterna. Quem a possui afasta a luz indesejada que ilude e não ilumina. Obrigada por trazê-la até mim.

Após verem isso, encantados com a beleza daquela água especial, eles se viraram para sair e eis que ali estava, o tempo todo, atrás deles, o Menestrel Errante, ao lado da porta de descida.

— Menestrel! – disse Jonas, contente. – Que bom ver o senhor por aqui. Gostaria de apresentá-lo aos meus dois novos amigos.

E o Menestrel disse:

— Olá, Safira! Olá, Tokugawa-Confúcio! E como estão o senhor e a senhora Cangurrato e o seu filhote?

— Estamos muitíssimo bem, disseram eles.

Jonas então disse: "Nossa! Você os conhece também!?".

— Claro, Jonas, afinal quando se tem amigos não se pode esquecê-los.

Jonas, eufórico, pediu ao Menestrel:

— Senhor Menestrel, poderia me dizer qual é o meu

quarto desafio?

— Quarto... por quê? Acaso quer refazê-lo? disse o Menestrel.

— Como assim? perguntou Jonas, surpreso.

— Vejamos: Você ajudou Tokugawa-Confúcio a consertar o seu balão, para mim isso é uma tarefa desafiadora e você acabou aprendendo lições muito importantes com ela, e depois veio o desafio de entregar o filhote de cangurrato, e você ouviu sábias palavras do senhor Cangurrato, e, por último, entregaram o colar para Safira, e a protegeram das luzes indesejadas. Se contar com o desafio de consertar o relógio e de achar o trigre, são ao todo cinco desafios completos.

— Cinco desafios! — disse Jonas, mais surpreso ainda.

— Tá bem, vou considerar a barganha com Said um desafio pessoal seu, para sua compreensão, é claro, e a lição de moral que Said muito bem apresentou, para você. Então, ao todo, são seis desafios já realizados — disse o Menestrel Errante.

Jonas mal podia acreditar. A emoção era tamanha que seu jovem coraçãozinho parecia pular fora do peito.

— Menestrel, então, por favor, me responda qual é o meu sétimo desafio?

O Menestrel ajeitou sua cartola, olhou para Jonas dizendo:

— Procurem o homem que luta com gigantes de vento.

— E onde poderei encontrá-lo? — perguntou Jonas, mas já era tarde, e de novo o Menestrel desaparecera, sem deixar vestígio.

— Mas onde e como encontraríamos esse homem? — perguntou Jonas aos amigos. Tokugawa-Confúcio cutucou Jonas e sugeriu:

— Talvez possamos encontrá-lo. Esse homem não luta contra gigantes de vento? Então, é só encontrarmos os gigantes de vento que encontraremos o homem.

— E como encontraremos os gigantes? — insistiu Jonas.

— É simples. Os gigantes não são feitos de vento? Então é só seguirmos o vento, com o meu balão, que o vento nos levará aos gigantes e os gigantes nos levarão ao lutador – disse Tokugawa-Confúcio.

Assim, eles se despediram de Safira e do casal Cangurrato e seu filhote, e subiram no balão de Tokugawa-Confúcio. Ele ligou a caldeira, o balão subiu, e, enquanto subiam, todos trocavam acenos e se despediam.

# 6

## Os gigantes e outros grandes

O balão singrou os céus seguindo o vento mais forte que os empurrava para longe, e cada vez mais longe.

Jonas se sentia mergulhado em um mar de monotonia por passar várias horas em um balão sem rumo. Ele precisava "passar o tempo" de alguma forma, e veio-lhe uma lembrança: "Tokugawa-Confúcio me explicou de onde veio o seu sobrenome Confúcio, mas eu não lhe perguntei o sentido do nome Tokugawa".

Motivado por uma curiosidade cada vez mais crescente, ele perguntou:

— Tokugawa, por que seus pais lhe deram esse nome? Não seria por causa do grande *shogun* japonês Tokugawa, que unificou o Japão, exímio político estrategista, aquele a quem os historiadores se referem como o responsável por mais de 100 anos de paz na terra do Sol Nascente, um período que ficou historicamente conhecido como Pax--Tokugawa? É esse mesmo o *Shogum* Tokugawa?

— Sim, é esse mesmo! Acaso você se encontrou com titio enquanto ele esteve lá na terra? Sabe, ele vivia dizendo que o seu objetivo era trazer a paz e a união para o povo lá da Terra. Sabe, Jonas, esse nome que tenho é, sim, em homenagem a titio Tokugawa.

Jonas tenta entender como tantos personagens históricos podiam pertencer ao Mundo das Ideias. Talvez fosse a teoria de espaço e tempo de Albert Einstein, ou talvez este mundo fosse uma espécie de dimensão, a parte da terra na qual o tempo talvez não exista ou passe muito devagar. Quanto mais Jonas pensava em respostas, mais perguntas surgiam, e ele tentava aceitar a peculiaridade daquele mundo.

—Vejam para onde os ventos nos levam — falou Tokugawa-Confúcio, apontando para um extenso campo de grama, similar aos pampas gaúchos, com planícies gramadas entre montanhas.

Eles notaram que aquela corrente de ventos os levava para perto de imensas criaturas, parecidas com moinhos de vento holandeses. Eram duas criaturas muito exóticas: carregavam as hélices nas costas, eram moinhos ambulantes, com olhos, nariz e boca. O balão foi descendo até eles, e Jonas, ao descer do balão com todos os seus amigos, perguntou:

—Vocês são os gigantes de vento?

— *Guten-tag*! Bom dia! – disseram os dois gigantes. – Sim, nós somos os gigantes de vento. Meu nome *serr Asdrrubal* e esse *serr* meu irmão Fritz.

Jonas imediatamente notou o sotaque, não quis perguntar, mas ficou pensando se eles seriam da Alemanha, ou Austríacos, Holandeses... Seriam eles de Luxemburgo? Ou seriam da Namíbia? E concluiu, dizendo a si mesmo: "Acho que a resposta é uma só, certamente são daqui mesmo, já que é pouco provável haverem moinhos de vento ambulantes naquelas regiões".

— O que vocês desejam? — perguntou Fritz, com seu sotaque germânico.

— O Menestrel nos disse para encontrar aquele que luta com vocês — disse Talita, enquanto Jonas ainda estava com a cabeça no mundo da lua.

— Quem luta conosco é Pepe.

— Pepe? — perguntaram Jonas e seus amigos.

— Sim, Pepe. Olhem, ele está lá! —apontou Asdrúbal, com o indicador voltado para o Sul.

Com um imenso sombreiro, um típico chapéu mexicano, com uma barba escura e de pele parda, montado num cavalo, ou num animal que parecia ser cavalo, Pepe se aproximava de Jonas e seus amigos.

Ao chegar perto das criaturas gigantes Pepe desceu de seu animal e cumprimentou a todos.

— *Buenos dias*! Bom dia, como estão vocês?

Os gigantes de vento apresentaram Pepe, e Fritz disse:

— Pepe, esse grupo o procura; eles precisam falar com você.

— Sim, precisamos — disse Jonas. — Esses são os meus amigos Talita, Rodolfo e Tokugawa-Confúcio, e eu me chamo Jonas.

— Muito prazer! — disse Pepe, com sotaque espanhol. Meu nome é Don Pepe Miguel Lúcio Fernando Dias Augusto Correia Ortiz Martins de Mendonza Castilho Xavier Quixote de La Mancha; ou se preferir Dom Quixote de La Mancha, na realidade, apenas Alonso Quijano.

Emocionado, Jonas falou:

— Só um momento, o senhor é Don Quixote de La Mancha? O mesmo Don Quixote de La Mancha, apaixonado pala Dulcineia Del Toboso, o Don Quixote que tem como seu fiel escudeiro Sancho Pança, o que lutou contra os moinhos de vento, você é o Don Quixote, personagem de Miguel de Cervantes y Saavedra, livro publicado em Madri, em 1606?

— Sim, em parte. Cervantes veio aqui um dia, jogamos xadrez e ficamos amigos. Após conversarmos muito, ele disse estar inspirado por minha pessoa. Falou que ia escrever um livro de ficção em que eu seria protagonista. Então foi embora, já faz uns dois dias e ainda não voltou para entregar um exemplar de sua história para mim. Acho que um dia ele vem me visitar. Acaso você o conhece?

E Jonas respondeu:
— É... já ouvi falar dele e já li o seu livro.
— Nossa! Cervantes escreveu rápido o livro. Mas, o que vocês desejam?
— O Menestrel falou que precisávamos encontrar você para realizar o sétimo desafio. Por acaso, não há alguma coisa que possamos fazer por você?
— Por enquanto, nada, mas se vocês quiserem assistir ao meu duelo de xadrez com os gigantes de vento, ou participar do duelo, estão convidados.
— Espere um pouco! A luta contra os gigantes é uma partida de xadrez?!
— Sim, por quê? — perguntou Don Quixote.

— Não é nada, não. Nós aceitamos participar de seu duelo — disse Jonas.

Então Don Quixote foi até seu equino.
— Esse é o Rocinante? — perguntou Jonas, curioso.
— Sim — respondeu Don Quixote.

Jonas achou o animal muito peculiar: o cavalo tinha seis pernas, era de cor púrpura, e, em vez de pelos, era coberto por penas, possuindo, no lugar da crina, uma farta crista de galo.
— A que espécie pertence esse animal?
— É um cavagalo — respondeu Don Quixote, enquanto pegava um saco que estava amarrado na sela.

Don Quixote aproximou-se deles com o saco e, impressionantemente, retirou peças de xadrez de quase um metro e meio cada uma. O mais impressionante, notou Jonas, era que as peças tinham vida própria, possuindo olhos, boca, orelhas e nariz. E, como se isso não bastasse, o mais inacreditável era que o saco de onde saíam as peças era incrivelmente pequeno se comparado ao tamanho e número das peças que dele saíam. Dúzias de peças de um metro e meio saíam de um saco cujo tamanho não passava das canelas de Quixote!

— Mas o que é isso? São peças de xadrez vivas?
— São os xadrezinhos, animais muito comuns por aqui. Minha criação de animais é quase exclusivamente composta de xadrezinhos.

— E como essas peças tão grandes cabem nesse saco? – perguntou Jonas a Don Quixote.

— Jonas, se você pensar que todo fim para algo que se idealiza é um grande começo para coisas maiores, então, coisas muito grandes poderão ser realizadas por você em lugares e circunstâncias muito menores, é assim que eu faço caber meus xadrezinhos nesse pequeno saco.

Don Quixote remexeu mais um pouco naquele saco e dele retirou algo extraordinariamente maior que todas aquelas peças juntas; parecia um livro, mas não qualquer livro, parecia com um livro descomunal, uma daquelas coisas que seria tipicamente vendida no bazar de Said e Mohamed.

Don Quixote, nesse momento, pediu a ajuda de todos: "Venham! Ajudem-me a abrir o curral para os xadrezinhos".

Então Jonas e seus amigos se dividiram: Jonas e Talita seguraram uma das extremidades do que dom Quixote dizia ser um curral, enquanto Don Quixote e Rodolfo seguraram na outra extremidade, e logo vieram os gigantes de vento Asdrúbal e Fritz, um em cada ponta.

Com muito esforço todos conseguiram abrir o imenso curral, que se mostrou ser um colossal tabuleiro de xadrez.

— Óh! Ué, você não disse que esse tabuleiro era um curral? – perguntou Jonas.

— E é. Os xadrezinhos pastam somente se estiverem jogando xadrez, sabe, isso os deixa mais tranquilos.

Jonas percebeu que, ao posicionar os xadrezinhos conforme a espécie (torre, peões, bispos, cavalos, reis e rainhas) os gigantes de vento Asdrúbal e Fritz, mesmo com certa dificuldade, montaram nos xadrezinhos da espécie torre. Em seguida, Rocinante montou no xadrezinho da espécie cavalo. Também Talita pegou o xadrezinho da espécie cavalo. Rodolfo pegou o xadrezinho da espécie bispo. Tokugawa-Confúcio pegou o outro xadrezinho da espécie bispo. Don Quixote montou no xadrezinho da espécie rei. Jonas não havia entendido nada, mas mesmo assim achou melhor subir em um xadrezinho. Ele tentou subir no xadrezinho da espécie rainha, mas, ao conseguir, teve uma péssima surpresa: o xadrezinho rainha começou a pular e girar freneticamente, como se fosse um touro bravo de rodeio.

Jonas caiu. Foi um tombo e tanto, dando com o bumbum no chão.

— Ai! Ui! O que aconteceu? Por que eu não consigo montar no xadrezinho rainha?

— É que esse xadrezinho não está acostumado com você — disse Don Quixote. Sugiro que pegue outro.

— Só me resta o xadrezinho da espécie peão.

— E esses são os melhores — disse Don Quixote. Eles lutam, são desafiados a se tornarem melhores do que são, e quando conseguem, carregam consigo, para sempre, algo inestimável que, de outra forma, nenhum outro xadrezinho teria: a experiência.

Então Jonas, um pouco mais animado, subiu no xadrezinho da espécie peão.
— E os outros xadrezinhos vazios? — perguntou Jonas.
— Seus parceiros estão chegando — disse Don Quixote.

Do céu, com um guarda-chuva aberto, vinha descendo uma linda mulher. Ao vê-la, Jonas exclamou: "É Safira!".
Ela tocou o solo e disse:
— Estava eu observando, lá de cima, na cidade das nuvens, os preparativos para um duelo de xadrez, e pensei que pudessem querer a minha ajuda.
— É claro que sim, Safira, pode montar em uma peça — disse Don Quixote.
— Muito obrigada! — disse Safira, que montou em um xadrezinho peão.

Logo após Safira montar no xadrezinho peão, todos avistaram, ao longe, Said, que vinha chegando, montado em seu quadrimelo Mohamed.
— Muitos figos — disse Said, mostrando-lhes um grande pacote. — Aquele figo que você me deu, lembra? Eu plantei a semente e nasceu uma linda árvore de figos, muitos figos. Graças aos figos minha vendinha prosperou sete vezes mais. Vim lhe agradecer e trouxe muitos figos para vocês.
— Nossa, Said, como cresceu rápido sua figueira! — disse Jonas.

— É... a terra que é ... boa — disse Mohamed.

— Será que vocês poderiam nos ajudar? — perguntou Jonas.

— Mas é claro que sim. O que desejam? — perguntaram Said e Mohamed.

— Gostam de xadrez? — perguntou Jonas.

— Sim, gostamos muito.

— Então, por favor, ainda há dois peões sobrando para vocês — disse Jonas, apontando para xadrezinhos da espécie peão que estavam no tabuleiro.

Assim, Said e Mohamed dirigiram-se cada um para o seu peão.

—Tudo bem, mas ainda falta quem monte o xadrezinho rainha — disse Jonas.

— Não falta não — respondeu Don Quixote.

E eis que surge no horizonte uma figura rechonchuda e baixinha, também utilizando um grande chapéu mexicano, e usando um pala colorido como os usados pelos habitantes dos Andes peruanos.

— Nossa, o que ele traz junto com ele? — perguntou surpreso Jonas ao ver o que parecia serem insetos.

— Esses são os Formingabelhas — disse Don Quixote.

— Formingabelhas? — falou Jonas, sem entender.

— Não se preocupe! Sancho se aproxima, e ele lhe irá contar a bela história dos Formingabelhas.

— *Buenos dias, Sancho, como está usted?* — falou Quixote.

— Muito bem, obrigado. E estes quem são?

— São nossos amigos: Jonas, Talita, Rodolfo e Tokugawa-Confúcio.

— Aqui está a corte dos Formingabelhas — disse Sancho, apontando para os inúmeros "insetos".

— Por falar em Formingabelhas, você poderia explicar a bela história deles para nosso amigo Jonas? — perguntou Don Quixote.

— Claro que sim — disse, animadamente, Sancho Pança.

Jonas achou curioso, mas aquele Sancho não tinha sotaque espanhol, o sotaque de Sancho era tipicamente português, seria Sancho de Portugal, ou de Angola, ou de Macau, Brasil, dos Açores, Moçambique, ou de Tobago ou seria Sancho da região da Galícia? — pensava Jonas.

— Vou contar para vocês a história de três reinos bastante distintos — começou Sancho. — Muito, mas muito antes de eles, os Formingabelhas, serem o que são, eles eram três seres completamente diferentes, e cada um tinha seu próprio reino, não sei se esses três seres existem em seu mundo, mas trata-se de formigas, cupins e abelhas.

O reino das formigas pertencia ao solo, à terra; o reino dos cupins pertencia às arvores e sua madeira, e o reino das abelhas pertencia às alturas, no alto dos galhos das árvores. E sempre foi assim, até que um dia esses três reinos cresceram tanto, mas tanto, que eles se encontraram, pois eles chegaram a tal tamanho que cada reino, sem querer, começou a ultrapassar as fronteiras do outro. As formigas começaram a subir em árvores, os cupins começaram a ocupar as colmeias, e os formigueiros começaram a ser ocupados pelas abelhas.

E quando tudo parecia apontar para uma iminente guerra entre os três reinos, eis que a abelha rainha se encontrou com a formiga rainha e com o cupim rei e, em vez de eles brigarem, começaram a conversar, não em uma discussão para saber quem estava certo ou com a razão, mas sim para saber como cada um poderia resolver o problema.

Acabaram por entrar em consenso, concordando que as abelhas necessitavam da madeira fornecida pelos cupins, e os cupins necessitavam das ricas especiarias que as formigas produziam e coletavam. As formigas necessitavam do doce mel das abelhas, e os três reinos concordaram que um precisava do outro.

Então, em vez de brigarem e se dividirem, eles deram o exemplo e fizeram o inimaginável: juntaram-se formigas, cupins e abelhas, formando um reino só, o reino dos Formingabelhas.

Hoje os seus descendentes estão aqui, cada um herdou características de formiga, de cupim, e de abelha, formando uma linda mistura que constitui, hoje, os novos insetos – concluiu Sancho animadamente, apontando para os Formingabelhas.

– Que lindo! – disse Jonas. – Se ao menos os dirigentes dos países da terra pensassem assim...

A rainha Formingabelha ouviu e disse a Jonas:

– Não fique triste, meu caro Jonas, creio eu que, quando, nessas nações que você diz que se dividem, cada um olhar para o seu coração, como nós olhamos, então eles ouvirão a resposta, e esta calará todo o medo e toda a dúvida e eles se unirão, pois quando nós, Formingabelhas, olhamos para o nosso coração, descobrimos que não são as diferenças culturais e raciais que separam, mas sim o não entender essas diferenças. Porque quando você não tenta se ver com os olhos do outro, você não entende o outro, e crescem a dúvida e o medo.

Quando nossos mais antigos ancestrais começaram a olhar cada um com os olhos do outro, começamos a compreender que, na verdade, as diferenças culturais e raciais nos enobrecem, nós ficamos com a cultura mais bonita, mais vasta e rica. Quando se sabe que cada cultura é um complemento para o maior saber, nós nos tornamos mais fortes.

Jonas aplaudiu a profunda sabedoria dos Formingabelhas, e, enquanto eles subiam nos xadrezinhos da cor preta, notou Jonas a beleza que brotava da diferença, pois na corte dos Formingabelhas existiam Formingabelhas gordos, magros, altos, baixos e cada um era bonito da sua maneira.

Jonas subiu em seu xadrezinho da espécie peão e perguntou a Don Quixote:

— Don Quixote, está certo, eu devo montar no xadrezinho peão, e depois? Cada um comanda a sua peça, pela qual que é responsável?

— Exatamente — disse Don Quixote. E "deu a largada" para o início do jogo:

— Podem começar os peões e os cavalos.

Quando Jonas moveu sua peça, notou que nos dois breves passos que a peça fez saiu do tabuleiro uma música como a de teclas de um piano. Ele pensou: "Será que o tabuleiro-curral é composto por teclas de piano?". Mas sua dúvida foi logo esclarecida, quando ele viu Talita, montada no xadrezinho cavalo. O som que aquela peça fazia ao encostar-se nos espaços brancos e pretos não era nada parecido com o de um piano: o som da peça de Talita era o som de uma bela flauta-doce.

Jonas reparou então que cada peça e cada cor emitia um som distinto. Cada uma era como se fosse um instrumento, e ele não estava só jogando, estava tocando, e diante de uma linda orquestra, composta por oboés, tambores, violinos, violões, trombones, trompetes, pratos , pandeiros e outros instrumentos, e notou que o som do xadrezinho rei, em que estava Don Quixote, era o lindo som de uma harpa.

Jonas viu que na casa ao lado da que ele ocupava havia uma torre, com um robusto Formingabelha, e ele que acreditava ser um excelente jogador de xadrez não deixou a oportunidade escapar e esbarrou na torre preta, ocupando a casa dela; só que, surpreendentemente, o belo som de piano de Jonas desafinou e o seu xadrezinho recuou duas casas voltando à sua posição inicial.

Jonas arregalou ainda mais os olhos ao constatar o inacreditável: a torre preta do Formingabelha, não só não saiu do jogo, como ela voltou para a posição em que ela estava antes, e onde deveria estar o xadrezinho peão de Jonas.

— Don Quixote! Don Quixote! Don Quixote — gritava o menino desesperado, sem entender nada. — O que é que faço?

— Mas você não sabe jogar xadrez! Juro que a sua confiança inicial, a impressão que me passou, me fez crer que você soubesse jogar xadrez.

— Eu sei, mas não desse jeito! — dizia o menino, atrapalhado, sem entender.

— E como você jogava antes? — perguntou Don Quixote.

— Ora, como todos em meu mundo jogam. Há um vencedor, e há um derrotado, e para que isso aconteça, as peças vencedoras precisam comer, matar, destruir, eliminar as adversárias. Por exemplo, se as minhas peças forem as brancas, as minhas adversárias serão as do campo oposto, as pretas. Se as peças pretas fossem minhas, as adversárias seriam as brancas. E vice versa...

— Mas onde está a graça em derrotar alguém? Na verdade, quando você derrota alguém e acha graça por isso, você se transforma no principal derrotado, pois não é a derrota de outro que o fará vencer. O que fará de você um vencedor é a sua capacidade de vencer transformando aqueles que o cercam em novos vencedores, porque ninguém vence sozinho na vida. E se você se considera vitorioso sozinho, e se almeja a vitória unicamente e apenas para si sem pensar nos outros, você é sozinho, triste solitário e egoísta.

— Então eu devo fazer tudo para os outros, mas isso não deixará acomodado quem muito recebe algo de graça? — perguntou Jonas a Don Quixote, que lhe respondeu:

— Não se trata de apenas dar de graça algo material ou fazer algo para uma pessoa. Quando você percebe que é um vencedor é porque você reconhece a importância do outro. Você não vai apenas presenteá-lo, mas, como vencedor, você reconhecerá a importância em fazer vencedores como você, e para que isso ocorra você transmitirá o seu conhecimento, o seu melhor, o que fez você vencer e faz vencer aqueles que você reconhece como pessoas.

— E como reconheço quem é pessoa? — perguntou Jonas.

— Pessoa é todo aquele que, em seu coração, sabe verdadeiramente se solidarizar.

— Noto que você está certo, Don Quixote, e por isso lhe peço para me ensinar a jogar do jeito certo.

— É muito simples: o objetivo é que, com os movimentos que sua peça tem, com esses você deve dançar, e quanto melhor se dança, mais bela a música se torna, e quanto mais bela se torna a música, melhor se deve dançar. O segredo está na harmonia. Quando você consegue cumprir o objetivo da verdadeira essência de sua peça você acaba fazendo todos vencerem, pois cada um estará partilhando.

— Partilhando o quê? — perguntou Jonas.

— Partilhando a beleza da harmonia e quando todos vencem, você vence, pois você assim acaba descobrindo...

— Descobrindo o quê? – interrompeu Jonas, ansioso.
— Descobrindo a importância da música, e o que ela é.
— E o que ela é? –questionou Jonas.
— Jogue do jeito certo e você descobrirá.

Bem, Jonas sabia que um peão tinha um movimento limitado, pois este só podia mover-se para a frente.

No entanto, pensou Jonas, se ele invadisse a casa de outra peça no exato momento em que esta mudasse de lugar, nem um tempo a mais nem um tempo a menos, será que seria esse movimento aceito pelo xadrezinho e validado pelo jogo?

Jonas resolveu experimentar sua tática audaz. Quando um dos bispos saiu da casa próxima ao peão de Jonas, ele imediatamente a ocupou. E, surpresa! Deu certo!

Era como se ele estivesse em um grande concerto musical, e ao descobrir como se joga, ele parou de empacar e recuar o seu xadrezinho. Após avançar várias casas, ele, finalmente, chegou à última e ocorreu a grande transformação: o xadrezinho, que era um peão, semelhantemente à metamorfose da lagarta à borboleta, transformou-se em uma linda rainha, e Jonas começou a valsar livremente, seguindo o ritmo da música.

Cada vez que seu ritmo dava continuidade e harmonia a outro ritmo, ele transformava uma peça em rainha, até que, ao completar o som da flauta doce da peça cavalo de Talita, com seu som de piano Jonas a transformou em uma rainha.

Agora Talita podia andar mais livremente ajudando Jonas com sua rainha. Em pouco tempo, eles, dançando graciosamente, conseguiram transformar em rainha outros peões. Transformaram os peões de Said e de Mohamed, e conseguiram, acompanhando o ritmo, transformar o cavalo de Rocinante, e as torres de Asdrúbal e Fritz em lindas rainhas, que dançavam e cantavam a música sem parar. A música do conjunto e da união, da fraternidade, do amor e da igualdade havia, em pouco tempo, conseguido transformar todas as peças dos Formingabelhas em majestosas rainhas e, com a ajuda delas, todos puderam transformar aquele curral-tabuleiro em um imenso salão de dança onde reinavam soberanas inúmeras rainhas.

— Jonas, nós conseguimos vencer! — disse, animado Don Quixote. E aqui está o nosso prêmio. Veja que coisa bonita. Além de nos divertirmos, alimentamos os xadrezinhos.

E Jonas então entendeu que cada vez que os xadrezinhos andavam, mais eles se alimentavam.

— Que bonito! — disse Jonas, olhando para os xadrezinhos, todos de barriga cheia de tanto pastar.

Nesse momento Jonas notou algo estranho com um dos xadrezinhos: ele estava abaixado, como se tentasse botar um...

— Um ovo! — exclamou Jonas. — Veja! Um ovo de xadrezinho rainha!

— Isso mesmo! — comentou Sancho Pança. — Se os

xadrezinhos não se tivessem transformado em rainhas, e se alimentado muito bem, eles não botariam ovos para nos alimentar. Que bom que você e seus amigos puderam nos ajudar.

— *Iyáh*! Sim — disse Fritz, o gigante de vento. — Eles nunca botaram ovos tão grandes e bonitos como esses. A última pessoa que conseguiu tocar conosco músicas tão belas para atingir tal efeito foi um jovem que parecia ter idioma igual ao nosso, se eu não me engano o nome dele era Ludwig von Beethoven.

— Não me diga que Beethoven, um dos mais brilhantes compositores, pianista clássico, frequentou uma de suas partidas de xadrez!
— Não só frequentou como este seu peão, agora rainha, pertencia a ele. Você deve sentir-se muito honrado de poder montar o peão de um compositor tão notável. Ainda lembro a linda partida que tivemos há algumas semanas. Naquela ocasião ele compôs sua incrível *Nona Sinfonia*. Ele é um formidável exemplo de superação. Descobriu muito cedo a importância da música e, apesar de haver ficado surdo ainda na juventude, aos 26 anos, continuou por muitos anos sendo um grande músico porque ele podia ouvir com o seu coração.

Então Jonas se lembrou da música que Don Quixote havia comentado com ele, e precisava saber se realmente ele havia compreendido tudo certo.

— Don Quixote, por favor, poderia me ajudar a esclarecer o sentido da harmonia, da beleza e de tudo aquilo que conversamos sobre música?

— O sentido da música — disse Don Quixote — é o valor da palavra cantada, existente ou não na música, pois mesmo quando não percebemos a palavra na música, quando esta é instrumental, a palavra ainda se faz presente, pois a música é palavra para o coração, e toda palavra, seja ela cantada ou falada, em sinais ou em símbolos, ela sempre tem como seu destino o coração. Por isso devemos zelar muito por elas, pois elas transformam os nossos corações.

E Don Quixote continuou:
— Você deve compreender e ter sempre consigo a lembrança de que toda palavra falada, ou dita de qualquer outra forma, é uma canção, e as canções são alimento para a alma. Você sabe o que acontece quando percebemos esta maravilhosa natureza da palavra? Passamos a ter mais cuidado com o que dizemos, pois se dissermos algo ruim para a outra pessoa, maltratamos o coração dela, e o nosso também, e é assim que fazemos o nosso espírito passar fome. Quando as pessoas ficam muito tempo passando fome, elas se tornam bichos, seres animalescos, não raciocinam e se tornam surdas para as coisas boas, para a música das palavras, dos gestos, sinais e símbolos.

Rocinante chegou próximo a Don Quixote e concluiu:
— Jonas, sempre dê valor às palavras – músicas – pois nós todos, e você também, somos lindas melodias e pa-

lavras vivas, vivendo cada dia para transformar a grande canção da vida em algo cada vez mais belo de se ouvir.

Sancho se aproximou com um ovo de xadrezinho e pediu a Jonas:

— Jonas, não sei, mas será que você poderia fazer um favor para nós?

— Claro que sim! O que seria? – perguntou Jonas.

— Há muito tempo prometi a um amigo de terras muito distantes, que, quando nossos xadrezinhos botassem ovos, o primeiro ovo seria dele. Será que você poderia entregar esse ovo a ele? – perguntou Sancho.

— Claro que sim – tornou a responder positivamente Jonas, que perguntou: – Onde ele mora?

— Ele mora no Mar-Oceano dos Espelhos. Não se preocupe que daremos um jeito de mandar você para lá, mas, antes, eu gostaria que meu grande amigo e compadre Pepe Quixote tocasse sua maravilhosa harpa.

— Tocarei com muito prazer, respondeu Quixote.

Então Don Quixote retirou sua harpa do mesmo grande saco do qual havia retirado os xadrezinhos e começou a tocar uma linda música, um ritmo musical sertanejo do interior do Brasil. Sancho pegou sua viola e o acompanhou no ritmo da catira.

Entusiasmados, os Formingabelhas começaram a dançar. Jonas percebeu que se tratava da belíssima catira, e a reconheceu como ritmo típico do interior do Brasil, música tocada e dançada por peões, boiadeiros e lavradores. A catira mistura canto e prosa e muitos historiadores creem que sua origem é a fusão da música ibérica com a negra e a indígena. Jonas ouvia fascinado a beleza dos arpejos, e rasqueados, o som rítmico das palmas e batidas de pés que marcavam a cadência para a moda de viola. Jonas via e ouvia tudo isso manifestar-se na bela dança que se iniciava.

Foram formadas duas fileiras opostas de Formingabelhas. Na extremidade de uma estava dom Quixote e, na da outra, Sancho Pança. Assim a música e a dança iniciaram-se, com toque de rasqueado, toques rápidos e com certas pausas no embalo das palmas e das batidas dos pés dos Formingabelhas. Dançaram e cantarolaram por muito tempo.

Sancho disse: — Isto foi um presente, de nós para vocês, como forma de agradecer pelo seu auxílio.

Jonas, Talita e os outros ficaram muito gratos, agradeceram a música e a dança da catira.

Neste momento aproximaram-se os dois Moinhos de Vento, Asdrúbal e Fritz, contentes por haverem, junto com Tokugawa-Confúcio, encontrado uma solução para o caso. Agora eles sabiam como levar Jonas e seus amigos para um lugar tão longínquo como o Mar-Oceano dos Espelhos.

— Meus amigos — começou a dizer Asdrúbal — após muito conversarmos com Tokugawa chegamos à brilhante ideia: vocês todos entram no balão conduzido por Tokugawa, e eu e Fritz jogaremos uma forte rajada de vento, mirando nossas hélices em direção ao balão. Creio que assim o balão chegará em instantes ao Mar-Oceano dos Espelhos.

Jonas assentiu com a cabeça, concordando com a ideia. E imediatamente todos foram para o balão de Tokugawa. Don Quixote e Sancho Pança acompanhavam de perto a tentativa de Asdrúbal e Fritz para, com o vento de suas hélices, ajudar a levar o balão para longe.

Quando Tokugawa ligou a caldeira do balão, ele começou a subir, vagarosamente. Quando desapareceu aos olhos dos que estavam no solo, olhando para cima, os gigantes de vento giraram rápido e fortemente as hélices das suas costas, viradas para a direção do balão, tentanto, com o vento que faziam, empurrá-lo para longe.

O balão parecia um pontinho piscando no céu. Todos viram que ele subia e descia.

— Mas como pode? O que está acontecendo? – perguntavam os dois Moinhos de Vento, ao constatar o fato.

Logo o balão desceu, vagarosamente. Sancho, Quixote e os gigantes de vento, vendo a impossibilidade de continuar o voo, perguntaram, surpresos, a Jonas e seus amigos:

— O que houve, pessoal?

No balão, Tokugawa comentou: — Infelizmente não podemos ir para o Mar-Oceano dos Espelhos.

— Mas por quê? – perguntou Fritz.

— Mesmo que vocês tentem impulsionar o balão com suas rajadas de ventos, os ventos do céu estão contrários, e estão muito fortes, não sei o que podemos fazer, disse Tokugawa-Confúcio.

— Não se preocupe, acho que posso ajudar – disse Don Quixote, pegando sua harpa.

— Mas como? — perguntavam-se todos, no balão.

— Levantem voo que eu os ajudarei — disse Quixote. Então, com a caldeira ligada a todo vapor e com a ajuda das rajadas de vento de Fritz e Asdrúbal, o balão novamente flutuou rumo ao alto.

Do balão Jonas viu Quixote lá em baixo, e ele começou a tocar uma música com sua harpa. Jonas percebeu que conhecia o ritmo, era um chamamé. A música parecia ser o "Pajaro Campana", música do grande harpista paraguaio Félix Pérez Cardozo, e, para Jonas, uma das mais belas melodias do mundo.

Esta beleza crescia com a harpa de Don Quixote, a tal ponto que, como por mágica, começaram a brotar das cordas de sua harpa milhares de pássaros cintilantes. Eram dourados e de beleza sem igual. Voavam graciosamente até onde estava o grande balão colorido.

Todos dentro do cesto repararam, quase sem acreditar, mas aqueles pássaros se atrelaram na superfície imensa do balão, e, agarrados ao balão, batiam incessantemente as asas a ponto de vencer os ventos contrários. Jonas, Tokugawa e os outros se despediram de Don Quixote e de seus amigos, enquanto o balão sumia, carregado pelos bons ventos de Fritz e Asdrúbal, e pelos esplêndidos pássaros dourados da harpa de Don Quixote. Ouvindo a música, Jonas se perguntava como teria sido o encontro de Don Quixote com Félix Pérez Cardozo.

# 7

O Mar-Oceano
dos Espelhos

Após um curto tempo de voo, Tokugawa-Confúcio, ao cruzar os limites das praias e dos pampas, viu, lá do alto, abrir-se aos seus olhos uma imensidão espelhada, um colossal oceano que refletia, como um espelho, tudo que estava acima dele: céu, nuvens, os pássaros dourados, o balão e todos dentro do cesto.

— É esse o Mar-Oceano dos Espelhos — comentou Talita.
— E aquilo lá no meio do oceano, é o quê? — perguntou Jonas a Talita.

Talita tentava ver, mas, pela distância, não identificava o que poderia ser. Talita e Jonas pediram para Tokugawa-Confúcio aproximar mais o balão "daquilo", para saberem o que era. Tokugawa-Confúcio também estava curioso e por isso desceu com o balão.

— Veja só! — disse o trigre Rodolfo — é um barco!
— Então vamos até lá pedir informações, talvez alguém conheça o amigo de Sancho Pança — falou Tokugawa-Confúcio, que já estava descendo com o balão.

Um barco tranquilamente flutuava em um mar que aos poucos ia revelando os seus mistérios. À medida que o balão ia baixando, seus tripulantes, principalmente Jonas, percebiam que o fundo daquele oceano se mostrava não tão fundo, e podia-se ver uma planície infinita abaixo do espelho d'água. Ela era totalmente uniforme em seu relevo absolutamente plano, composto por sal, milhares de pedras de sal colocadas umas justapostas às outras, de forma igual às pedras que calçam rústicas ruas de tempos em que o asfalto era algo impensável.

Quando o cesto do balão tocou nas tábuas do píer, elas fizeram um estalido e, aos poucos, rangeram com o balão estacionado, fazendo barulho suficiente para chamar a atenção de um velho mas bem cuidado marujo que saiu de dentro das dependências do barco como que surpreso pelo inesperado ruído.

— Quem são vocês? — perguntou, confuso, o homem que, apesar de certa idade, gozava de uma esplêndida aparência.

— Viemos de longe, senhor, e estamos à procura de um amigo de nosso amigo — disse Jonas.

— E quem seria esse homem? — perguntou o senhor do barco.

— É o amigo de Sancho Pança — disse Talita.

— Não me diga que vocês trouxeram o ovo de xadrezinho! — disse, surpreso, o velho marujo.

— Você conhece o amigo de Sancho? — perguntou Jonas.

— Eu sou o amigo de Sancho — disse o senhor do barco, apresentando-se.

— *My name is Paul Jefferson Water*, meu nome é Paul Jefferson Water — disse cordialmente — mas pode me chamar de capitão Marinho.

— Prazer! Sou Jonas e esses são os meus amigos.

Então todos se apresentaram.

— Aqui está o seu ovo de xadrezinho — disse Talita, carregando-o no colo, e entregando-o para o capitão Marinho.

— *Thank*! Obrigado! — disse o marujo a Talita.

Jonas comentou com Tokuagawa-Confúcio: "Esse capitão Marinho, pelo sotaque só pode ser americano, ou, sei lá, inglês, canadense, australiano, guianense..."

Tokugawa-Confúcio não entendeu nada do que Jonas estava dizendo, nem o capitão Marinho que estava próximo, e ninguém mais além de Jonas.

— Bem, deixando essa conversa confusa de lado, que tal tomarmos um chá? — convidou o capitão.

Jonas, pensando, fazia uma análise da situação: ele tem 80% de chance de ser britânico, mas de que parte da Inglaterra?

Ao descer um lance de escadas que os levava para dentro da casa do capitão, no interior do navio, eles podiam ouvir o burburinho de chaleiras no fogo e sentir o doce e suave cheiro de chá, que parecia ser de capim-cidreira.

— Por favor, sentem-se aqui — disse o capitão, puxando uma cadeira e indicando a mesa redonda que estava próxima a eles e à cozinha.

— Lully-Bel, traga o chá, por favor, pois temos visitas.

—Sim, papai, já estou levando — disse a doce voz de menina.

— Sua filha?! — perguntou Jonas, surpreso.

— Sim, minha adorável filha — respondeu o capitão Marinho, olhando para a cozinha.

Nesse momento ouviu-se o barulho de rodas cruzando a cozinha. Jonas notou um vulto que se materializava em meio aos vapores que saíam do bule de chá. Ela estava sentada, com a bandeja em seu colo, e se aproximava deles.

— Lully-Bel? — perguntou Jonas ao capitão Marinho.
— Sim — respondeu a menina na cadeira de rodas. Uma coberta na cor cinza-escuro cobria totalmente as suas pernas. Ela era uma menina muito bonita, aparentando ter 10 ou 11 anos, tinha seu cabelo ruivo bem penteado, em duas tranças que passavam dos ombros. Tinha leves sardas no rosto e olhos azuis da cor do mar. No seu colo estava a bandeja com o bule de chá, o açucareiro e alguns pires e xícaras; ela levava suas mãos às rodas de sua cadeira, e, assim se movendo, pôs a bandeja em cima da mesa.

— Meu nome é Lully-Bel Water. Muito prazer! — disse ela, estendendo a mão para Jonas.
— Muito prazer digo eu — disse Jonas, encantado com a beleza da menina. As bochechas dele coraram, mas Lully-Bel fingiu não perceber. Todos cumprimentaram a menina ruiva, e, devidamente apresentada, ela começou a pôr as louças na mesa.

— Estão faltando três xícaras, vou buscar — disse Lully-Bel.
— Não se preocupe, imagine, não se preocupe, deixe que eu mesmo pego para você — disse Jonas.
— Não se incomode, eu faço isso — disse educadamente Lully-Bel.

— Mas tem certeza? — voltou a perguntar Jonas, insistentemente.

— Mas é claro que tenho! Por quê? Acaso tem algo de errado comigo? — respondeu, desafiadoramente, Lully-Bel a Jonas, que, diante da interrogativa, emudeceu, percebendo o seu excesso de "cuidado".

A ruivinha deslizou sua cadeira de rodas até à cozinha, e tão rápido quanto foi, voltou. Ela trazia as três xícaras que faltavam. Colocou as xícaras na mesa, uma para Rodolfo, uma para Tokugawa-Confúcio e outra para Jonas. Esta última ela entregou encarando Jonas profundamente com seus olhos azuis, como se o analisasse. Jonas desviou seu olhar de Lully-Bel e olhou para o seu chá, sentindo-se meio mal.

Lully-Bel colocou-se entre Jonas e seu pai. Jonas tentava não olhar para aquela manta escura que cobria o colo da menina. Aquilo o incomodava, mas ele não queria deixar transparecer.

A garota Lully-Bel ignorou-o, fingindo não prestar atenção no garoto.

— Está bom de açúcar o seu chá, Tokugawa-Confúcio? — perguntou Lully-Bel.

— Sim, está ótimo, você faz um excelente chá — disse Tokugawa-Confúcio.

Jonas sentiu-se incomodado com a atenção de Lully-Bel desviada para Tokugawa-Confúcio. "Mas o que eu estou sentindo?", perguntava-se. "Eu mal conheço essa menina... Será que é pena? Não! É algo diferente, ela é diferente, ela não parece ser chata como as outras meninas".

Talita viu a cara de Jonas, bem bobo, olhando para a ruivinha. Muito esperta, ela sabia que aquela cara de "bobo alegre" não tinha nada a ver com pena. Talita sentiu-se incomodada, como se aquela ruivinha estivesse sequestrando o seu grande amigo e começou a conversar.

— Então, Lully-Bel, faz muito tempo que você mora aqui no barco? — perguntou Talita para a outra menina, para ver se tinha a atenção de Jonas desviada para ela.

— Desde que me conheço por gente.

— E como você ficou assim? — perguntou Talita para a menina, apontando o dedo para a cadeira de rodas.

— Ah! Eu nasci assim.

Rodolfo perguntou, curioso:

— Seu pai a ajuda muito por conta da limitação?

— Limitação de quê? Não há motivo nem necessidade de ajuda de meu pai. Nunca vi a cadeira de rodas como empecilho em minha vida.

— É mesmo? — falou, muito surpreso, Jonas.

— Exatamente, quem vê qualquer coisa na vida como dificuldade, ou algo impossível, não importando a deficiência que tenha, ou a situação em que se encontre, é porque não conseguiu vencer o principal obstáculo que separa a si mesmo de todas as suas realizações. Quando você pensa assim, não lembra que esse obstáculo é você mesmo e mais ninguém.

E Lully-Bel continuou:

— A vontade de se ter algo concretizado não mora dentro de seu pai, de sua mãe, de seu chefe, ou de seu rei ou governante, mas sim, mora dentro de você. É tão mais fácil chorar pelo que não se tem, do que ir à busca. Só aqueles que se amam de verdade sorriem, agradecendo o que têm, porque quando você foca o seu esforço naquilo em que ainda é útil para você e se esquece do inútil, você cresce. É como uma estrela que se destaca das outras num vasto céu, por ter um brilho diferente, o da perseverança, que é só alcançado através do amor e da fé em si mesmo.

—Tá, mas é obvio que há outras coisas que você não alcança por não poder se levantar — disse Jonas.

— Bem, nesse ponto você poderia estar certo, mas não está. A questão é por que eu iria querer colocar um objeto longe de meu alcance, como esse bule, xícaras e outras coisas ... ? Não é mais fácil admitir para mim mesmo que, devido à minha insignificante "limitação", eu tenho que re-adaptar a minha vida para minha nova condição? O nome disso é sinceridade para comigo mesmo. Pessoas hipócritas tendem a tropeçar sempre em antigos desafios que elas fingem ignorar, e por não serem sinceras consigo mesmas sempre continuam tropeçando, até que um dia brilhe a luz da sinceridade e resolvam facilitar a vida para elas mesmas adaptando o que deve ser adaptado.

— Outra coisa muito importante é a criatividade — continuou Lully-Bel. Se você não tem os dois braços e deseja ardentemente tocar violão, não tem porque se frustrar: é nessas horas que você deve usar a criatividade e superar, pensar. Tudo bem, eu não tenho braços, mas eu posso tocar violão com os pés. Isso é criatividade. Não ter medo ou vergonha de reinventar, não ficar se vitimizando, "o quê será que as pessoas vão pensar", mas sim lutar contra esses pensamentos infrutíferos, e pôr um pincel na boca e colorir a sua vida. Caso não possa usar nem os braços e os pés, a criatividade é um constante renascer para si mesmo e para a vida. Ela motiva você e deixa seu coração mais feliz.

— E também não podemos esquecer — continuou ela — a honestidade, ou a humildade, quando você precisa fazer um serviço que nem seu mundo adaptado lhe permite fazer. Se nem toda a sua criatividade lhe permite efetuá-lo, é preciso ser honesto com você mesmo e ter a humildade de pedir auxílio a terceiros, mas isso só quando as duas últimas opções falham e o serviço passa a envolver um considerável risco de vida para você. Afinal, se tenho um problema de energia elétrica em casa eu não vou correndo subir no poste da rua para arrumar os fios de alta tensão. Eu sei que a alta voltagem pode me ferir, ou até pior, e é por isso que eu, com honestidade e humildade, procuro alguém qualificado para tal tarefa, no caso, um eletricista.

Jonas ficou fascinado com a força de vontade e os ensinamentos da ruivinha, tanto que ele nem podia tirar os olhos dela. Talita também achou incrível o ensinamento da menininha ruiva, embora estivesse, ainda, um pouco incomodada por Jonas não parar de olhar para ela.

— E o senhor, capitão Marinho, deve estar muito orgulhoso da filha que tem — comentou o trigre Rodolfo.

— Tenho muito orgulho dela sim, porque eu sei que minha filha é o fruto de sábias escolhas que fiz ao longo da educação que dei para ela.

— É, e quais foram os seus métodos de educação para ela?

— Desde o dia em que a tive não tentei compensar as limitações de minha filha dando-lhe presentes ou mimando-a por ela ser como é, ou deixando-a fazer o que quisesse. Isso a faria feliz naquele momento, e ela não sofreria por ter nascido com tal "limitação". Jamais pensei assim pois quando você dá tudo, sem algum motivo, para o seu filho, você o impede de encontrar o valor no merecimento das coisas. Ele se torna uma pessoa com deficiências graves, uma delas é a falta de motivação.

E o capitão Marinho continuou:
— Quando uma criança tem tudo e não precisa lutar por algo, não terá determinação para escolher uma profissão que lhe dê prazer. Ela poderá se tornar insegura, pois não aprendeu a ter prazer em suas conquistas pessoais, e sem o prazer da motivação, do buscar, como é que ela vai assumir um compromisso consigo e com os outros?

E disse mais:
— Se tiver tudo nos primeiros anos de sua vida, a

criança se inibe e perde o interesse e a satisfação do buscar, pois, por que buscar? Ela poderá pensar "Pra ter tudo não precisa de esforço algum". Isso a prejudicará grandemente, e a tornará uma pessoa infeliz, depressiva, com problemas em seu emocional e em sua personalidade, pois a personalidade é construída com a ajuda dos caminhos que você escolhe e aprendizados que você obtém caminhando, pois um caminho se faz caminhando e não parado.

— Caminho? Que caminho é esse? — perguntou Jonas.
— Os caminhos a que me refiro são os caminhos da vida, e estes são vários — disse o Capitão.

Em seu trajeto, todos têm desafios, momentos belos e difíceis. Em sua vida você encontrará milhares de caminhos e não adianta achar que o caminho número um é fácil, o dois é difícil, e o três é médio. Todos eles, cada um deles, quando você os trilha, têm, dentro deles, as mesmas características essenciais.

Todos têm partes com pedrinhas desconfortáveis, todos têm partes pantanosas como atoleiros, todos têm passagens estreitas e todos valem a pena ser trilhados, porque quando você persevera nas pedrinhas pontudas, um dia chegará à terra fofa; quando começa o caminho a se encharcar, é só não olhar para as dificuldades. Isso não significa que você deva ser omisso e ignorá-las, mas ser realista, e ver: elas estão lá mas eu sou maior do que elas e por isso vou estudar e aprender com elas. Então, do pântano surge a terra firme, e você não se acomoda com esse momento de triunfo.

— Quando você está no bom caminho — continuou o capitão — você faz uso de todas as suas vitórias nesse trajeto e as adversidades se apaziguam para seu passo estar mais fortalecido. É como depois que a tempestade passa e as águas do rio baixam e as suas margens estão carregadas de sedimentos de matéria orgânica, rica em nutrientes: o que você faz? Aproveita a oportunidade da calmaria, aproveita os nutrientes do solo para plantar nele e colher os frutos, os grãos. Você não os esbanja, pois você sabe o caminho que enfrentou para obtê-los, e por isso você consome o necessário.

Assim — continuou falando o capitão — você segue os caminhos de sua vida aproveitando trechos bons e ruins do caminho e assim você deve educar seus filhos, não de maneira dura em seus primeiros anos, mas sim de maneira progressiva. Conforme a idade, a criança adquire entendimento. É como dar de comer a um bebê. Nos primeiros dias de vida você só pode dar leite, nos primeiros meses de vida já pode mudar o leite para uma papinha mais consistente, e nos primeiros anos você muda da papinha para um alimento mais sólido.

A educação que você passa para o seu filho — disse o capitão Marinho — é a maneira como você o vê e o valoriza, aumentando as exigências conforme se passa o tempo e a criança amadurece, pois uma coisa é certa: se você não educá-lo e disciplina-lo na hora em que deve, quando eles forem adultos quem fará isso com eles não será você, será outra pessoa, e o nome dela é "Sociedade" e a maneira de a sociedade educar é impiedosa, pois, para ela, todos são iguais.

Eu lhe digo ainda – voltou a falar o capitão – não recrimine o seu filho sem motivo. Explique para ele, de maneira séria e educada, o erro cometido e o motivo do seu desagrado, e depois, sim, você pode tomar as medidas que julgar adequadas pois se ele não sentir as consequências de seus atos através de uma punição educativa, ele sentirá as consequências de seus atos de maneira traumática pela punição imposta pela outra mãe, a mãe "Sociedade". O nome disso é dar limites, que delimitarão a fronteira do bom senso e do ridículo e feio.

– É, isso é muito importante para a educação, mas você, por acaso, não deixaria seus filhos com medo da mãe-sociedade? – perguntou Jonas ao capitão Marinho.

– Em hipótese alguma eu isolaria um filho meu da sociedade, seja por motivo de superprotegê-lo por causa de uma "limitação" que ele tenha, seja por medo das más companhias. Não se pode proteger ninguém da realidade, esta também é uma das grandes faltas que não se deve cometer com criança alguma, não importa a "limitação" ou seus motivos, pois você não é eterno e logo seu filho será entregue para a mãe-sociedade que não faz distinção de filhos.

O isolamento de uma criança em sua relação com o resto do mundo é uma outra maneira de destruir o desenvolvimento da personalidade dela, que ela certamente poderá desenvolver no convívio com outras crianças – continuou explicando o capitão. Em vez de você superprotegê-la, por que não a fortalece, não com brinquedos e presentes sem sentido, mas sim, acreditando no verdadeiro potencial dela, não importa se ela tenha disgrafia e muitos doutores falaram que ela nunca aprenderia a escrever corretamente e esmagassem o sonho dela de ser escritora, mas se você, mesmo assim cooperar com a criança, atrás de meios para a superação e crescimento pessoal mostrando que sim, que é possível ela se tornar uma excelente escritora...

— Espera aí! Como que uma criança que nunca aprenderá a escrever direito poderá criar um livro? – perguntou Jonas.

— Jonas, é só você perceber que os livros são histórias. Se ela não pode escrever histórias porque eu não incentivo e mostro que é possível para ela canalizar toda a sua criatividade em um gravador? Assim, gravando suas histórias para serem editadas, tudo é possível.

Não é porque ela, a criança, escreve de forma errada trocando "m" por "n" nas terminações das frases, ou escreve coração com "s" em vez de "ç", que não se entenderia o significado da palavra e estas serão prontamente corrigidas e com a ajuda de um dicionário, não importa o tempo e a demora, o que importa é que não há barreira que realmente a impeça de fazer aquilo que ela gosta de fazer e nasceu para fazer.

— É... você tem razão, capitão Marinho. Não devemos transferir os nossos medos para quem nós mais amamos, quando se sabe que tudo é possível, disse Jonas. E todos conversaram animadamente em volta da mesa, tomando o típico chá inglês.

Após a animada conversa o chá havia acabado. Luly--Bell recolheu a louça e dirigiu-se para a cozinha. Enquanto ela cruzava a porta da cozinha, Jonas se levantou, prestativo, e correu até Luly-Bell com o intuito de ajudá--la. Ao se aproximar da cadeira de rodas de Luly-Bell, sem querer ele pisou na coberta cinza-escuro que cobria as pernas de Luly-Bell e a coberta caiu no chão, revelando algo impressionante: no lugar das pernas, Luly-Bell tinha um grande rabo de peixe dentro do que parecia ser uma bolha espichada e retorcida, uma bolsa transparente, cheia de água.

— Luly-Bell! Você é uma sereia! — exclamou Jonas, surpreso.
— Sim eu sou uma sereia, nasci no Mar-Oceano dos Espelhos, disse Luly-Bell, meio incomodada por Jonas saber o seu segredo.
— Tá, mas o seu pai não é nenhum tritão, ele não tem rabo de peixe, disse Jonas.

Em seguida todos que estavam na mesa de chá se levantaram e foram à cozinha, ver o que estava acontecendo. Jonas olhou para o rabo de peixe da sereiazinha

Luly-Bell e olhou para o capitão Marinho sem entender nada, e perguntou para o marujo:

— Ela é sua filha?

— Sim, é minha filha – disse o capitão.

—Mas ela é uma sereia! — voltou a dizer Jonas.

— Bem...ela é minha filha adotiva.

—Você adotou uma sereia?

— Sim, por que não adotaria? Vou lhe contar como foi que isso aconteceu.

Há muito tempo, as águas do Mar-Oceano não eram tão baixas quanto são agora. Naquele tempo, elas se dividiam em duas partes, a parte baixa, onde dava para andar com a água pelos joelhos, e a parte alta, onde a profundidade era maior. Essa parte do mar era muito profunda e lá vivia o povoado das sereias e tritões.

Eles viviam muito felizes, até que, de repente, a água começou a baixar, e ela baixou tanto que o povoado teve que se mudar para águas mais profundas, só que essas águas estavam em local longínquo, e um casal desses seres marinhos estava muito preocupado, pois sua filhinha, a sereiazinha recém-nascida, era muito pequena para fazer essa extenuante viagem.

O capitão olhou para todos e continuou:

— Em meu barco, analisando a água baixar, eu reparei em uma cena que me comoveu... Vi, no mar, próximo ao barco, um casal. Abraçados, olhavam para a pequena sereiazinha em seus braços. Ambos pareciam angustiados. Comecei a conversar com eles e eles me explicaram que a água do Mar-Oceano estava baixando e que eles não abandonariam sua filha entregue àquela triste circunstância pela qual passavam, e, mesmo que ela não conseguisse completar a viagem, eles enfrentariam todo aquele problema juntos, com ela, custasse o que custasse.

E eu me preocupei por eles e pela recém-nascida sereiazinha – disse o capitão – e, comovido pela situação, sugeri que eles me entregassem a sereia-bebê para eu adotá-la como minha filha e criá-la até que as águas voltassem a subir e meu barco desencalhasse, e então eu os procuraria e lhes entregaria a sua filha. De início, eles me questionaram, perguntando como era possível criar uma sereiazinha na superfície, longe da água. Então nós pensamos muito até que tive a ideia de criar esta câmara de água que protege sua parte peixe do ambiente externo e seco, e, como ela é metade humana, não precisei cobrir todo seu corpo com a câmara de água e sim só da cintura para baixo, e consegui uma cadeira de rodas e uma coberta para deixá-la mais confortável na cadeira, e a criei. Essa é a minha história e a de minha filha.

– Linda a sua história – comentou Talita. Espero que as águas voltem ao normal e você encontre seus pais, Luly-Bell – disse Talita, que ficou muito mais simpática com a ruivinha.

– Temos muita fé que esse dia irá chegar e poderemos

ser uma família maior e mais feliz ao lado dos outros pais de Luly-Bell — disse o capitão Marinho.

O capitão Marinho colocou o ovo de xadrezinho em uma caixa forrada com alguns panos e tampou-a.

— Assim o ovo chocará mais rápido — comentou o capitão. E ele subiu as escadas que levavam para o convés. Todos o seguiram, e, no convés, ele se aproximou do timão.

Com os olhos voltados para o mar raso, ele voltou a comentar sua filosofia de vida.

— Sabem, meus filhos, é muito importante ser educado com os outros e consigo mesmo, mas a educação é como um tijolo e com tijolos sem cimento não se fazem paredes. E eu pergunto: qual é o cimento que une os tijolos da educação?

Todos se entreolharam sem saber, menos Luly-Bell que já sabia a resposta, mas esperou seu pai dá-la.

— Meus filhos o cimento que une os tijolos da educação é o cimento da disciplina. Um não pode existir sem o outro. Alguém educado e sem disciplina, sem saber cumprir horários, determinar objetivos e ser coeso com suas ações, sem essa base, é alguém inconstante e cíclico em seus objetivos, em sua vida e, se esses atos perdurarem, torna-se inconstante em seus sentimentos, em sua personalidade, o que afetaria sua educação.

Explicando melhor, o capitão continuou:

— Nessas condições, essa pessoa, aos poucos, seria

deficiente em sua forma de agir e em sua visão do mundo. Uma pessoa regrada, porém sem educação, é uma pessoa falsa, hipócrita que cultiva interesses egoístas para si própria. Sem educação, ela se torna um ser bruto, sem respeito algum pelos outros e nem por si mesmo e sem cultivar o respeito, cultiva a mentira e o mal. Vivendo no engano, é alguém que busca "enganar" a disciplina e a ordem, achando-se maior do que elas, e as perde. Assim, educação sem disciplina é educação que se deteriora e morre; e, vice-versa, disciplina sem educação é disciplina que se deteriora e morre. Eu digo isso para vocês, pois essa regra é válida para tudo na vida, concluiu o capitão Marinho, olhando para todos, com uma expressão serena.

Jonas ficou refletindo sobre os ensinamentos de Marinho. No entanto, uma coisa lhe prendia a atenção: era como fazer a água do mar voltar a subir. Ele pensava tanto nisso que chegou a falar em voz alta sem perceber:

— Como fazer a água do mar subir?

Tokugawa-Confúcio, que estava ao lado de Jonas, não deixou de ouvir o comentário e respondeu:

— Se o mar baixa, Jonas, é porque a fonte que alimenta o mar pode estar trancada, assim, sem o mar ser alimentado por constante água, a água do mar se evapora e ele baixa.

— E qual é a fonte que alimenta o mar? — perguntou Jonas a Tokugawa-Confúcio.

— Ora essa! A fonte que alimenta, supre de águas

esse mar, é a mesma fonte comum que alimenta todos os oceanos e mares de quaisquer lugares: são os rios, no nosso caso é um rio, pois para ter ocorrido um estrago, um desequilíbrio natural tão grande quanto esse, só pode ser consequência de um frágil ecossistema, tão frágil que, provavelmente, só pode depender dos recursos de apenas um rio, e como é um rio só, e com esse destruído, é lógico que as águas oceânicas acabam baixando.

— É isso mesmo, Tokugawa-Confúcio, você é um gênio — disse Jonas. Imediatamente Jonas se voltou para o Capitão Marinho e perguntou a ele:
— Senhor, por acaso esse mar é alimentado por quantos rios?
— Só por um rio, por quê?
— O senhor pode me dizer onde fica esse rio?
— Claro, fica no extremo Norte. Se você seguir sempre essa mesma direção, acabará por chegar à foz do rio.

Então Jonas disse animadamente:
— Vamos todos para o balão! Tive uma ideia. E Tokugawa, percebendo do que se tratava, assentiu e foi um dos primeiros a subir no balão. Logo o seguiram Talita e Rodolfo. Todos se despediram muito felizes por conhecer o capitão Marinho e sua filha, a sereiazinha Luly-Bell e seguiram rumo à foz do rio do Norte.

Jonas, muito empolgado, enquanto o balão deslizava para fora do barco, inclinou-se para fora do cesto, enquan-

to se despedia. Foi o suficiente para que caísse no Mar-
-Oceano. Na água, Jonas, assustado, se debatia e gritava: "Me ajudem! Me ajudem! Eu não sei nadar! Me ajudem! Estou me afogando!" Jonas se debatia inutilmente, tentando se salvar.

E todos, diante daquela cena de afogamento, começaram a rir.

— Por que não me ajudam? Por que estão rindo? – gritava Jonas, desesperado, cuspindo água salgada.

Então, bem-humorado, o capitão Marinho disse: "Jonas! Por que você não se levanta?" E foi aí que Jonas se deu conta de que seus pés encostavam no fundo. Ele se levantou, desajeitadamente, e viu a água bater um pouco abaixo de sua cintura.

Todos acharam muita graça do garoto que começava a corar o rosto de vergonha pelo inusitado vexame pelo qual passara.

O balão se movia vagarosamente no céu e Jonas, ao perceber, inutilmente tentou alcançá-lo, correndo.

— Esperem! Esperem! – gritava o menino.

Tokugawa jogou a escada de cordas enquanto o balão vagava. Jonas deu um salto e agarrou-a e por ela subiu enquanto o balão subia, e enfim foram rumando para o Norte, em busca da grande foz do rio.

**51135**

# 8

## *Os atarefados homens estranhos*

**736991**

Jonas, encharcado, subiu no balão e custou para se secar ao tempo. Enquanto suas roupas secavam, ele contemplava as belas paisagens e refletia sobre o amor materno e paterno, o amor de quem ama verdadeiramente um filho a ponto de corrigi-lo quando necessário para que ele não seja corrigido pela sua mãe mais severa, a mãe-sociedade. Amar é educar quando se compreende que liberdade é disciplina.

Após algumas horas, eis que, aos poucos, começa a se materializar, sutilmente, no longe do Mar-Oceano dos Espelhos, uma estrutura em madeira. Ao se aproximarem mais, ficou visível que eram muitas toras, ligadas umas às outras com capim e barro: a estrutura era um imenso dique, uma barragem que só deixava escoar pouca água do rio para o oceano. Era uma estrutura monumental. Jonas só podia comparar suas dimensões de altura e largura, com as pirâmides do Egito e a muralha da China.

Já muito perto daquele colosso, Jonas notava intensa movimentação daquelas pessoas que trabalhavam, freneticamente. Todos estavam uniformizados, com seus macacões azuis de *jeans* e seus capacetes amarelos de operários.

Tudo pareceria normal se aquelas criaturas não fossem absolutamente estranhas: eram homens-castores ou castores-humanos, Jonas não sabia defini-los, mas o certo era que, embora Jonas, de dentro do balão, os observasse de uma distância relativamente próxima, eles não notavam Jonas e nenhum de seus amigos, de tão ocupados que estavam, trabalhando na barragem.

Jonas achava tudo aquilo muito curioso, e se surpreendia: como os homens-castores não notavam que, por culpa deles, o Mar-Oceano dos Espelhos estava quase vazio? Jonas não aguentava ver aquilo, e, indignado, pediu a Tokugawa-Confúcio:

— Por favor, Tokugawa, baixe o balão em uma área segura da barragem para nós todos descermos e conversarmos com essas criaturas.

Talita corrigiu: — Você quer dizer, conversarmos com os homens-castores.

— Sim – disse Jonas, assentindo com a cabeça.

Enquanto isso, Tokugawa pousava o balão em uma das margens do rio. O balão pousou no meio do caminho de um dos homens-castores, que andava sem ver o balão a poucos metros dele, pois estava distraído, observando vários cálculos em sua prancheta. De repente: poft! Ele tomba para dentro do cesto do balão. O homem-castor, confuso e assustado, levanta-se, dentro do cesto, e se vê cercado pelos passageiros do balão:

— Quem são vocês? – perguntou, mais confuso ainda, o homem-castor.

— Acaso você não vê por onde anda? Saiba que viemos de muito longe, quase do outro lado do Mar-Oceano, para ver o que estava secando o mar, e descobrimos agora que são vocês que estão matando o mar!

— Nós? Você só pode estar fora de seu juízo — respondeu, surpreso, o homem-castor.

— Mas você não percebe que o oceano está minguando, e que todos os seres de lá podem morrer? — insistiu Jonas.

— É você que não entende. Nós, o povo-castor, dependemos tanto do oceano que sabemos que sem ele não haveria as chuvas que repõem as águas da nascente desse rio, e que sem este rio não teríamos alimento. Nós cuidamos dele!

— Não estou entendendo — disse Jonas, confuso.

— Poxa! Como não está? Então venha aqui e me siga.

O homem-castor saiu do cesto e foi em direção da água represada, próximo da barragem, e Jonas e seus amigos o seguiram. O homem-castor começou a falar:

— Bem, vocês querem entender por que não abrimos todas as comportas de nossa barragem e elevamos as águas do oceano? Pois se assim querem saber, vejam! E o homem-castor apontou para um conjunto de cordas, amarradas a um longo poste.

Jonas ainda não conseguia compreender. Então o homem-castor começou a puxar a corda que fez movimentar inúmeras roldanas e estas trouxeram um balde amarrado na ponta da corda que estava mergulhada no oceano. O balde, como era de se supor, estava cheio de água salgada, e o homem-castor disse:

— Por favor, meus queridos, provem um pouco dessa água!

Ele ergueu uma canequinha e a apresentou aos ocupantes do balão. Jonas foi o primeiro a experimentar: encheu bastante a caneca e enfiou aquela água na boca. Não deu nem um segundo e Jonas cuspiu toda aquela água fora.

– Meu Deus! Que água horrível! Jamais tomei em toda a minha vida água tão salgada quanto esta. Está tão salgada que mais parece um ácido; viu só mais um motivo para vocês abrirem as comportas?! – disse Jonas.

– Você se engana, garotinho – disse o homem-castor, agora pegando a água do outro lado da barragem, onde a água do rio estava represada. O homem-castor encheu o caneco e deu para Jonas que parecia agora estar morrendo de sede, mas Jonas recusou. Ele se lembrava da experiência da temperatura doida da montanha mágica, e da água que havia provado antes e, por isso, ficou com medo de a água ter algum gosto maluco.

Então o castor-humano passou a água adiante e Talita, que também estava com sede, pegou-a e a bebeu sem medo algum.

– Que delícia! – comentou a menina, muito faceira. É a água mais doce e fresca que já bebi, acrescentou ela.

Ao ouvir aquele comentário Jonas ficou um pouco emburrado, e pensava: "Ora essa! Devia ter imaginado esse paradoxo"!

O homem-castor então resolveu lhes dar uma outra amostra de água, e misturou, no mesmo balde, a água hipersalina com a água extremamente doce. E entregou para o Trigre Rodolfo beber: ele não pensou muito e bebeu a água em um só gole.

— Diga-me, agora, que gosto essa água tem? – perguntou o homem-castor para Rodolfo.

— Interessante! Não noto o excesso de sal e não noto o excesso de açúcar, falando mesmo o que sinto, na verdade, não sinto gosto algum nessa água – disse Rodolfo ao castor.

— Exato, e é esse o perigo, as espécies desse mar são de água muito salgada e as espécies desse rio são de água muito doce, e nós homens-castores, nos consideramos organismos naturais controladores da água do rio e do mar, pois, se elas se encontrarem de uma vez só, em uma quantidade extremamente grande de água, sabe o que iria acontecer? Com o encontro dessas águas, elas se anulariam; o resultado seria uma água nem muito doce e nem muito salgada e toda a vida do rio e toda a vida do mar morreria. Mas em quantidade dosada, respeitando a época do ano, os ciclos da natureza, assim como as cheias do rio e o refluxo do mar, nós, homens-castores, podemos manter um ciclo estável de cheia e estiagem entre o rio e o Mar-Oceano dos Espelhos.

É bom que vocês saibam disso, principalmente você, Jonas, antes de você querer mudar drasticamente alguma coisa, você deve primeiro procurar conhecê-la bem, para evitar julgamento equivocado, pois o mau juízo daquilo de que não temos conhecimento é a raiz de todos os preconceitos, irmão gêmeo da ignorância e da estupidez.

É fácil opinar e tomar decisões em cima do que não se conhece, o difícil é assumir as consequências que se seguem. Só quem é livre de ideias pré-concebidas, infundadas, só quem é capaz de admitir o erro e corrigi-lo é que pode tomar decisões acertadas. Por isso, sempre procure o conhecimento pois ele é a chave para a liberdade e quem o tem e faz bom uso dele acaba achando um dos maiores presentes que se pode ganhar na vida que é a capacidade de conhecer a si próprio. E quem não se conhece e não corrige os seus erros, seus preconceitos, está fadado a sempre tropeçar neles até cair. Um tombo tão grande que não se levantará mais! – concluiu o homem-castor.

Nesse momento, ouviu-se um grito distante de alerta: "Atenção! Atenção! Preparar aumento de vazão fluvial".

Jonas despertou de seu devaneio de reflexão e perguntou: "O que está acontecendo"?

– Estamos nos preparando – disse o homem-castor.

– Preparando-se para quê? – voltou a perguntar Jonas.

– Para liberar mais água para o rio.

– Então, para quê a represa?

– Jonas! Você não prestou atenção! O curso das águas do rio é cíclico, por isso a represa, para manter esse ciclo estabilizado tanto para o rio quanto para o mar.

– Ah! Sim, lembrei, para que os dois não se anulem e a vida neles não pereça.

– Exatamente. Por isso nos consideramos organismos de manutenção essenciais para a natureza, para o seu equilíbrio.

— Atenção! Todos os operários! Dar assistência à válvula 01 da comporta 02 — voltou a falar a voz alta, talvez de um possível operário chefe.

— O que aconteceu? – perguntou Jonas.

— Problemas na barragem, na comporta que escoa a água para o mar — disse o homem-castor e, indo em direção a uma pequena escada em caracol, ele desceu por ela.

Jonas e seus amigos seguiram o homem-castor e foram correndo averiguar o que estava acontecendo.

A escada levou-os até a um imenso conjunto de engrenagens, ao lado das quais estava uma pequena casinha, cuja importância se observava já na grande placa fixada na porta, onde estava escrito: CABINE DE COMANDO.

A voz alta que vinha lá de dentro era produzida por um homem-castor, ao mega-fone. Sua postura imponente apesar de sua baixa estatura deixava claro: ele era o chefe. O baixinho gritava vários nomes: Anrri, José, Xi-Tang, Mário... De repente o pequeno homem-castor se vira em sua cabine e olha diretamente para onde Jonas e seus amigos estavam. Jonas para de correr e observa, pensando se aquele homem-castor queria alguma coisa com eles.

Logo o pequeno chefe grita: "Nestor, rápido! Venha cá imediatamente, Nestor!"

"Nestor? Tem aqui algum Nestor?", pensou Jonas, olhando para seus amigos. Então Jonas reparou que o homem-castor que os acompanhava havia apurado o passo;

corria tão rápido na direção da cabine que seus passos chegavam a ser desengonçados, e ele lembrava uma galinha tentando inutilmente alçar voo. Se não fosse a ocasião tão séria, seria um hilário momento.

Jonas dirigiu-se para a cabine, acompanhado de seus amigos. Ao chegar lá, ele cutucou o ombro do homem-castor chamado Nestor, e falou:
— Você se chama Nestor? Por que não me disse antes o seu nome?
— Por que você não disse antes o seu? – respondeu Nestor.

Aquilo que o homem-castor, ou melhor, Nestor, lhe falou, soou familiar aos ouvidos de Jonas, talvez parecido com algo que seu amigo Menestrel lhe havia dito, há tempos.

Jonas resolveu ser cortês e, educadamente, disse o seu nome a Nestor.
— Meu nome é...
— Jonas! Interrompeu Nestor. O homem-castor havia dito o nome do menino, interrompendo-o antes de ele dizer o seu nome.
— Como você sabe o meu nome! – perguntou o menino, surpreso.
— Isso aprendi com um grande amigo que se chama Tupã; mas não é hora de conversarmos, tenho muito serviço para fazer – disse Nestor.

Jonas então tentou se esquecer de Tupã. Começou

uma discussão calorosa com Nestor, seus colegas de trabalho e aquele baixinho mal-humorado que parecia ser o chefe. Depois de vários minutos de conversa entre eles, Jonas não fazia ideia de como ajudar e tinha receio de atrapalhar uma conversa tão técnica dos homens-castores. Olhou para Tokugawa-Confúcio para ver se ele conseguia compreender do que se tratava. Tokugawa-Confúcio estava concentrado na conversa, mas percebeu Jonas e disse ao menino:

— Não se preocupe. Pelo que me parece, as engrenagens que abrem a comporta da barragem estão presas, só não sei se é ferrugem, mas, em todo caso, elas precisam de uma lubrificação urgente, senão...

— Senão o quê?! – perguntou, preocupado, Jonas.

O pequeno chefe dos homens-castores se volta para Jonas e responde a pergunta.

— Senão, a barragem se rompe e as águas muito doces do rio e muito salgadas do mar se misturam, se anulam e tudo estará perdido. Seria um grave desequilíbrio ambiental.

— Mas isso é terrível! – respondeu Jonas. – O que é que podemos fazer para ajudá-los?

— Vocês até poderiam nos ajudar se tivessem o óleo-listrado, mas já que não temos e vocês também não, teremos que pensar em outra coisa.

— Óleo-listrado? De quê é feito esse óleo-listrado? – perguntou Jonas.

— Veja só, saiba que você me pegou! Eu também não sei, mas vamos pesquisar e descobrir.

Então o chefe dos homens-castores foi até sua estante, arrastou para ela um pequeno banco no qual subiu com dificuldade e alcançou um grosso volume amarelo intitulado: *"A fórmula dos Óleos e similares"*. O pequenino homem-castor colocou o livro sobre sua mesa e começou a folheá-lo até chegar ao meio do volume, na página 1.515. Então disse, em voz alta: "Achei!". Todos foram para perto dele enquanto ele lia em voz alta a fórmula. "Ingredientes: reúna várias listras de trigre em uma tigela e as amasse bem com um pilão até extrair o óleo das listras, coe-o bem e o aplique à vontade em qualquer coisa que desejar desenferrujar, lubrificar etc".

Imediatamente todos os olhos se voltaram para o único trigre que havia naquele local e era Rodolfo, que começou a ficar preocupado diante daquela situação.

"Por que esses... esses homens-castores me olham desse jeito, como se me devorassem com os olhos?", pensou Rodolfo agora com muito medo.

Rapidamente os homens-castores foram com tudo para agarrar Rodolfo, mas se ouviu um alto grito:

— Esperem! — disse o chefe — sejamos educados com o trigre. Afinal não se deve fazer aos outros nada que não se queira que seja feito conosco.

Nessa hora Rodolfo se sentiu muito aliviado. Então veio se aproximando do trigre o pequeno chefe, dizendo:

— Com licença, trigre...

— É... — meu nome é Rodolfo — disse o trigre.

— É claro, com licença TRIGRE Rodolfo, mas você não gostaria de ser submetido a uma bateria de testes por meio dos quais será averiguada a possibilidade de extração de suas listras? — perguntou o castor chefe.

— Mas.... isso não vai doer? — perguntou Rodolfo.

— Em hipótese alguma! Esses testes são totalmente indolores, e o máximo que você sentirá será um formigamento.

— Tudo bem, então eu topo.

— Então, por favor, siga-me até a salinha ao lado.

Todos deram alguns passos até uma porta em que estava escrita, em relevo, a palavra: "Enfermaria".

O trigre entrou e sentou-se em uma maca.

Não! Por favor, deite-se — disse o doutor. — O trigre então se deitou, e mais uma vez ouviu o doutor:

— Não de costas! Deite de bruços.

Rodolfo achou estranho, mas logo percebeu que o doutor estava certo, afinal trigres têm listras nas costas. No entanto, algo muito esquisito aconteceu: os homens-castores, a mando do doutor, prenderam as patas do trigre Rodolfo na maca, bem atadas com gaze e esparadrapos.

— Mas isso é muito estranho. É necessário? — perguntou Rodolfo, imobilizado.

— Claro que sim, é para o seu conforto — disse, disfarçadamente, o doutor, que, em cochichos, comentou com seus assistentes: "É para a segurança nossa".

— O que você disse depois de conforto? — perguntou, desconfiado, o trigre.

— Nada não, apenas termos técnicos.

Rodolfo, tentando se tranquilizar, fechou os olhos, como se isso adiantasse. Imediatamente os assistentes do doutor colocaram dúzias de fitas adesivas nas costas do trigre.

— O que está fazendo?! — perguntou, surpreso, Rodolfo. — Nada adiantou perguntar, pois os homens-castores começaram a puxar as fitas adesivas e o que se ouviu foi uma sucessão de berros por parte do trigre.

— Mas o que que é isso? Vocês não me disseram só se tratar de um incômodo formigamento?!

— Exato! Não mentimos. Afinal, para nós essa sensação deveria ser de formigamento, não de dor, já que sentimos formigar e não dor se a situação fosse inversa.

— Mas não é isso que eu sinto!

— Tudo bem, vai passar logo — disse o doutor, que se voltou para um dos assistentes e perguntou: — Teve êxito, removeu as listras?

— Não doutor, ainda não.

— Então vamos tentar a segunda opção.

— A cera, doutor? — perguntou o assistente surpreso.

— Sim, com a cera.

— Que cera é essa? — perguntou Rodolfo.

Mas era tarde demais: eles já haviam aplicado a quentíssima pasta de cera nas costas de Rodolfo e...

— Aaaaaaaiiii!!! — Gritou Rodolfo ao retirarem a cera já seca de suas costas.

— E então? Saíram as listras? — perguntou o doutor.

— Não, só pelos — respondeu um dos assistentes.

O trigre voltou a reclamar:

— Tá doendo, doutor.

— Está? Mas eu não estou sentindo nada — disse o doutor, bem-humorado.

— Engraçadinho o senhor — falou, aborrecido, Rodolfo.

— Poxa! Trigre Rodolfo, só estava tentando melhorar o seu humor, assim distrairia a sua mente dessa hipotética dor — retrucou o doutor.

E Rodolfo respondeu em tom sarcástico:

— Valeu por tentar doutor, mas você acha, realmente, necessário esses tipos de procedimentos?

— Claro que sim! As suas listras são a última esperança para consertar a barragem e evitar o grande colapso natural. Mas se você quiser desistir eu entenderei. Você não é obrigado a fazer algo que verdadeiramente seu coração e seu caráter não queiram.

Então o doutor se adiantou e ele mesmo começou a soltar as ataduras de Rodolfo. O doutor soltou a atadura do braço direito de Rodolfo, e em seguida se preparou para soltar a atadura do braço esquerdo.

Nesse momento, a pata direita do trigre pousou em sua mão, o doutor olhou surpreso para a cara de Rodolfo, e o trigre disse:

— Não, doutor. Para o bem geral deste mundo vale qualquer sacrifício.

—Tem certeza, trigre Rodolfo? – perguntou o doutor.

—Tenho – disse o felino.

— Então tragam a panela de pressão! – gritou o doutor para os assistentes.

— O queeee? Panela de pressão!? – exclamou Talita, aflita!

— Sim, lá vem a panela.

E logo os ajudantes trouxeram uma grande panela mais parecendo uma caçarola sobre rodas.

— Mas o que vocês pretendem com essa panela de pressão? –insistiu Talita.

— Pretendemos pôr o trigre dentro dela, e depois de várias horas sobre fogo alto e água escaldante, dissolver as listras do Rodolfo.

— Mas isso não irá dissolver também o meu trigre? – perguntou, apavorada Talita.

— Bem, é um risco que ele assumiu.

— O que vamos fazer!? – perguntou Talita, aflita e chorosa, a Jonas.

Jonas se esforçava para clarear sua mente. E foi quando Talita comentou: se ao menos tivéssemos catado algumas listras pelo caminho da montanha isso não teria que acontecer com meu amado trigrezinho.

— É isso, Talita! Você está certa! As cascas de banana, as listras de trigre pela montanha! Eu as tenho! – disse

Jonas surpreso e contente consigo mesmo enquanto esvaziava todos os seus bolsos lotados de listras de trigre. Naquele exato momento Talita se interpôs entre a tampa da panela e seu trigre. Barrando o doutor, ela disse:

— Pare, doutor! Veja que maravilha, olhe para Jonas!

O doutor se virou curioso para Jonas e se deparou com uma pilha de listras de trigre; o doutor soltou um largo sorriso de alegria e alívio, e o trigre Rodolfo chorou de felicidade naquele momento por não estar cozido.

Talita, muito feliz com Jonas, falou-lhe:

— Você as catou! ... Como sabia que isso ia acontecer?

— Eu não sabia. Simplesmente, cada listra que pegava do chão, minha mão, por impulso, a levava aos meus bolsos, talvez também porque essas listras foram uma das coisas que mais me intrigaram nesse estranho mundo e por isso catei-as, talvez eu as estudasse depois, ou as mostrasse para os meus outros amigos de meu mundo para não me chamarem de doido, caso contasse minhas experiências aqui.

— Mas vejo que tinha algo muito maior reservado para elas – comentou Tokugawa-Confúcio, olhando para Jonas, para os homens-castores e para Rodolfo.

— Sim – respondeu o chefe dos homens-castores – salvar a barragem, a vida de nosso ecossistema, e a vida de um amigo.

Nesse momento o chefe olha para Rodolfo. E todos concordam com um balançar de cabeças.

Imediatamente os homens-castores coletaram aquele monte de listras e as transferiram para dentro de um grande cilindro transparente cuja base possuía uma torneira. Rolaram aquele imenso cilindro para fora da cabine de comando e o colocaram em frente de um enorme bate-estaca. Jonas, Rodolfo e os outros olhavam atentos quando os operários fizeram um gesto para o operador da máquina, que a ligou em força total. O grande peso de metal que, preso por cabos de aço, se encontrava no topo do bate-estaca, desceu velozmente para dentro do cilindro transparente, e Jonas pode ver o grosso caldo alaranjado se despregar das listras que assumiam uma tonalidade esbranquiçada e flutuavam acima do liquido laranja. Era como se fosse água e óleo: não se misturavam.

Logo abaixo da torneira do recipiente se posicionaram dois homens-castores com uma peneira grande e redonda, e não demorou muito e vieram mais quatro homens-castores; dois levavam um imenso funil cujo gargalo pequeno era preso a uma mangueira muito longa, similar às usadas pelos bombeiros, e, no outro extremo da mangueira, segurando em sua ponta, havia outros dois homens-castores que direcionavam a boca da mangueira diretamente para as engrenagens que estavam logo ao lado da cabine de comando. Nesse exato momento Nestor se aproxima da torneira e a gira. Dela começa a escorrer o líquido espesso e grosso que cai na peneira que os homens-castores balançam e na qual filtram as impurezas, e logo um líquido mais puro e limpo começa a escorrer para o funil sustentado por mais dois homens-castores que evitam que tal precioso líquido seja derramado fora do funil. Já dentro da mangueira o líquido segue o seu caminho até chegar à boca da mangueira, a qual era manobrada eficientemente para que o jato de óleo penetrasse corretamente nas engrenagens da comporta.

— Está tudo pronto? — grita o chefe dos homens-castores lá da sala de controle.

— Sim, está — responde o homem-castor Nestor.

— Então venham cá, crianças! — diz o chefe, chamando Jonas e seus amigos, que não hesitam e vão até a sala de controle.

Já na sala de controle eles são apresentados ao painel de controle das comportas da barragem, e o pequenino chefe explica:

— Veem essa alavanca vermelha, no centro do painel? Se ela for levada para baixo as comportas se abrirão o suficiente para restaurar o equilíbrio entre rio e mar. Já que vocês muito nos ajudaram quero dar, a algum de vocês, a honra de abrir as comportas.

Então todos se entreolharam para ver quem puxaria a alavanca, e, embora não tivessem falado nada, o consenso foi unânime: cada um pôs sua mão na alavanca vermelha e todos puxaram-na para baixo, pois o coração deles mandava que assim fosse feito e assim foi. As comportas se abriram e, em pouco tempo, o equilíbrio ecológico estava realizado: mar e rio conviviam, lado a lado.

Todos comemoraram o feito, vibravam de alegria se abraçando e trocando sorrisos.

— Sabe, Jonas, — falou Nestor, há muitas coisas gratificantes no mundo e uma delas é colher os frutos de um resultado baseado no estudo, na compreensão, no amor e na dedicação, que são responsáveis por deixar eternos esses momentos, em lembranças vivas, gravadas indelevelmente em nossos corações, porque não são os feitos que nos tornam grandiosos, nem o ato da conclusão deles, não importa o custo, o tempo, ou a demora. O que nos torna grandiosos é a capacidade que temos de aprender com os resultados do bem que fazemos, e a capacidade de guardar essa experiência no coração, pois assim a semente do bem se espalha nos outros corações, ao construir, concretizar, recordar, tirar boas lições e passá-las adiante.

Jonas ouviu e gostou do que ouviu, e ao se pegar pensando na palavra "recordar", se lembrou do amigo de Nestor, o qual ensinara a Nestor como saber do nome de uma pessoa sem que ela o tivesse dito. "O nome do amigo de Nestor parece ser Tupã", pensava Jonas, e também lhe ocorreu a ideia de que Tupã soubesse alguma coisa de como degustar palavras. Devido a essas possibilidades Jonas não resistiu e perguntou a Nestor:

— Você sabe onde mora esse seu amigo Tupã?

— Sim, se você seguir o rio até sua nascente você encontrará Tupã.

Jonas então refletiu, pensando se deveria antes ir até

ao Menestrel e cumprir outro desafio. Mas, de que adiantaria querer ir até ao Menestrel se não sabia nem onde ele poderia estar? E, quem sabe se, ao procurar Tupã, ele pudesse também encontrar o Menestrel no meio do caminho... Além disso, é como Nestor falou: a chave da verdadeira liberdade, ou a chave que abre as portas da liberdade, é o conhecimento, e qual outro motivo o meu em buscar Tupã se não para ter conhecimento?

Jonas deu alguns passos na direção de Tokugawa-Confúcio e perguntou a ele:

— Se eu fosse à procura de conhecimento, você me ajudaria a encontrá-lo?

— Sim, Jonas, conhecimento nunca é demais.

Jonas se alegrou com a resposta e virou-se para Rodolfo e Talita que prestavam atenção na conversa e perguntou:

— Vocês também concordam com Tokugawa-Confúcio?

— Sim, concordamos — responderam os dois.

— Então vamos até ao balão — disse Jonas, já subindo no cesto.

— Para quê? — perguntaram Talita e Rodolfo.

— Para buscar conhecimento — respondeu animadamente Jonas. Todos ficaram felizes com a boa iniciativa de Jonas, e subiram no cesto.

Pouco tempo depois o balão subia e todos estavam se despedindo de Nestor e dos homens-castores.

**51135**

# 9

*Rio acima*

**911396**

O balão seguia o curso do rio, acima dele e de suas curvas. Jonas não podia deixar de admirar a paisagem, aquele imenso rio, cujas margens se perdem de vista para quem nele navega.

Até lá de cima, visto do balão, o rio não deixava de ser surpreendente. Havia algumas casas ribeirinhas. Crianças, mulheres e homens-castores viviam nelas, em harmonia com a natureza, o que se podia notar pelo jeito com que cuidavam da mata e de seus roçados, cultivados com alimentos saudáveis, cereais e hortaliças, no meio de árvores e flores.

Enquanto o balão subia seguindo o rio e as casinhas se distanciavam, Jonas não esquecia das belas palavras daquela gente e das de Nestor: "O importante não são apenas os grandes feitos, mas o que você aprende com eles, a recordação dos belos momentos do caminho percorrido, e o que você vai passar adiante. E quão fundamental é a ação do aprender, do se informar para não agirmos de maneira errada diante do que não se conhece. Não devemos ter medo de aprender com o diferente, de aprender coisas diferentes. Quando conseguimos compreender isso matamos o medo, a insegurança e o preconceito".

Após horas refletindo, Jonas é sacolejado, e percebe que algo está errado. O balão está perdendo altitude.

— O que está acontecendo? — perguntou o menino para Tokugawa.

— As reservas de combustível da fornalha do balão se acabaram e o fogo que o aquecia também.

— E agora!? – perguntou Talita preocupada.

— E agora estamos caindo, mas não se preocupe que dou um jeito de pousarmos com segurança – disse Tokugawa-Confúcio, tentando encontrar um lugar para pousar.

— Ali! – disse Rodolfo apontando para uma clareira alguns quilômetros mata adentro.

— Será que consegue levar o balão até lá? – perguntou Talita a Tokugawa-Confúcio.

— Sim, consigo – respondeu ele, ao mesmo tempo em que mudava a rota, dirigindo-a para a clareira, mas o balão não fazia a curva necessária para chegar até lá. Então Tokugawa-Confúcio falou:

— Rápido! Todos se segurem no lado esquerdo do balão e forcem o seu peso para esta direção.

Imediatamente Jonas, Talita e Rodolfo forçaram todo o seu peso para o lado esquerdo e, incrivelmente, deu certo, o balão se dirigiu rapidamente para a clareira, na qual Tokugawa-Confúcio notou que havia pés de repolho imensos. E ele direcionou o balão para o meio de um desses repolhos a fim de amortecer a queda.

O pouso foi relativamente bem sucedido, com um balão murcho no meio de um repolho espatifado. Felizmente ninguém se feriu, embora o cesto estivesse virado ao contrário, em cima deles.

Quando todos, unindo forças, conseguiram retirar

de cima deles o cesto, que, até então, parecia mais uma arapuca que um cesto de balão, eles tiveram uma surpresa: além dos repolhos gigantes, naquele campo aberto também havia mais uma coisa, ao longe. Dirigiram-se para lá e ao se aproximarem descobriram ser uma casinha bem pequena.

Ela era pequena mas era uma casa muito bonita, feita de tijolos de barro e pedra, não possuía arestas ou quinas agudas em suas paredes. De formato suave, lembrava uma imensa cabaça, cujo teto era caprichosamente feito de palha trançada, ostentando, em seu topo, uma curiosa chaminé, em forma de cogumelo, que era tão peculiar quanto as janelas da casa, as quais possuíam um formato circular.

Talita achou a casinha muito charmosa, e, maravilhada, não desgrudava os olhos dela como se a casinha fosse uma imensa casa de bonecas.

Jonas achou a casa curiosa, mas não se ateve muito aos detalhes pois a achava feminina demais. Jonas, assim como Tokugawa-Confúcio, queria era ajuda e informações e por isso tratou de procurar a campainha da casa.

Chegando até à peculiar porta, de formato oval, Jonas procurou mas não encontrou a campainha, porém seus olhos pararam diante de um grosso barbante ao lado da porta. Ele observou onde a corda pendente estava amarrada, e, como em sua visita ao farol de cristal da cidade das nuvens, a corda estava amarrada em uma sineta semelhante.

Jonas se pegou pensando se o proprietário da casinha teria uma audição tão boa quanto a da mulher do farol. Para ele saber, ele teria que tocar a sineta e foi isso que ele fez.

Com muito cuidado, Jonas balançou apenas uma vez a corda, e o pequeno sino emitiu um som. Todos esperaram alguma reação, mas a porta não se abriu e ninguém apareceu. Jonas se cansou de esperar e voltou a tocar o sino, balançando-o três vezes, mas nada aconteceu, e ele resolveu se arriscar tocando aquele sininho sem parar, mas, depois de tanto tocar, nada mudou.

Talita resolveu ajudar batendo na porta. Jonas tocava o sino e Talita batia na porta, e já que depois de algum tempo, nada aconteceu, ninguém os atendeu, Rodolfo começou a bater palmas.

Jonas tocava o sino, Talita batia na porta e Rodolfo batia palmas, e, depois de um longo tempo, nada aconteceu. Por isso Tokugawa-Confúcio, vendo aquela cena, sentiu-se na obrigação de ajudar, e começou a chamar pelo dono da casa:

— Ei! Tem alguém aí! Há alguém que possa nos ajudar?

Dessa forma, Jonas continuava tocando a sineta, Talita batendo na porta, Rodolfo batendo palmas e Tokugawa-Confúcio a chamar em voz alta pelo dono da casinha. Aquela algazarra toda, curiosamente, tinha bela sonoridade, tanto que, se alguém passasse por aquela clareira, naquele momento, e ouvisse a "barulheira", poderia confundi-la com uma fanfarra improvisada, pois o barulho daquele grupo tinha um certo ritmo, e era bonito. Mas eles, Jonas, Tokugawa-Confúcio, Talita e Rodolfo, não se deram conta do ritmo.

Foi deste modo que, após tanto barulho, algo aconteceu: o trinco da porta se moveu e alguém atrás dela a abriu, e todos pararam com o barulho.

— Oi! Em que posso ajudá-los? — perguntou, com voz afetuosa, a anãzinha de pele escura.

Jonas percebeu que ela era um pouco menor do que ele, carregava um sorriso simpático e usava um avental branco por cima de um vestido de chita totalmente colorido, que contrastava com o lenço vermelho de bolinhas brancas amarrado em sua cabeça, e com os seus brincos dourados, de argolas. Jonas retribuiu o sorriso, sorrindo para ela, e notou que sentia um calor agradável em seu coração, e era pela presença da anãzinha sorridente. Jonas se lembrou porque eles vieram bater à porta da casa, bater não, fazer barulho, e disse à anãzinha:

— Desculpe incomodá-la, mas sabe algum lugar próximo daqui em que possamos consertar o balão de meu amigo?

— É, acabou o combustível, tivemos que fazer uma aterrissagem forçada e com isso acabamos avariando a caldeira do balão. Se puder nos ajudar, ficaremos muito gratos — disse Tokugawa.

— Nossa! Vocês caíram com o balão? Não se machucaram? — perguntou a anãzinha, preocupada com eles.

— Não! Felizmente algo amorteceu a nossa queda. Acaso a senhora teria uma horta de repolhos gigantes? — perguntou Rodolfo.

— Sim, eu tenho uma horta de repolhos gigantes, mas, por que perguntam?

E, meio sem jeito, Rodolfo aponta para o balão estacionado no meio do que era uma horta de repolhos gigantes.

Ao ver sua horta destruída, a mulher se volta para Jonas e seus amigos e, surpreendentemente, lança um sorriso, dizendo:

— Graças a Deus vocês não se machucaram.

— Eu sinto muito pela horta — disse Tokugawa.

— Não é nada, é só uma horta, é só regar e cuidar bem e as plantas se recuperam. O mais importante é que vocês estão bem. Venham! Entrem! — convidou a anãzinha.

Todos entraram e se sentaram na confortável mobília, enquanto a anãzinha lhes servia algumas xícaras de seu saboroso café preto que recém havia preparado na cozinha.

— Não se preocupem. Logo o meu esposo chegará do serviço e os ajudará com o balão, e me desculpem por não haver me apresentado. Meu nome é Meiga Bolulu, casada com Môo Bolulu.

O menino, estendendo a mão, disse:

— Muito prazer, dona Meiga! Meu nome é Jonas.

— O meu nome é Talita — disse a menina, que, em seguida, a cumprimentou.

— Eu sou Rodolfo — cumprimentou o trigre.

— E eu sou Tokugawa-Confúcio — disse o rapaz.

Após se cumprimentarem cordialmente e beberem todo o café, Dona Meiga sentiu-se incomodada com um pouco de frio que se fazia em sua sala e disse:

— Eu vou à cozinha preparar um bolo para nós, e gostaria de convidá-los para irem comigo. Não sei se sou muito friorenta, mas acho que vocês se sentirão mais confortáveis diante do calor de um velho e bom fogão a lenha.

Embora ninguém sentisse frio, todos gostaram do convite e não demorou para que Jonas e seus amigos estivessem à vontade ao redor do fogão. Jonas e Talita, não estavam apenas à vontade: eles não podiam deixar de reparar na incrível disposição de Dona Meiga, que andava de um lado para o outro pegando de lá e cá ingredientes para o seu bolo, entre armários e estantes, e levava tudo para a grande mesa ao centro da cozinha: farinha de trigo, ovos, leite, chocolate, manteiga e fermento.

— Vejo que vocês dois se interessam por culinária, venham cá, podem me ajudar se quiserem — disse a anãzinha negra ao perceber a inquietação de Jonas e Talita.

As duas crianças aceitaram o convite e foram ajudar na preparação do bolo.

— Por favor, Talita, traga para a mesa esta tigela que está aí na prateleira, e você, Jonas, vá à segunda gaveta e pegue a colher de pau — dizia, alegremente, Dona Meiga, animada com a ajuda das crianças.

Talita lhe entregou prontamente a tigela.

Dona Meiga pôs um pouco de leite na tigela e em seguida acrescentou dois ovos, enquanto esperava Jonas, que ainda não havia encontrado a colher. O menino estava começando a ficar impaciente, e Dona Meiga resolveu puxar prosa com o garoto para ver se o acalmava.

— Então, Jonas, faz tempo que vocês chegaram aqui, ou demoraram a encontrar esta casa?

— Nós a encontramos rápido. Recém pousamos o balão e já avistamos sua casinha. Só não consigo entender por que a demora da senhora para atender a porta, já que eu tomei o cuidado de, no início, não fazer muito barulho com a sineta.

— Ora, mas se você não queria fazer barulho, como pretendia que eu o ouvisse? Além do mais a minha sineta é um mero objeto decorativo e não faz tanto barulho.

Jonas imediatamente percebeu duas coisas: a primeira foi que a reação de Dona Meiga fora totalmente oposta à de Safira, a guardiã do farol; e a segunda coisa que mais lhe chamou a atenção foi o jeito de falar de Dona Meiga, que era extremamente vocálico, com forte ênfase e predominância nas vogais abertas; era um sotaque bem pitoresco, parecia um sotaque tipicamente de origem africana.

Jonas como sempre começou a pensar: "Será que Dona Meiga é algum tipo de pigmeu?", e resolveu perguntar, mas, dessa vez, tentou ser mais discreto para não passar vergonha de novo, e se sentir um bobo com a resposta que ultimamente mais ouvia: "Sou da nação humana".

Tentando evitar a gafe Jonas, discretamente, perguntou: "Acaso a senhora conhece alguém que seja pigmeu?".

— Pigmeu? O que é um Pigmeu?

— Está bem, deixe eu pensar, a senhora conhece algum africano da África subsaariana, um Massai, um Banto, um Etíope, Nigeriano, Congolês, alguém que fale algum dialeto negróide, ou sei lá um aborígene australiano? – arriscou Jonas, mesmo sabendo que a Austrália está localizada na Oceania, a milhares de quilômetros da África.

Dona Meiga, muito confusa, não conseguia entender nada do que o garoto estava falando, e respondeu a Jonas o que ele já esperava:

— Não, não conheço nenhuma dessas pessoas, só conheço aqueles que moram aqui no Mundo das Ideias, todos pertencentes à nação humana.

Jonas vasculhou e vasculhou a gaveta até encontrar: "Achei!", disse ele, agora contente, segurando a colher de pau que entregou à dona Bolulu.

Ao pegar sua colher de pau das mãos do garoto ela o ouve dizer:

— Eu realmente sinto muito pela sua horta.

Ao ouvir aquelas palavras, a senhora se cala e fica decepcionada com Jonas. Seu marcante sorriso se desvanece aos poucos, e ela diz:

— Você não prestou muita atenção quando lhe disse

que o mais importante era a saúde de todos e não a horta. Você, Jonas, não se preocupou com a saúde e o bem estar de todos os seus amigos, não teve atenção para com eles a fim de saber se estavam bem depois da queda. Você se preocupou com os seus interesses, Jonas.

— Não diga isso, a horta era da senhora, eu a destruí e me preocupei, me preocupo, quero corrigir meu erro e restaurar a horta que eu destruí, pois isso que aconteceu com os seus repolhos gigantes me deixa muito mal, e se eu não arrumá-la, como poderei me sentir bem?

— Você se sentir bem? E os outros? Não significam nada? – disse, extremamente chateada com Jonas, Dona Meiga Bolulu.

— Mas...! mas eu, eu...

Jonas tentava se justificar mas não conseguia encontrar palavras. Então Dona Meiga prosseguiu:

— Tome muito cuidado, Jonas. Você é aquilo em que está seu coração, se seu coração está em orgulhos e vaidades pessoais você está sozinho e vazia é a pessoa do solitário; um rio não é rio sem água, a corrente não é corrente só com um elo e tampouco é sábio o seu isolamento. Quem pensa só em si é egoísta e o egoísmo é a raiz de todos os males, pois impede a ação da humildade.

— Pobreza? – questionou Jonas.

— Errado! Humildade não é pobreza, é nobreza do caráter que se configura como louvável ato de ver a todos como iguais, sem se importar com *status*, classe econômica. A pessoa que vê o outro como igual não vê uma vestimenta, vê um coração.

Jonas se calou, fechou os olhos e ficou cabisbaixo, pois reconhecia que aquilo que Dona Meiga lhe falava era a verdade. Sem dizer nada, Jonas se mostrava como quem reconhecera realmente o erro e desejava mudar, e Dona Meiga reparou isso, notou que havia iniciativa de mudança por parte do menino, e disse, enquanto batia os ingredientes do bolo, como se falasse para todos:

— Bem, se alguém deseja encontrar o caminho da humildade, e minimizar o mal, e ter o controle sobre si, eu posso ensinar como.

— A senhora pode, mas por que apenas minimizar o mal e não destruí-lo? –perguntou Jonas.

— Não se pode destruir, eliminar os sentimentos que geram o mal ou o próprio mal, porque eles fazem parte da natureza humana. Todos os seres têm defeitos e qualidades e a linha que separa um defeito de uma qualidade às vezes é muito tênue, porque o mal sempre é o excesso de um sentimento ou ato, enquanto a natureza boa é o equilíbrio. Assim, se uma pessoa tenta anular totalmente, em si, algo que considera como defeito, acaba cometendo o excesso da falta e assim gerando o mal.

Como exemplo, o ato de soberba; digamos que um homem orgulhoso descobriu que muito orgulho poderia tornar-se soberba, e, sabendo dos males da soberba, do excesso de orgulho, decidiu radicalmente matar todo e qualquer sinal de orgulho que ele pudesse ter; queria ele eliminar o orgulho que pudesse ter de qualquer coisa, dele mesmo ou dos outros, de tudo e de qualquer sentimento que o origine.

Mas, como a soberba é o excesso de orgulho próprio, ele eliminou o orgulho, só que, ao matar o orgulho e toda espécie de sentimento correspondente, ele matou o amor próprio, pois o orgulho é amor próprio em demasia.

Tolo foi o homem de querer eliminar de si um sentimento, pois isso resultou num efeito dominó, e na morte do amor por si, e se ele não pode se amar a si mesmo, como pode demonstrar amor aos outros, oferecer-lhes um sentimento que já não tem? E se ele não pode amar a si e aos outros, ele morre, pois não se pode viver a vida sem se cultivar o amor.

Reconhecendo que o bem e o mal coexistem dentro de nós e que estes não podem ser totalmente destruídos por que fazem parte de nossa natureza é que adquirimos a compreensão de quais os momentos em que podemos estar mais vulneráveis ao mal, podemos conhecer os nossos defeitos para atenuá-los, corrigindo as nossas falhas.

Não podemos ser hipócritas afirmando que nunca erramos, fechando os olhos para a causa do erro, assim como não podemos agir com total aceitação do erro, conformando-nos com o fato de termos nascido com a natureza do erro, sem tentar corrigi-lo. Entendeu, Jonas, por que não se pode extirpar totalmente o mal sem afetar os sentimentos bons?

Então Jonas acrescentou:

— É como se pintássemos um quadro: utilizando nas

doses corretas a tinta branca e a preta, realçamos as formas e criamos as perspectivas belas de luz e sombra.

— Isto mesmo, Jonas, e assim você começa a compreender melhor um dos princípios para o que vou lhe ensinar, que é o caminho para a humildade, que está muito ligado ao equilíbrio. Veja, Jonas, aí na mesa, o que tem nesses dois potes? – perguntou Dona Meiga.

— Tem açúcar em um e sal no outro – respondeu Jonas, conferindo o conteúdo dos potes.

Exatamente, Jonas. Se uma pessoa comesse todo o açúcar desse pote, que alias é muito grande, o que aconteceria com ela?

— Ah! Ela iria ficar muito doente, talvez desenvolvesse diabetes.

— E se a pessoa comesse todo o sal desse outro grande pote, o que aconteceria com ela?

— A pessoa, se comesse todo o sal do pote, poderia ficar também muito doente, poderia ficar hipertensa, ter problemas cardíacos, dentre outros.

— Isso mesmo. O caminho do equilíbrio pessoal está em ter a consciência de não cometer ações extremas, seja esta em qualquer ordem ou natureza de sua vida, material, espiritual ou emocional. É como o açúcar e o sal, muito açúcar provoca diabetes, muito sal ocasiona hipertensão: o segredo está no equilíbrio; sabendo dosar as quantidades e os momentos, assim você desperta para a serenidade e para a paciência.

— Mas serenidade e paciência não são a mesma coisa? perguntou Jonas.

— Não – respondeu Dona Meiga Bolulu. Serenidade é a ação que acompanha a reflexão, é o pensar antes do agir. E, quando se está em equilíbrio, a serenidade surge para evitar a inconsequência, o pré-julgamento de uma mente imaginativa que distorce a realidade, pondo ideias infundadas no meio do processo de análise. Assim a serenidade a evita, porque quando você reflete verdadeiramente na resposta, você aprende a evitar a ansiedade, minimizando-a para que esta não afete seu raciocínio e controlando a ansiedade, pondo a razão na frente, você age com imparcialidade, e é assim que se descobre que saber esperar não é apatia, é o cuidado para com o julgamento justo.

— E a omissão? – perguntou Jonas.

— Paciência – respondeu dona Meiga – não é omissão, ela é extensão da serenidade. Paciência é lidar com seus males interiores, compreender seus defeitos, para mantê-los sob controle e acentuando as virtudes, não importando o tempo que leve. Só assim estará pronto para enfrentar as adversidades exteriores, pois quem não compreende e nem tem controle sobre seus defeitos não tem controle sobre as adversidades e cai ante a primeira tempestade da vida.

Quem souber esperar nota que o tijolo, submetido ao calor do fogo, gradativamente fica mais forte, e a casa feita com esses tijolos, os tijolos da paciência, resiste a todas as intempéries.

Quando se está em equilíbrio, percebe-se o tempo ideal para cada circunstância. A cautela e a prudência são extensões da serenidade; a paciência é irmã da serenidade e a apoia em decisões difíceis através da calma necessária para que tudo seja colocado em seu devido lugar, sem fazer julgamentos.

A paciência é uma casa feita de tijolos bem cozidos, que ficaram um longo período no fogo da fornalha. Assim, gradativamente o barro seca e o oleiro, paciente e cauteloso, que soube esperar, nota que o tijolo fica, a cada momento, mais forte, e a casa feita com esses tijolos, os tijolos da paciência, resiste a todas as intempéries, porque foram cozidos lentamente, durante o período necessário para que ficassem sólidos tanto por fora quanto por dentro.

Já os tijolos da pressa passam um curtíssimo período no fogo, são retirados da fornalha antes do tempo certo, tão logo o apressado oleiro que os fez constata que, no seu exterior, eles estão cozidos. Tolo é o apressado oleiro, pois quando constrói a casa, o primeiro vento a leva, já que o curto período que os tijolos passaram no fogo, só serviu para que se criasse uma casca de barro cozido em sua volta, no seu exterior, enquanto o interior do tijolo está com o seu barro cru, porque foi assado tão rápido que se pularam etapas, deixando seu interior frágil. O que se tem é aparência e a aparência é ilusão, vem o vento e a desmorona.

Assim, só quem conserva o equilíbrio constante percebe que a serenidade e a paciência andam de mãos dadas com a humildade, e que as três, em essência, são da mesma família e inseparáveis, e que no exercício de sua prática você cresce verdadeiramente, pois só as tem, e as exercita em sinceridade quem busca o seu começo e seu fim, que é equilíbrio constante.

Sabe, Jonas, não sou a única a falar sobre o equilíbrio, pois neste mundo e no seu mundo ele também é pregado por inúmeras filosofias; umas o chamam de "o caminho do meio", outras de "quintessência", ou aconselham: "...não vos desviareis nem para a esquerda e nem para a direita…"

Você compreende, agora, Jonas, o caminho da humildade que o leva para a serenidade, a paciência e o equilíbrio? – perguntou Dona Meiga Bolulu.

– Sim, compreendo – disse Jonas.

E nesse instante o menino se vira para seus amigos e, aproximando-se deles, diz: "Sinto muito o mal que lhes causei, vocês podem me perdoar?"

Os amigos de Jonas notaram que a reconciliação era sincera, pois Jonas falava com o coração. Então, todos os amigos de Jonas se confraternizaram com o menino, dando um abraço coletivo nele, todos em volta de Jonas o abraçaram. Jonas sentiu-se com a alma lavada, um peso que estava nos seus ombros não pesava mais, a fenda que estava em seu coração ficou mais rasa, o nó de sua garganta afrouxou-se, seus olhos marejados faziam despencar lágrimas de amor, felicidade e fraternidade restaurada. Neste momento a paz apaziguadora se fez presente.

    Foi aí que a porta da casa de Dona Meiga se abriu, com um rangido. Todos ficaram olhando atentos para a grande figura que surgia, atravessando a porta.

**51135**

## 10

*Uma porta
que se abre*

**162596**

Todos viram uma pessoa que atravessava a porta da casa de dona Meiga Bolulu. Mas quem seria ? Não dava para se distinguir a fisionomia devido à luz que se projetava de fora para dentro da casa, até que aquela pessoa fechou a porta. E todos se aproximaram: era um homem de alta estatura, e, assim como Dona Meiga, também era negro.

Dona Meiga abriu um lindo sorriso, de orelha a orelha, um sorriso "iluminado". Jonas pensava que apenas crianças pequenas e bebês teriam o dom de sorrir assim, mas viu que ele estava enganado, pois Dona Meiga sorria igual a uma criança.

— Querido! Como está você? perguntou a anãzinha robusta de vestido de chita, aproximando-se e dando um pulo para os braços daquele homenzarrão que se abaixou um pouco e abraçou Dona Meiga.

— O senhor é marido de Dona Meiga?— perguntou Jonas para o imenso negro que mais parecia um jogador de basquete.

— Sou sim, por quê?

— Mas o senhor é alto demais!

— Alto demais para quem?

— É que é curioso alguém tão grande casado com alguém tão pequeno!

— Garoto, você não sabe que para o amor não há medidas? – perguntou o homem.

— É verdade! Uma das coisas que venho aprendendo neste mundo é que o amor, assim como tantos outros sentimentos e ideias são universais – disse Jonas, concordando com o homem alto.

Dona Meiga, contente com a presença de seu esposo, tratou de apresentá-lo a todos.

– Gostaria que vocês conhecessem meu marido, Môo Bolulu.

– Meu nome é Jonas. Prazer em conhecê-lo – disse Jonas ao Senhor Bolulu, cumprimentando-o.

– E eu sou Talita – falou a simpática menina de vestido quadriculado.

– Meu nome é Rodolfo – disse o trigre, cumprimentando Bolulu, e, em seguida, Tokugawa-Confúcio cumprimentou o homenzarrão.

Assim que todos se conheceram, Jonas não pôde deixar de reparar no sotaque de Môo Bolulu, pois era igual ao da senhora Bolulu. Definitivamente, ele não é um pigmeu, pensou Jonas, mas será que não seria um nativo sul-africano? Ou seria moçambicano? Ou do Quênia? Apesar disso, Jonas sabia de cor a resposta dele, pois, na certa, seria a mesma de sua mulher: esse alto homem negro pertence à nação humana.

Jonas deixou de lado sua divagação pessoal e resolveu arriscar uma pergunta a Bolulu sobre um assunto que ainda o incomodava, e que era a altura daquele homem.

– Senhor Bolulu, me desculpe se for indelicado, mas a sua altura, nessa casinha, não o incomoda?

— Mas porque deveria me sentir incomodado?

— Olha, não o incomoda estar com a cabeça raspando no teto?

— Mas a minha cabeça não toca o teto da casa.

— Como não?

— Ora! Não tocando. Afinal você não reparou que de minha cabeça ao teto há a colossal distância de 1,618 milímetros?

— E essa distância é grande?! — retrucou Jonas.

— Ora, se não houvesse grandeza não haveria espaço.

— Mas mesmo assim as coisas nesta casa são tão pequenas que quando o senhor está de pé elas ficam fora do alcance de suas mãos.

— Isso é relativo. Tente ver a situação com minha óptica. Se quero alcançar algo, que me custa arcar as costas ou ajoelhar-me, já que para minha esposa seria complicado ter acesso a qualquer coisa que ultrapasse a minha cintura, caso o tamanho das coisas aqui fosse "normal"? Assim, essa casa foi feita sob medida para nós dois, pois tanto eu quanto ela podemos ter tudo à nossa mão.

Sabe, isso se chama não ser egoísta, pois se só pensasse em mim, eu a privaria de muitas facilidades. Pensando nela, caminhei o caminho da razão pois é mais fácil eu me arcar do que ela esticar as pernas. Esse caminho da razão que engloba todo o equilíbrio e ações justas praticadas pelo homem e pela natureza também pode ser chamado de Maat.

— Maat! A deusa da justiça e equilíbrio universais dos egípcios! – disse Jonas, curioso.

— Deusa, ou seria a Sagrada Verdade que foi endeusada? Sabe, é uma característica do ser humano atribuir uma aura mística às coisas que realmente são boas. O que se deve é tomar cuidado de não as elevar tão alto que não as possamos alcançar. Mas, falando em egípcios – prosseguiu Bolulu, Maat era exatamente do Egito. E Egito é também o nome do lugar onde mora meu amigo, o rei Narmer...

— Não está falando de Narmer, o primeiro rei egípcio, o grande unificador das duas terras, o alto e o baixo Egito?

— Poxa, você conhece o rei Narmer? Acaso esteve com ele lá no seu mundo? – perguntou Bolulu.

— Mas a unificação do Egito aconteceu em 3200 a.C.!

— Exatamente. Há cinco minutos atrás.

— Cinco minutos?! – interrogou Jonas extremamente perplexo com o que acabara de ouvir de Bolulu.

— Claro, há pouco estava eu conversando com o rei egípcio Narmer, e, curiosamente, estávamos falando de Maat. O rei queria que eu falasse a ele sobre Maat.

— A filosofia Maat? – Você ensinou a filosofia Maat ao rei egípcio?!

— Sim, mas por que o espanto? Afinal Maat é uma das antigas filosofias do Mundo das Ideias, mas, se você quiser que eu lhe explique um pouco sobre ela eu terei um imenso prazer.

— Se você puder, eu agradeceria, mas acho que sei alguma coisa: Maat, a deusa, carrega uma balança que pesa o coração da pessoa, e este coração acusa se a pessoa é boa ou má, já que o contrapeso da balança é uma pena, que simboliza Maat. Se o peso do coração for igual ao da pena, a pessoa é boa.

— Bem, Jonas, você está meio certo. A balança e a pena são uma metáfora de equilíbrio e justiça, já o coração ele não acusa, ele diz a verdade, quer esta seja boa ou ruim, pois se o cérebro é o órgão-sede da razão para com as coisas materiais, o coração é a razão para as coisas espirituais e emocionais, pois tudo o que você faz com emoção perdura dentro dele. Por isso o cuidado de se fazer coisas boas para não carregar em seu coração as más e o sofrimento que elas geram.

— Mas a sua mulher, a Dona Meiga, me disse que não dá para destruir o mal sem afetar o bem.

— E ela está certa. O que você deve fazer é ter consciência de que além do bem há o mal, e assim, sabendo, você o controlará. Tendo controle sobre ele, o que você pode fazer é minimizá-lo, para que os bons sentimentos cresçam dentro de você. Quem não é orgulhoso e nem soberbo compreende que dentro de si, além do bem existe o mal, e, por isso, além de diminuí-lo e cultivar o bem, você deve pôr sempre os bons sentimentos à frente dos maus, pois a você veio a compreensão, a razão, o equilíbrio, veio Maat, a razão do coração. Porque você pode dormir com um problema matemático e acadêmico a ser resolvido, mas não pode dormir com um peso no coração, com problemas emocionais. Para isso você sabe o que se deve fazer – disse o gigante Bolulu olhando para Jonas.

Jonas compreendeu e disse:
– Eu sei sim: a pessoa deve se reconciliar consigo mesma e com o outro.
– Exato, mas e se o outro não quiser a reconciliação? – perguntou o homem.
– Bem, eu fiz o meu melhor, não sei o que faria.

– É exatamente isso. Se você tentou se reconciliar consigo e com a outra pessoa, mas a outra pessoa não quis se reconciliar, você deve antes de tudo olhar para seu coração e ver que você fez o seu melhor, agindo com sinceridade e honestidade com o outro. Você não deixou seu coração se amargar com sentimentos ruins presos dentro dele, você os pôs para fora a fim de resolver os problemas pendentes. É esse o papel verdadeiro do coração na balança de Maat: não é acusar, é resolver, é conciliar.

– É isso? Tudo está resolvido, e depois eu poderei levar uma vida como se nada tivesse acontecido e me esquecer do outro?
– Não, você não pode simplesmente esquecer-se do outro, pois você estaria sendo omisso e seu coração não o deixaria descansar. O que você deve fazer após se reconciliar consigo mesmo é fazer o seu melhor, desabafando com o outro, é rezar para o outro, mesmo que ele não o tenha

perdoado. Mesmo que você seja ateu e não creia em algo superior, todos nós temos o dever de desejar coisas boas para os outros, porque são as coisas boas que movem o mundo e nos mudam para melhor.

Se você não se familiariza com o termo rezar, familiarize-se com o termo desejar coisas boas, pois ao desejar coisas boas para os outros desejamos também para nós mesmos, porque a benevolência, ao contrário da ira, é força boa de benefício duplo, pois o seu valor é compartilhado, enquanto a ira é a força má, de malefício único e individual, já que só o irado é quem sofre com a ira, e não o objeto da ira. E, agora, Jonas, diga-me de novo o que é Maat, disse Môo Bolulu.

Tentando definir Maat, Jonas disse, da maneira mais simples que podia:

— Maat é o coração.

— Exato, Jonas, o palácio dos sentimentos.

E todos que estavam naquela cozinha aprenderam o que era Maat e se maravilharam com as histórias do antigo Egito, de seus reis e faraós e daquela grande e milenar cultura africana.

Ao fim da conversa, muito contente, Môo Bolulu disse:

— Então, meus caros amigos, se houver mais alguma coisa que eu possa fazer por vocês, por favor não hesitem em me dizer.

Nesse momento Tokugawa-Confúcio tomou a palavra:

— Há, sim, nós todos chegamos à sua residência graças a um balão que nos transportava; infelizmente, o balão está sem combustível. Foi exatamente assim que aqui viemos parar, por acaso, caindo em sua plantação de repolhos gigantes. Agora, sem combustível, não podemos continuar a viagem. Acaso o senhor não teria alguns pedaços de vegetais para eu preparar o gás combustível do balão?

Ao ouvir aquilo, Jonas não podia acreditar no que ouvira. Ele se aproximou de Tokugawa-Confúcio e, discretamente, deu um puxão em seu jaleco. Quando Tokugawa-Confúcio prestou atenção no garoto, ele cochichou no ouvido do rapaz oriental:

— Como é que é, Tokugawa-Confúcio? Desde o início nós poderíamos ter feito combustível com as folhas daqueles repolhos! Por que não as pegou logo e fez o combustível?

— O que você está pensando, Jonas? Você queria que roubássemos as folhas dos repolhos gigantes?!

— Roubar, não. Era só pegar as folhas danificadas ou soltas pelo balão. Afinal, o que o senhor Bolulu iria querer com folhas estragadas?

— Não me importa que as folhas estejam estragadas ou inteiras ou que você as pegue "emprestado" sem pedir ou pegar por pegar, para mim isso é roubo, pois tanto os repolhos como as folhas dos repolhos têm dono. E se o senhor Bolulu quisesse utilizá-las como adubo para a sua terra ou para fazer ração animal para tratar seus bichos? Roubando aquelas folhas não estaríamos roubando o direito de o senhor Bolulu fazer estas coisas com elas, tratar os animais e adubar o solo?

— É... eu não tinha pensado dessa maneira – respondeu Jonas.

— Pois pense nas consequências antes de agir, afinal o homem que rouba do outro homem não rouba apenas de outro homem mas de si mesmo.

E isto me faz lembrar de uma história...

# 11

*A história do padeiro*

Certa vez, em um povoado distante, um homem, precisando quitar suas dívidas, entra no paiol de seu vizinho para pedir um empréstimo. Mas não encontra o vizinho, só encontrando sete feixes de trigo que lá estavam armazenados.

O homem, sem pensar, rouba dois feixes pois julgava ser muito sete feixes para um homem só. Pensou que seu vizinho não sentiria falta de dois feixes, e foi correndo, para bem longe, pagar suas dívidas com o furto.

Quando o dono dos feixes chegou ao paiol viu que faltavam dois feixes. Mesmo assim, o dono, que também possuía dívidas, quitou-as com quatro feixes de trigo e o único que sobrou dividiu entre si e seus animais. O pouco que tinha, ele moeu em seu humilde pilão e pôde garantir o seu sustento e o de sua família sem os méritos e benefícios que teria se vendesse os dois feixes furtados.

Nisto chega à casa daquele agricultor o carroceiro que comprava parte de sua colheita, e o agricultor, entristecido, lhe explicou que não possuía os feixes de trigos para lhe vender. Frustrado e sem o seu necessário lucro, o carroceiro voltou para casa.

Chegando à sua casa o carroceiro encontrou o homem do moinho que comprava o seu trigo. Sem o trigo, o carroceiro, lamentando, explicou ao homem do moinho que não havia trigo para ele fazer farinha, pois o agricultor fora roubado. Desapontado por não ter sua necessária mercadoria, o homem voltou para o seu moinho. Chegando lá, o homem do moinho encontra o padeiro, que viera para comprar farinha. Aborrecido, o dono do moinho fala ao padeiro:

— Fui comprar trigo com o carroceiro, mas este disse que o agricultor foi roubado, e por isso eu não tenho trigo para fazer a farinha que venderia para o senhor.

Chateado, o padeiro volta para sua padaria e lá encontra um homem que, após fazer uma longa viagem de "negócios", estava exausto e com muita fome, e este pede ao padeiro:

— Senhor padeiro, dê-me pão.
— Não tenho pão, pois não há farinha.
— Por favor, senhor padeiro, me dê qualquer coisa para comer pois estou cansado e faminto. Saiba que sou um homem de sorte pois paguei minhas dívidas com um feixe de trigo e me sobrou um outro feixe. Este eu dou para o senhor ter sua farinha em troca de alimento.

O padeiro, imediatamente, lembrou-se do roubo que o homem do moinho havia lhe contado. E, para tirar uma dúvida que lhe viera à mente, perguntou ao estranho:

— Acaso o senhor é agricultor?.
— Sou, sim – respondeu o homem.
— Então me mostre suas mãos – pediu o padeiro.

E sem entender nada, o homem mostrou as mãos ao padeiro.

O padeiro pegou nas mãos do homem, analisou-as, e, com voz severa, disse:

— O senhor mente. Suas mãos são lisas, mãos de quem nunca lavrou a terra e nem pegou no pesado. O senhor não tem calos para provar suas origens. É um mentiroso!

Pressionado pelo padeiro, o estranho foi obrigado a contar-lhe a verdade:

— Está certo; não sou homem do campo, mas o agricultor de quem roubei este trigo não sentirá a falta deste feixe pois ele tem o suficiente para ele e para sua família.

— E o carroceiro que dependia do trigo para vender para o moinho, e o homem do moinho que dependia do trigo para fazer a farinha e vendê-la para mim, que não tenho farinha e nem pão?! falou o padeiro, esbravejando.

— Eu dou este feixe e o senhor esquece do ocorrido – disse o ladrão.

— E eu irei esquecer minha honra e me manchar com a culpa da conivência com maus atos? E todo meu tempo gasto e esforço para chegar ao moinho? Isso não tem preço!

E fazendo a justiça com as próprias mãos, o padeiro aprisionou o ladrão e o fez prestar contas ao agricultor. Chegando à lavoura, o padeiro fez o ladrão confessar. O homem do campo fez o ladrão trabalhar duramente, semeando, arando e colhendo, sem ter direito aos lucros da safra.

Assim o ladrão pagou o que devia ao lavrador, que o levou para o carroceiro. Ao saber da história, o carroceiro fez o ladrão carregar inúmeras e pesadas sacas de trigo na carroça, e o fez reparar o estrago na carroça, ocorrido pela viagem até ao moinho e o fez descarregar as sacas pesadas de trigo no moinho.

Ao saber do roubo pelo carroceiro, o homem do moinho retira os seus bois da canga e põe o ladrão para fazer tração e mover a pesada pedra de moagem do moinho.

Assim, depois de tocar por horas aquela pesada pedra, o ladrão moeu todo o trigo do homem do moinho, ensacou a farinha e levou as pesadas sacas de farinha nas costas, rumou, por um longo trajeto, para a casa do padeiro, sem receber nada em troca do homem do moinho.

Dessa forma o ladrão pagou sua dívida com o homem do moinho. Diante do padeiro, o ladrão foi posto no pior serviço da padaria, o de limpar os fornos a carvão e tirar a fuligem, trabalhar diante do terrível calor dos fornos virando o pão sem deixar a massa queimar, e, ao terminar o árduo trabalho da padaria o ladrão nada recebeu pois foi com o trabalho que ele pagou a dívida com o padeiro.

— E assim — falou Tokugawa-Confúcio, olhando para Jonas — depois de muito trabalho e sem ter o seu pão, o ladrão aprendeu que quando se rouba qualquer coisa de uma pessoa não se está roubando apenas de uma pessoa, mas sim de várias e de si mesmo, e que só o trabalho traz o merecimento.

O menino havia compreendido o valor da honestidade e por isso deixou Tokugawa-Confúcio concluir sua conversa com Môo Bolulu.

— Então, senhor Bolulu, o senhor teria como nos fornecer os ingredientes para o combustível do balão?

— Sim. Os ingredientes são verduras, vegetais. É isso? – perguntou Bolulu.

— Sim, são esses.

— Então eu tenho o suficiente em minha plantação de repolhos gigantes. Venham comigo, vamos até lá. E Bolulu convidou todos para irem à horta.

Dona Meiga pediu licença a todos e foi cuidar do bolo que estava na cozinha.

Nisto, todos já se encontravam na imensa horta. Jonas notou que o balão murcho havia sido dobrado e guardado dentro do cesto, o qual havia sido cuidadosamente posto em um canto da horta. Certamente Môo Bolulu o colocou lá enquanto conversavam com Dona Meiga, mas o que deixava Jonas realmente impressionado era o fato de todos os repolhos daquela horta estarem inteiros como se o balão nunca os houvesse esmagado.

Embora houvesse, próximo do balão, uma visível grande pilha de folhas de repolhos gigantes, soltas ou machucadas, não dava para dizer que aqueles belos repolhos haviam perdido qualquer folha, pois, como por mágica, estavam inteiros como se nada houvesse acontecido.

— Mas como pode? – perguntou Jonas surpreso a Bolulu. O garoto não conseguia compreender aquela ordem na plantação, depois de tamanho caos. E o senhor Bolulu lhe respondeu:

— É só deixar que os repolhos enterrem seus repolhos. Apesar de hortaliças, eles são seres que prezam a ordem e a organização, e vejam só como são eficientes.

— Mas são só repolhos! — disse Jonas a Bolulu.

— Não são apenas repolhos, são repolhos gigantes.

E Jonas se calou, pois nunca havia visto até então em sua vida repolhos gigantes, e tentou pensar por uma lógica diferente, talvez por serem vegetais tão diferentes dos habituais é que eles ajam diferente, com sua maneira peculiar de manter tudo em ordem. Estranhas características para estranhos repolhos.

— Mas, por que os repolhos não se movem quando eu os olho? — perguntou Jonas a Bolulu, que também notara a total falta de movimentos por parte dos vegetais.

— É que os repolhos gigantes são criaturas muito tímidas, e, além disso, eles não os conhecem e, por isso, estão assustados com a presença de vocês. Não se preocupem! Tudo está certo. Essa é a natureza dos repolhos gigantes. Veja aquela pilha de folhas de repolho gigante, será que ela é suficiente para fazer o gás de seu balão? — perguntou Bolulu a Tokugawa-Confúcio.

— É mais do que suficiente, muito obrigado.

Bolulu foi rapidamente a um paiol ali próximo e trouxe a eles uma carriola cuja caçamba estava cheia de pás, rastelos e forcados. Para cada um foi entregue uma pá, um rastelo e um forcado, e todos, pegando suas ferramentas, foram coletando todas as folhas do monte de folhas de repolho gigante, as quais tinham como seu destino certo a caçamba da carriola que aos poucos ia se enchendo, e enchendo, até toda a montanha daquelas folhas estar sobre a caçamba, formando nela uma corcova de mais de dois metros de altura.

Tokugawa-Confúcio perguntou a Bolulu:
— Onde haveria aqui, além da cozinha de sua casa, um grande forno e um caldeirão?
— No paiol, de onde trouxe todas as ferramentas. Lá há um grande forno e um caldeirão.
— Ótimo! — disse Tokugawa-Confúcio. — Então, por favor, vamos levar essa pilha de folhas para o paiol.

Chegando ao paiol com a carriola lotada de folhas, foram todos direto para onde se encontrava o fogão. Jonas e Talita avistaram ali perto o caldeirão que ambos se esforçaram em trazer para perto do forno. O trigre Rodolfo, vendo que as duas crianças se atrapalhavam diante do imenso peso do caldeirão, resolveu ajudá-las e os três conseguiram trazer o caldeirão para perto do forno.

Todos estavam devidamente a postos, aguardando o pedido, as instruções sobre o que fazer com aquelas cascas, forno e caldeirão, mas faltava alguém:
— Cadê Tokugawa? Onde está Tokugawa-Confúcio? — todos se perguntavam.

Tokugawa-Confúcio não estava no paiol. Onde estaria ele?

E, de repente, eis que surge Tokugawa-Confúcio, apressado, cruzando a porta do celeiro com uma maleta quadrada e preta em seus braços. Jonas notou que aquela maleta era parecida com a que seu pai, inseparavelmente, andava para todos os lugares. Fosse ele ao banco, a reuniões, casas de amigos e momentos de lazer, como pescarias, lá estava aquela maleta quadrada e preta, enigmática, parecendo conter nela sua vida e o mundo. Certa vez sua mãe havia comentado que o pai de Jonas podia viver sem os dois pulmões mas não sem aquela maleta quadrada.

Tokugawa-Confúcio, ao chegar perto do forno, explicou sua ausência:

— Desculpem-me todos pela minha demora. Eu precisei ir até ao balão pegar o material necessário para converter as cascas de repolho gigante em gás, e está tudo aqui nesta maleta.

O rapaz mostrou a maleta em seus braços, dando evidência a ela com algumas palmadinhas, de leve, em sinal de importância.

— E o que tem nessa maleta? — perguntou, curiosa, Talita.

— Nesta maleta está o meu *kit* de química. É com o que está nele que conseguiremos obter o tão necessário gás para o balão.

Tokugawa-Confúcio abriu a maleta e retirou pequenas bombas, torneiras, canos e tubos de ensaio, potes com pós de várias cores, pastas de várias espessuras e texturas e outros líquidos estranhos, em diferentes tipos de frascos.

Ele organizou todo o seu aparato químico em cima de uma pequena bancada desmontável, que acabara de retirar de sua maleta.

Ao mesmo tempo, instruía a todos:
— Vamos, coloquem água no caldeirão. Agora esquentem o forno.

A água ferve, e Tokugawa-Confúcio continua:
— Coloquem as folhas de repolho no caldeirão.

Imediatamente Jonas e Talita, munidos com pás e forcados, começaram a tirar as folhas de repolho da carriola, colocando-as no caldeirão borbulhante, enquanto a água começava a ganhar um aspecto viscoso e verde.
— Por favor, enquanto preparo um composto químico, você poderia mexer o caldeirão com esta pá? – pediu Tokugawa-Confúcio a Rodolfo, que pegou a pá das mãos do oriental.

As folhas eram jogadas no caldeirão e o trigre não parava de mexer a mistura. Com seus compostos químicos, Tokugawa-Confúcio preparou uma poção, que foi sendo adicionada, de tempo em tempo, na estranha solução do caldeirão.

O processo começou: A poção se liquefaz e coagula, gaseifica-se e se solidifica, solidifica-se e se liquefaz, coagula-se e se transforma em plasma, gaseifica-se novamente e assim a solução passou por inúmeros estados: Cada combinação, um estado: sólido, líquido, gasoso e outros doze estados que Jonas jamais pensara que existissem; e, a cada novo estado, uma cor ou um padrão de cores aparecia.

Jonas estava surpreso com tanto trabalho e concentração do rapaz que tantos ingredientes e cuidados somava à mistura de folhas de repolho no caldeirão sem ao menos se orientar por uma fórmula escrita. "Será que Tokugawa-Confúcio tem a fórmula de cor, em sua cabeça?", pensava Jonas, que estava muito curioso para saber como se faz o combustível do balão. Se soubesse a fórmula poderia melhor ajudar Tokugawa, e, ainda, se essa fórmula for desconhecida na terra, quem sabe com ela ele pudesse ganhar o Prêmio Nobel de Química. Pensando nisso, Jonas perguntou ao rapaz:

— Você sabe "de cabeça" essa fórmula toda?
— Sim. Quer a fórmula?

E antes de Jonas responder "sim", o rapaz oriental rabiscou, em um papel, retirado do bolso de seu jaleco, a fórmula e a entregou, como se o fizesse para Jonas não lhe tirar o foco da Poção.

Jonas pegou o papel, olhou-o, analisou a fórmula, mas nada entendeu, pois ela se apresentava da seguinte maneira:

O infinito é **8** e este é o microcosmo.
Sua totalidade é o macrocosmo que é **7**,
E este é perfeição.
O sete é perfeição dada pelo micro que se torna macro
E ambos são um só: o **78** – que é **15**, pois **7+8=15**.

15
78
0

1

1

9

Sólido

Sólido amorfo

2

Matéria Estranha

Líquido

Condensado de Bose-Einstein

13
0

22
0

Condensado Fermiônico

Gasoso

8

1,618

Plasma

3

Plasma Quark-guón

Superfluído

7

Matéria Fracamente Simétrica

4

Matéria Fortemente Simétrica

Supersólido

Matéria Degenerada

Neutrônio

0
22

22
0

6

5

216   Daniel Gaio Seroiska

— Mas, eu não entendo nada disso, essa fórmula não tem lógica!

E o oriental respondeu:
— Só porque você não conhece algo, você não tem o direito de dizer que está errado. Talvez você não compreenda a fórmula porque você não está com o seu coração na fórmula. Quando seu coração estiver totalmente focado na fórmula e não somente no retorno que ela lhe propiciará é que você a compreenderá.

Há quem pense só no benefício imediato, ignorando as ações e consequências para obtê-lo, e, por isso, quando o alcança não o compreende ou não o reconhece. É como se alguém plantasse mudas de macieira esperando colher uvas e como só nascem pés de maçã, ele não reconhece o fruto de seu trabalho e aguarda as uvas que nunca virão.

Jonas compreende as palavras de Tokugawa, e, após alguns minutos de silêncio, começa a observar todos os frascos e tubos de ensaios e comenta:
— Nossa, Tokugawa-Confúcio. Tanta mudança para se obter o gás!
— Tanta mudança por quê? Tudo é mudança, tudo é transformação.
— Isso me parece um ditado alquímico – falou Jonas.

— Alquimia é o estudo dos metais e da ética do coração – comentou Tokugawa-Confúcio.

— Não. Alquimia é o estudo dos metais para transmutar chumbo em ouro – disse Jonas, tentando corrigir.

— Mas o verdadeiro ouro está no coração – concluiu Tokugawa-Confúcio.

Jonas calou-se diante dessa resposta. Sabia ele que ainda havia muito que aprender neste mundo. Jonas apenas observava a transformação dos elementos que saíam de um estado para o outro passando por pequenas mangueiras e dutos transparentes, dos quais Tokugawa-Confúcio conectara as extremidades, uma no caldeirão e outra em diversos frascos de vidro, de tamanhos e formas diferentes. Todos se conectavam: os tubos, o caldeirão e os frascos, levando, transportando toda aquela química diferente para um pequeno cilindro de metal prateado, que chegava à altura das canelas de Jonas.

Depois Jonas reparou que um pó estranho e listrado, parecendo pele de zebra, virava um líquido mais estranho ainda. Este, que escorria para outro frasco, era azul com bolinhas verdes, e, ao mudar de frasco, ganhava uma consistência gelatinosa e passava a ter a cor laranja, com quadrados amarelos e violetas, que, em outros frascos, alterava seu estado e cor, alternando preto, xadrez, roxo e amarelo com quadriculado em púrpura, rosa e magenta com vermelho, vermelho com verde vivo, e outras cores berrantes e oscilantes. Esta era a cor do gás final que se formava e que subia e descia por várias válvulas até encontrar o pequeno cilindro prateado...

Passaram-se algumas horas e Tokugawa-Confúcio concluiu seu feito.

Quando tudo havia virado gás e já estava dentro do cilindro, o oriental desconectou o cilindro e o ergueu como sinal de triunfo, dizendo, bem alto:

— Está pronto!

Jonas empertigou-se pela estranheza do momento, dizendo:

— Como pode um caldeirão tão grande e cheio fazer parar o seu extraordinário conteúdo dentro de um pequeno cilindro prateado, que teria, talvez, menos de ¼ do quarto de seu tamanho?

— Muito me admira você não perceber.

— Não perceber o quê?

— Que em cada pequena estrutura cabe um universo.

— Mas como pode, se é tão pequena?

— E como não poderia caber se quanto mais o diminuto se aproxima do reino do mínimo mais próximo da grandeza ele está?

— Não compreendo sua lógica — disse Jonas, muito confuso.

— Vou ser mais simples. Se eu lhe disser que há mais de sete bilhões de indivíduos habitando um grão de poeira, você acreditaria que a grandiosidade de vida lá estaria?

— É claro que não, retrucou nervosamente Jonas.

— Conhece um pouco dos astros?

— Mais ou menos.

— Então me diga o que é, entre os corpos celestes, Aldebarã?

— Aldebarã é a maior estrela do universo, seu tamanho é verdadeiramente descomunal e não há nenhum outro corpo celeste que o iguale.

— Nem mesmo a Terra? — Insistiu Tokugawa.

— Comparar a terra com Aldebarã é como se comparasse o núcleo de um átomo com Saturno.

Nesse exato momento Jonas se deu conta de seu erro, antes cometido: o grão de poeira era a Terra; e logo Jonas mudou de opinião, dizendo:

— É, você tem razão, Tokugawa-Confúcio. A grandeza habita nas pequenas coisas, pois o que é tudo senão a manifestação de um pequeno ponto?

Quando o diálogo entre Jonas e Tokugawa-Confúcio terminou, concluiu-se também a colocação do pequeno cilindro de gás na caldeira do balão. Todos já estavam entrando no cesto do balão e se despedindo do senhor Môo Bolulu, quando perceberam um agradável cheiro de torta de frutas e cereais, que fez salivar a boca de todos. Quem se aproximava junto com o cheiro era a faceira e risonha Dona Meiga, trazendo uma bela torta, quentinha e dourada, e dizendo:

— Esperem todos. Eu trouxe a torta que vocês me ajudaram a fazer, quero que fiquem com este grande pedaço.

E partindo mais da metade da torta, Dona Meiga entrega aquele farto e generoso pedaço aos ocupantes do balão.

Todos ficam meio sem jeito por não terem nada para dar em troca, mas Talita observa que, dentro do cesto em que estavam, havia um objeto peculiar, que ela não lembrava de haver visto ali antes de desembarcarem. Era um grande cesto e ele estava coberto. Talita, curiosa, descobre o cesto que, para surpresa de todos, estava cheio de figos.

— Mas de onde vieram tantos figos? — questionou a menina, surpresa. Jonas lembrou-se, então, do imenso cesto de figos que Mohamed e Said traziam com eles, pouco antes de participarem do duelo de xadrez. Era um presente para Jonas, de Said e Mohamed.

E sabendo disso, muito contente Jonas deu mais da metade dos figos do cesto para Dona Meiga e seu marido. E assim eles se despediram, levantando voo. Enquanto Jonas e seus amigos acenavam, eles notaram um fato curioso: todos os repolhos gigantes começaram a se movimentar; olhos, nariz, boca e ouvidos começaram a brotar em meio das espessas folhagens dos repolhos, e, bem vivos e alegres, os repolhos corriam em direção ao balão que se afastava, e, muito felizes, despediam-se, agradecendo pela passagem de Jonas por aquela região e pelo seu generoso presente.

# 12

*A importante decisão e o homem que conversava com as estrelas*

O balão alcança extraordinária altura e, enquanto ele segue, do alto, o trajeto do rio sinuoso, Jonas, contente, reflete sobre as coisas importantes que aprendera com o senhor e a senhora Bolulu.

Com esse casal Jonas descobriu a verdadeira importância do equilíbrio, de se manter longe dos excessos para ter consciência plena de quão importante é a conscientização da existência do mal ou imperfeição dentro de cada um de nós.

Quando tomamos consciência da existência do mal, da existência das nossas imperfeições, nós nos tornamos menos orgulhosos, soberbos e prepotentes, e surge em nós um sentimento de modéstia e humildade diante do todo, pois nos reconhecemos como seres falhos ou capazes de falhar, e por isso nos empenhamos mais em corrigir nossos erros, tentando, aos poucos, minimizá-los, pois sabemos que eles também fazem parte de nós, assim como as qualidades.

Após este momento de reflexão eis que uma figura misteriosa surge do meio do céu alaranjado. Era um homem, mas, estranhamente, ele não estava voando com o auxílio de nenhum veículo; ele mais parecia estar nadando de costas, só que em vez de água seus pés tocavam o vácuo, o nada, remando com longas pernadas, e estava quase como se estivesse reclinado sobre uma poltrona invisível. "Quem é esse homem"? perguntavam-se todos, e ficaram espantados ao ver que era o Menestrel Errante.

O Menestrel Errante em seu estranho voo – ou seria

nado? – aproximou-se do balão, fazendo-se presente aos olhos de todos, e falou:

– Como vão, meus caros amigos?

Jonas, deveras impressionado, não podia acreditar, e mesmo assim, não se contendo, fez a tão esperada pergunta:

– Menestrel, por favor, diga-me qual é o oitavo desafio, pois já concluí o sétimo, o duelo de xadrez com Don Quixote e Sancho e os moinhos e...

– Você quer repetir o desafio, Jonas? – perguntou o Menestrel, curioso.

E Jonas, atordoado, outra vez não entendeu bulhufas:

– Como assim, eu irei repetir o oitavo desafio? Acaso eu já o concluí?!

– Não só o concluiu como já está indo para o seu 11º desafio.

– Explique-me melhor que ainda não entendo.

– Pois bem, já que insiste vou lhe relatar os fatos. Caso não tenha percebido, o seu oitavo desafio era ir até ao capitão Marinho e sua filha Luly-Bell, conhecer a história deles e, com isso, impôr a você mesmo a missão de ajudá-los a solucionar o "problema" ocorrido com as águas baixíssimas do Mar-Oceano dos Espelhos, para que Luly-Bell possa voltar para seus pais biológicos.

O nono desafio consistia em você e seus amigos salvarem a represa-dique dos homens-castores, evitando o cataclismo ambiental, e salvando a vida do Rodolfo.

E o décimo desafio era ajudar a Dona Meiga Bolulu a fazer o seu bolo, além de restaurar o balão e respeitar os repolhos gigantes da horta. É direito deles organizarem-se com a ajuda deles mesmos, como manda a natureza dos repolhos gigantes. E que bom que você, com a ajuda de seus amigos, conseguiu honrar todos os desafios. Assim eu posso lhe dar o décimo primeiro desafio, que é...

— Espere, Menestrel — disse Jonas, como se possuindo um grande trunfo nas mãos. — Acho que não será necessário cumprir os últimos dois desafios, pois andei conversando com um dos homens-castores e ele me disse que se nós seguirmos reto esse rio chegaremos a um homem de imensa sabedoria, e talvez ele me ensine a degustar palavras sem precisar de tanto esforço.

— Mas que vergonha, Jonas, logo você me dizendo estas coisas? — retrucou o Menestrel, decepcionado, que prosseguiu dizendo: Não sabe que o caminho mais curto e fácil é o mais longo e difícil, por que quem não se empenha e não tem comprometimento para qualquer coisa não reconhece o fruto de suas conquistas, pois não sabe o que o levou até elas? Não importa o que seja, essa conquista não tem valor pois é como o castelo feito na beira da praia, vem a onda e o leva embora, assim é o fruto do caminho mais fácil: frágil e instável, sem valor.
— Tudo bem, pode ser difícil, mas não significa que será mais longo — disse Jonas, provocativamente.
— Engana-se de novo. É ilusão achar que é curto,

pois quem insiste no erro repete-o e repete-o e repete-o várias vezes, e um caminho curto repetido várias vezes, passa a ser longo; sem falar que quem trilha o caminho mais "fácil" é egoísta, pensa só em si próprio, e esquece que a cada situação de descomprometimento e negligência com o que deve ser feito, há duas ou mais pessoas comprometidas e disciplinadas que deixam de fazer muitas outras coisas úteis para os outros só para estar corrigindo o erro do negligente egoísta.

Tudo que o Menestrel falava parecia entrar em um ouvido de Jonas e sair pelo outro. O garoto não prestava atenção, não que não reconhecesse a importância da mensagem do Menestrel, era que se sentia tão próximo de degustar as palavras que sua "razão" calou o coração. A única coisa que ele não queria ouvir foi dita pelo Menestrel:

— Jonas, você vai pelo caminho mais longo e este será tão longo quanto o rio que segue. E quando este dividir-se, não siga o lado que não se curva. Siga a grande curva do rio e vá ao encontro do homem que conversa com as estrelas. Vá! Vá cumprir todos os desafios, agora!
— Mas... mas, eu queria...
— Não, Jonas, eu já disse tudo que tinha que lhe dizer, e você fará o ordenado, sem discussão! Agora! — disse o Menestrel, bem irritado com a rebeldia de Jonas e seu coração cego.

Jonas ouviu aquele tom de voz ríspido demais para

seus ouvidos, e, por isso, imediatamente se calou e fechou seu semblante. O menino antes alegre agora estava profundamente frustrado e aborrecido com o Menestrel.

O rosto do Menestrel ficou com total ausência de expressão. Ele analisou a reação de Jonas, e, sem dizer nada, afastou-se lentamente, em direção de uma nuvem que o cobriu. Jonas viu o Menestrel desaparecer e todos notaram que, ao dissipar-se a nuvem, ele não mais estava lá.

O balão seguia o longo rio sem fim que serpenteava no contínuo laranja, e que, ao longe, parecia tocar o rio azul.

Tokugawa conduzia o balão, Rodolfo tirava um cochilo num canto do cesto do balão e Talita observava de perto o garoto que, aborrecido, estava, há tempo, debruçado à beira do cesto, com os olhos perdidos. Ela foi até ele e tocou-o, amigavelmente, em seu ombro. Jonas sentiu a delicada mão de Talita e saiu desse seu transe, perguntando:

— O que é que foi, Talita?

— Você está assim porque todos nós passamos um longo dia acordados. É hora de descansar.

— Você tem razão, Talita, foi um dia agitado – disse Jonas, ainda de costas para ela.

— Venha, vamos descansar. Às vezes uma boa noite de sono é o que basta para se organizar os pensamentos – disse Talita.

— Mas ainda não é noite! – disse Jonas, olhando o céu laranja.

— Nem dia... – respondeu Talita.

— É o quê, então, Talita? — perguntou Jonas, ao virar-se para a menina.

— É o momento de agora.

— E qual é esse momento?

— É o momento de dormir.

E assim foram dormir.

Depois de alguns minutos de sono, Jonas acordou e não conseguia mais dormir.

Olhou para Talita perto dele, dormindo um sono pesado, e depois ouviu os roncos do trigre Rodolfo que dormia logo ali. Só Tokugawa-Confúcio mantinha-se acordado e Jonas perguntou-lhe:

— Por que não dorme?

E Tokugawa, visivelmente cansado, respondeu:

— Não posso dormir ainda, sou responsável pelo balão, devo seguir em frente até encontrar o caminho dito pelo Menestrel Errante, ou até achar um ponto seguro para estacionar o balão.

— Mas não é arriscado você cair no sono e o balão cair conosco, ou nos perdermos?

— Não se preocupe, Jonas, se sentir sono chamo alguém para revezar comigo.

— Por que esperar até lá? Reveze comigo agora, afinal, eu já tirei o meu cochilo, e de todos aqui no balão é você quem aparenta mais cansaço.

— Tem certeza disso? Você dormiu só alguns minutos.

— Tenho, sim! Pode dormir.

E Tokugawa-Cunfúcio cedeu o comando do balão ao menino e foi tirar um cochilo.

O menino guiava o balão crendo que aqueles poucos minutos de sono eram suficientes para ele, porém, mal se passou uma hora e Jonas começou a sentir suas vistas cansarem, pequeninos borrões pretos apareciam e desapareciam em todos os lugares, o cansaço lhe pregava peças, e Jonas tentava ignorar e ignorava que seus poucos minutos de sono foram realmente poucos minutos de sono.

"Não vou dormir", dizia Jonas a si mesmo, inutilmente, lutando contra o sono que se mostrava tão insistente que nem o fato de o balão estar se aproximando da curva mencionada pelo Menestrel o fez mais desperto e nem o animou. Pelo contrário, Jonas estava vencido pelo sono de tal forma que, quando ele deu uma piscada, a curva que estava a poucos metros do balão, ficou a vários quilômetros atrás dele.

Quando Jonas se recuperou do sono notou que a curva havia desaparecido atrás dele! Ele havia passado direto por ela e não a seguiu; Jonas viu que o balão havia seguido reto o trajeto do rio e que o caminho que ele deveria ter seguido estava inúmeros metros atrás.

Naquele momento Jonas pensou:
– Meu Deus! Estou confuso, uma parte de mim diz que não adianta mais voltar para o caminho certo e seguir

a curva pois está imensamente distante, e outra parte diz que não devo seguir o caminho que agora estou seguindo e que devo, não importa a distância, voltar e seguir o caminho certo, indicado pelo Menestrel Errante.

Jonas sentiu, naquele momento, como se duas forças opostas e conflitantes houvessem pousado em cada um de seus ombros. Era como se fossem dois pequenos seres: um diabinho e um anjinho. Jonas sabia que o diabinho era mau, mas aquele pequenino ser vestido com terno e gravata falava de um jeito atraente e sedutor, dizendo:

— O Menestrel Errante está certo, mas você pode seguir este seu caminho mais fácil, encontrar o tal sábio Tupã e depois de terminar tudo, você se retrata com todos. Fazendo assim, mais "facilmente" vencerá os desafios que faltam. Afinal, a reconciliação apaga todos os males, e você estaria apenas exercendo o direito de livre pensar, tendo controle sobre você e sobre a sua vida.

Jonas continuou reparando naquele pequenino e elegante ser e pensando: "Será mesmo que ele é um diabinho? Sua pele é bem vermelha e ele tem dois diminutos chifrinhos na testa...".

— Você é um diabinho? — perguntou Jonas para o pequenino ser, que logo disse:

— Não, eu sou um anjinho.

— Mas sua pele é vermelha!

— Isso aqui é insolação, meu querido.

— E estes chifrinhos na testa?

— Imagine! Isso? Chifres? Não são chifres, são o melhor da tecnologia! São duas antenas para captar a localização dos bons corações, e você é um bom coração, se me escutar.

— E este rabinho, bem pontiagudo, que sai de trás do seu terno?

— Para as antenas funcionarem precisam de um fio que passe eletricidade e se conec...

— É mentira... é mentira — sussurrou alguém do outro ombro de Jonas.

Ele se voltou para o outro lado e reparou que quem falava era um serzinho bem diferente do outro: ele usava trajes simples, o que parecia ser um camisolão, tinha asinhas nas costas e uma auréola na cabeça; a voz, também muito diferente da voz marcante que ouvira há pouco, era uma voz rouca e suave, que parecia um sussurro, e ela continuou:

— Não dê ouvidos a esses absurdos. Eu sou o Anjo!

— Você é o Anjo?!

— Sim, e o que eu tenho a lhe dizer é a verdade. Não escute aquela criatura pérfida que só sabe enganar. Siga o caminho correto, faça a verdadeira boa ação, que se mantém boa do início ao fim, não provoque o erro sabendo de suas consequências, pois, se você assim o faz mesmo compreendendo a natureza do mal, você depois terá que conseguir um perdão mais difícil que o de seus amigos ou de qualquer pessoa.

Esse perdão tão difícil de se conquistar vem da consciência, é o perdão da consciência, de seu eu interior, de sua alma, e esse perdão é muito difícil porque você sofre duas ou mais vezes, sofre em procurar palavras para retratar-se consigo próprio, sofre com a angústia de esperar a resposta da reconciliação que vem aos poucos, ao longo do tempo, e sofre por carregar sozinho o peso da culpa enquanto o tempo não chega.

É este o papel da consciência: o de ser réu, juiz, promotor e carrasco. A consciência é implacável pois ela que nos habita, quer ser tão correta que chega a ser extrema, e, por isso, dói muito a justiça da consciência.

— Está bem, então você é o anjo? — perguntou Jonas à criaturazinha de branco.

— Eu não minto, por isso não preciso me justificar como certas criaturas. Abra seu coração e veja quem eu sou.

Jonas ficou muito apavorado com tudo que ouviu, pois, mais do que tudo, ele sabia como era ruim o tal sofrimento, e não queria aquilo para ele. E aquele outro serzinho vermelho, de terno, apesar da fala, ele tinha um certo ar que não inspirava confiança, cheirava a trapaça. E Jonas gostava menos ainda daquilo. O garoto virou para o lado do ombro onde estava o diabinho, mas lá ele não estava, não tinha nada. Então Jonas virou o rosto para o lado do ombro onde estava o anjinho, mas lá também ele não estava.

Jonas ficou confuso, e, para piorar, algo mais estranho acontecia a cada vez que ele se distanciava de seu destino: seu coração se calava para ele e tudo naquele mundo voltava a perder o sentido, como na primeira vez em que pisara lá, só que muito pior, sua visão começou a se embaralhar a tal ponto que começou a ter dificuldades em distinguir formas. E Jonas, desesperado, gritou:

— O que está acontecendo comigo?! Tudo está tão confuso!
E uma voz falou para o menino:
— Você está sufocando o seu coração, de tanto ficar fechado e trancado.
— Meu coração está fechado e trancado? Mas como?

— Você tenta ver a realidade com outros olhos, olhos de uma pseudorrazão que o faz escolher a indiferença; um raciocínio que impede o avaliar da emoção, do coração é um raciocínio cego, pois o coração é vida e emoção e tudo nesse mundo é vida e sentido. E toda vez que você priva seu coração do sentido da vida você acaba não vendo o sentimento dela.
— Mas então o que é que eu faço?
— Saia de cima do muro, deixe de ser indiferente, e cumpra com suas promessas e com a verdadeira razão que colore a alma.

Desesperado, ainda vendo borrões e sentindo o seu mundo encolher, Jonas perguntou:
— Mas se eu fizer isso não estarei saindo do equilíbrio, optando por um extremo? E a voz mais uma vez falou:
— Jonas, você só fala de cegueiras. O equilíbrio de

verdade é aquele que pesa todos os termos da realidade para avaliar uma situação e julgá-la em uma situação mais justa e andar no verdadeiro caminho imparcial: a verdade. Vamos, Jonas! Liberte-se da cegueira, destranque seu coração para a luz.

Então Jonas se esforçou, concentrou-se em seu coração, esqueceu de todo o barulho e confusão dos borrões que lhe cegavam os olhos, e, em um momento de silêncio interior, começou a ouvir seu coração se manifestar.

Em sussurros que ficavam cada vez mais nítidos e audíveis, o coração dizia a Jonas: "Para toda situação na vida haverá momentos de engajamento, de comprometimento com uma causa, e isto é uma coisa muito séria. Não se pode fechar os olhos, não se pode olhar para trás quando você dá sua palavra a uma causa. Assim como sempre, você deve ser honesto e ter o coração sincero, compreender que quando a causa é justa há o fruto do comprometimento, que é a esperança, para que o caminho seja trilhado com zelo e força.

Jonas ouviu seu coração e compreendeu o que devia fazer, pois ficar parado, sem ação, esperando que as coisas aconteçam, não é comprometimento. Comprometimento é ação que se faz presente todos os dias, ação manifesta em atos corretos que perduram, diferente dos que se alienam na espera do comprometimento de apenas uma das partes, sem fazer nada. Comprometimento é ato.

Mesmo assim, quando Jonas havia compreendido tudo o que devia fazer, eis que surge aquela figura malévola de voz sedutora em seu ombro, e este pequeno ser vermelho, de chifrinhos, falou mais uma vez em seu ouvido, tentando convencê-lo: "Mas se você estiver comprometido com uma causa e, no meio de todos os eventos, você descobre que ela é má, perversa, o que você faz? Abandona-a, é lógico."

E Jonas, ouvindo a voz de seu coração, respondeu:
— Não! Eu luto para que esta causa má se transforme em boa, para que aqueles que fazem o mal se arrependam e tomem consciência de seus atos, descubram o erro que cometeram e ouçam sua consciência. Assim poderão enxergar com o coração e ouvi-lo e se tornarem boas pessoas.

Se descubro um erro não me torno indiferente a ele e nem tento apenas fugir dele. Se assim fosse, ignorando-o eu me tornaria cúmplice dele, não conseguiria viver me vendo em erros. Por isso tento mudá-los para o bem, para que ele não me mude para o mal.

Jonas falou isso com a voz mais sincera de seu coração, e aquele ser vermelho, de chifrinhos, com muito pavor, evaporou-se, pois sabia que o anjinho agora estava no coração de Jonas. E Jonas partiu em direção do caminho correto que devia ser feito e ele logo fez o retorno do balão, com seus amigos.

Seguindo aquele lado do rio, o balão acompanha o seu contorno sinuoso até logo adiante fazer uma curva bem fechada. No fim da curva as margens do rio distanciavam-se bastante uma da outra, tendo o rio, nesta parte uma largura nunca vista antes por Jonas e seus amigos. Ambas as margens do rio ostentavam árvores que, mesmo à distância pareciam frondosas.

Em meio a essa imensidão de água doce apareceu uma pequena ilha, toda verde, coberta de matas, e, no meio dela, o que parecia ser um zigurate, ou pirâmide de algum povo pré-colombiano. No topo desse zigurate erguia-se, firme, uma estrutura de forma circular: era um observatório astronômico em cima da pirâmide.

Ao pousar o balão, Jonas e seus amigos sobem os degraus da pirâmide, os quais os levaram até ao topo, onde encontraram o observatório com as portas abertas. Jonas avistou, no interior do observatório, um homem de muita idade. Ele usava um estranho chapéu de plumas, uma espécie de cocar indígena misturado com gorro inca, e tinha seus olhos fixos em um grande telescópio. O que ele observava através daquelas lentes? Seria algo distante no céu?

Jonas, do lado de fora, observava-o, indeciso. O garoto não sabia como chamar a sua atenção, como poderia se apresentar ao ancião sem tirá-lo de sua ocupação, que, pelo aspecto do homem, parecia ser de fundamental importância já que ele não movia nem um músculo enquanto observava. Será que a distração ocasionada por Jonas não ia aborrecê-lo?

De repente, toda a cautela de Jonas foi quebrada quando o velho, sem tirar os olhos do céu, disse:
— Venha, Jonas, pode entrar com seus amigos.
Nesse exato instante Jonas sentiu um calafrio no corpo inteiro, um tremor que se esvaía incomodamente, percorrendo a espinha.
— Como o senhor sabe o meu nome?
— Não é preciso ver o vento para saber que ele existe – disse o velho, com os olhos no céu.
— Como disse, senhor? – falou Jonas, ainda confuso.

O homem parou de focar seus olhos no telescópio, virou-se para Jonas, e olhando-o, disse:
— Muitas vezes, as ações e a presença antecedem as palavras, pois estas são como palavras mudas.
— Palavras mudas? O que são palavras mudas?
— Se eu escrevo uma palavra em um papel ela não fala por si só, mas quem a lê a entende sem que tenha aberto a boca. Ou seja, Jonas, você não é apenas palavras faladas, é também palavras escritas, e eu as li.

Jonas entendeu o raciocínio do ancião e disse:
— É verdade!
— Sim, claro que é, seu corpo fala tanto em gestos e sinais que, às vezes, se pode ouvir os pensamentos.
— Nossa!!! – disse o menino sem piscar os olhos.
— Por favor, já que seu corpo fala tanto assim que são abafados seus pensamentos, diga-me, menino, o que motiva a sua vinda? – pediu o ancião.

— Vim aqui cumprir um desafio, ser útil ao senhor, senhor... senhor? Qual é mesmo o seu nome, senhor?

— O meu nome é Tupã — disse o velho ao menino, que, ao ouvir aquele nome ficou em choque.

O sábio Tupã percebeu do que se tratava ao analisar o garoto.

— Não se preocupe, meu filho, eu entendo pelo que está passando e espero poder esclarecer suas dúvidas.

Jonas ficou sem reação, observando o velho e aguardando a resposta.

— O que é o caminho? — perguntou o velho ao menino, que não soube responder.

Então Tupã prosseguiu:

— O caminho correto é a honestidade, porque até então você queria antecipar os eventos para logo degustar as palavras, mas isso iria contra o proposto pelo Menestrel, de cumprir 12 desafios, e não 10 ou onze. Quando você quis encurtar os desafios, você quis ir pelo caminho mais curto, e foi advertido pelo Menestrel Errante porque o caminho, nesse caso não é apenas uma mera rota que você segue para chegar a algum lugar, mas sim, o caminho é o resultado das suas ações, que o levarão a uma consequência: ações boas, caminho correto, consequências boas; ações más, caminho errado, consequências ruins.

Também não importa o tamanho do caminho, se ele é curto ou extenso, o que importa é o que o caminho significa, e seu significado é ação e consequência. E é sábio quem compreende isso e segue o caminho sem tirar vantagens ou queimar etapas.

— Como assim, queimar etapas?

— Queimar etapas era o que antes você estava tentando fazer ao tentar encurtar seus desafios, pois você acha que 12 desafios são apenas um número aleatório e sem significado!

— E não são? – perguntou Jonas.

— É claro que não. Doze desafios são as 12 etapas essenciais para você aprender como degustar palavras, e sem elas ficaria impossível o Menestrel Errante lhe ensinar a degustação, pois como alguém pode dizer o que é vermelho ou o que é azul para alguém que nem olhos tem para ver? Porém, se você cumprir todas as etapas, você terá formado olhos para ver e o Menestrel Errante poderá assim lhe ensinar o que ver com seus olhos. Esta é a importância de se cumprir as etapas, mas...

— Mas o quê?

—Mas há o porém de quem não cumpre todas as etapas e sofre as consequências que você já sabe, mas...

— Mas , o quê, agora? – voltou a perguntar Jonas.

— Mas isso não me impede de lhe contar uma história sobre as etapas e sua importância. Já ouviu falar do peregrino e da borboleta?

— Não! – respondeu o menino.

— Pois bem, a história começa assim: O peregrino

sempre fazia o caminho de sua casa até a uma longínqua montanha, e escalava-a até ao seu topo para lá meditar e procurar a resposta do por que, para ele e para todos os seres, a vida não poderia ser mais fácil, sem barreiras e obstáculos, como o momento de escalada ao topo da montanha. Ele sempre pensava: "Por que tantos obstáculos? Será que são esses necessários, e, se são, o que significam?".

Um dia, seguindo o seu caminho até à montanha, eis que ele enxerga na metade do caminho uma lagarta, e ele vê que, com dificuldade, a lenta lagarta se arrasta inutilmente, tentando abocanhar um delicado ramo de verdes folhas que crescia no chão a metros dela.

Comovido pelo grande esforço da lagarta, o peregrino pegou-a e a colocou em um galho florido de uma árvore próxima e, ao fazer isto, pensou: "Se eu sofro e muitos seres sofrem, este que é muito menor e indefeso não sofrerá mais; neste galho a comida para ele é mais farta e as folhas tanto o protegerão de ser esmagado por um descuidado quanto de ser comido pelas aves do céu." E assim o peregrino seguiu o seu caminho, na montanha meditou e para casa voltou.

No outono, quando as folhas caem ao chão perante o anúncio do frio do inverno que se aproxima, o peregrino voltou ao seu caminho de ida para a montanha, e, na metade deste, ele se depara com a árvore em que deixou a lagarta. A árvore, retorcida e desfolhada, já não possuía nem folha, flor ou fruto. Desnuda, segurava apenas um pequeno objeto em seus galhos: era um casulo, era o casulo da lagarta que há tempo o peregrino havia posto onde havia inúmeras folhas e frutos, e onde agora não há mais nada, só o casulo desprotegido, vulnerável às intempéries do tempo e à mercê dos pássaros.

O peregrino levou a mão até ao casulo, com cuidado, pegou-o, colocou-o protegido na palma de sua mão, e falou: "Se tu sofres com o tempo e com as ameaças do céu, não sofrerás mais, pois podem todas as criaturas sofrer mas eu te protegerei e levarei ao abrigo". Então o peregrino seguiu até ao pé da montanha, escalou-a, e, em seu topo, abriu um pequeno buraco e nele pôs o casulo, dizendo: "Aqui neste buraco não sofrerás com o frio e os ventos; aqui neste cume a água da chuva não te toca, pois acima das nuvens estás e fora do alcance de qualquer ave também". Ali no buraco o peregrino deixou o casulo, meditou, e depois retornou a sua casa.

Passou-se tempo e passou o inverno e na aurora da primavera o peregrino retornou à montanha. Antes de meditar foi até ao buraco onde deixara o casulo. O buraco estava escuro e então, com cuidado, ele puxou o casulo à luz, e ele veio, na palma de sua mão, a contorcer-se e remexer-se. O peregrino notou que dentro do casulo havia uma borboleta se remexendo, com dificuldades para sair. Ela lutava para se libertar, forçava e forçava suas asas contra as barreiras do casulo: era a sua etapa final.

Ao ver tanta luta, tanto sofrimento da borboleta, o peregrino não pensou duas vezes e disse a si mesmo: "Eu tenho que ajudá-la, eu tenho que libertá-la, e separá-la de sua barreira, do sofrimento da etapa angustiante; pois se eu sofro e tantos seres sofrem, esta borboleta não conhecerá sofrimento. Vou poupá-la desta etapa".

Pensando assim, com os dedos foi removendo, com cuidado, a seda do casulo. Mas, após libertá-la e o movimento cessar, a borboleta não voou, as asas da borboleta não estavam se mexendo, elas estavam enrugadas e murchas. O peregrino não entendia: "Por que, ao libertá-la do sofrimento, eu causei mais sofrimento a ela? Por que ela não voa"?

Entristecido, o homem pôs a borboleta no buraco que havia feito para protegê-la, e foi meditar para achar a resposta, e, neste momento, ao chamar pela resposta, eis que se fez presente a Iluminação, e ela lhe explicou: "Peregrino! você vivia perguntando por que todos os seres não podem ter todas as coisas às mãos sem precisar driblar barreiras ou vencer etapas. Pois bem, os momentos difíceis existem na vida de todos nós para colaborar com o nosso desenvolvimento.

Nós nos tornamos – continuou a Iluminação a falar ao peregrino – cada vez mais maduros quando os superamos, e, capazes de vencer obstáculos que se configuram tão iguais ou adversos aos que passamos, tornamo-nos também capazes de não cair no erro de repeti-los quando temos as experiências das etapas vencidas, pois tudo na vida é uma etapa. Sejam essas etapas difíceis ou fáceis, curtas ou longas, elas sempre se colocarão à nossa frente para serem superadas e para termos mais experiências da superação, adquirindo a maturidade de quem não fracassará, pois já se defrontou com desafios que foram vencidos.

Em tudo na vida – disse, ainda, a voz da Iluminação – você encontrará desafios, e como há a pluralidade de desafios para cada circunstância, para cada um há uma maneira de vencer os obstáculos. Assim como há os desafios que você supera através de gestos solidários onde um ajuda o outro, um grupo unido a derrubar barreiras, também há os desafios individuais em que só você e a força que você encontra dentro de você são capazes de superar os obstáculos para que você se fortaleça interiormente.

Essa etapa em nossa vida é como a da lagarta em seu caminho: cada estágio dela, sendo curto, longo, fácil ou difícil ou duro, não deixou de ser uma etapa, a qual precisava ser superada – disse a voz da Iluminação, que continuou:

Em algumas destas etapas a solidariedade é bem-vinda, quando, por exemplo, sabemos que uma lagarta em um casulo não tem nenhuma chance de defesa contra os predadores, ela conta com apenas a sorte e não custa nada ser solidário. Quando o momento nos mostra ser favorável para ações desprendidas, que foi o que você fez, peregrino, quando acolheu o casulo indefeso, ou ajudando a lagarta com seu alimento, já que a natureza dava a permissão ao ato, esse ato pode ser feito.

No entanto, assim como foi dito, para cada etapa há uma circunstância e para tudo há o seu momento, pois até agora estes atos citados, que você, peregrino, praticou, não somam nenhuma diferença aos que a própria natureza poderia ter feito com o inseto e ele teria sobrevivido, pois quando você deu as folhas para a lagarta, o que impediria de, na natureza, algum outro animal derrubar da árvore, acidentalmente, folhas ou frutos para o inseto devorar? Se a natureza pode fazer isso, você também pode fazer isso, você pode fazê-lo para a lagarta, e foi o que você fez.

Quando encontrou o casulo indefeso, no galho, se você não o tivesse protegido, o que impediria a natureza de protegê-lo? O vento forte poderia derrubar o casulo em um local mais seguro, para longe do local vulnerável em que ele se encontrava, totalmente à vista, preso naqueles galhos. Se a natureza poderia protegê-lo, você poderia, e foi o que você fez levando o casulo para longe, para um lugar seguro na montanha.

Quero, porém, que me diga, peregrino, se, na natureza, um outro bicho ou fenômeno abre o casulo da borboleta para ela não sofrer... Não! Não há ninguém na natureza a ajudá-la senão a natureza da borboleta, solidária com seu esforço. Pois se não fosse por todo o esforço feito pela própria borboleta ao tentar sair do casulo ela não teria músculos fortes para sustentar tamanhas asas em um corpo tão pequeno e poder voar, mas você agiu contra a natureza, quebrou uma etapa que só poderia ser vencida pela própria borboleta, e assim ela não teve o casulo para forçar, exercitar e fortalecer as asas e os músculos que as sustentassem em seu corpo. Peregrino, há, ainda, uma reflexão a lhe apresentar: saiba que não existem etapas boas ou ruins, existem etapas e agradecemos por elas virem em nosso benefício tornando-nos mais fortes e capazes."

Deste modo o peregrino se pôs no lugar da borboleta, e viu que se não fossem seus tombos quando bebê, aprendendo a andar, e todas as tentativas feitas insistentemente por ele na tenra infância, se seus pais o carregassem no colo o tempo todo, ele, hoje, não teria pernas fortes para sustentar-se de pé pois apesar do incômodo do peso do corpo sobre as perninhas ainda frágeis, a dor dos tombos, o peso e o esforço se faziam necessários para enrijecer e fortalecer cada vez mais e mais a musculatura de suas pernas.

Então ele aprendeu que para cada etapa da vida há o seu devido momento e ação, e que esses momentos devem ser respeitados e cumpridos. Não podemos simplesmente ignorar as etapas da vida sem sofrer as consequências.

— É verdade, o senhor tem razão – disse Jonas a Tupã. – Quando andamos em círculos e não saímos do lugar tentando ajudar uma pessoa devemos mudar a abordagem e não assumir os problemas dela como se fossem os nossos. Às vezes não somos nós que devemos ajudar mas a própria pessoa é que tem que se ajudar. Era por isso que o Menestrel não queria que eu "encurtasse" os meus desafios.

Se eu houvesse teimado em "encurtar" os desafios não aprenderia nada e quem sairia perdendo seria eu. E, se o Menestrel concordasse comigo e tomasse as minhas responsabilidades, minhas etapas como sendo suas, eu jamais aprenderia nada, ou se ele insistisse, a todo custo, em ajudar sem avaliar o momento, realmente estaríamos até agora andando em círculos e não sairíamos do lugar, pois estaríamos queimando etapas, e queimar etapas é ignorar responsabilidades essenciais para o nosso crescimento.

— Jonas, não pense que a elucidação de suas dúvidas é o fim do desafio — disse o astrônomo Tupã, que percebera a confiança do menino: a de quem se acha no direito de partir. Aqui, Jonas, o seu desafio mal começou. Muitas coisas aconteceram com você no trajeto entre o final de seu último desafio até aqui, e isso quem me diz são os sinais que leio, emitidos pelo seu corpo, e eles dizem que você foi tentado e sobreviveu à tentação. Cabe a mim, agora, saber se você realmente venceu a tentação, ou pode não sobreviver se voltar a se defrontar com ela.

— Que tentação é esta? Por favor me diga — pediu o menino, preocupado.

— Não! Você saberá se me responder corretamente a pergunta.

— Então, por favor, faça-me a pergunta — disse, ansiosamente, o garoto ao velho astrônomo.

— Vou lhe falar qual é a pergunta. Vou fazer melhor do que apenas falar, vou lhe mostrar. Venha comigo.

Ao dizer isto Tupã conduziu Jonas até seu telescópio. Subiram, sem pressa, um curto lance de escadas levemente espiralado. Conduzido até à cadeira, Jonas nota que ela é estranhamente mais alta que uma cadeira comum, como se fosse uma cadeira para crianças, só que ainda mais alta pois seu acento ficava acima de sua cabeça. Com muito esforço ele tenta, em vão, sentar-se nela.

— Eu não consigo alcançar o lugar — disse o menino.
— Não se preocupe — disse o astrônomo Tupã, que, pegando-o pela mão suspendeu-o ao alto, o suficiente para Jonas agarrar-se ao assento e sentar-se.
— E o senhor, senhor Tupã, como fará para vir até aqui?
— Não se preocupe, Jonas — disse Tupã, que, ao se dirigir para o lado esquerdo da cadeira, começou a subir degraus do que só poderia ser descrito como uma escada invisível.

— Como é que o senhor consegue subir até onde estou, pisando no nada?
— No nada? Está chamando a minha escada invisível de nada!?

— Isto é uma escada? Mas como, se não vejo?

— É claro que você não vê! Ela é invisível! Só porque você não vê uma coisa não quer dizer que ela não exista.

— Se havia uma escada invisível, porque você me suspendeu até ao acento?

E o ancião, já ao lado de Jonas, e triunfante em sua escada invisível, disse, rindo:

— Porque existem várias maneiras de se subir até ao assento da cadeira. Perceba, menino, aqui está a pequena lente pela qual você deve olhar. É por essa lente que a verdade será revelada. Olhe e verá.

E, enquanto dizia isso, Tupã lhe colocava nas mãos uma das extremidades do telescópio.

Mesmo sem saber direito o que Tupã queria dizer, o menino mira o olho na lente e tenta ver a verdade.

— Senhor astrônomo, não consigo ver nada, a lente está embaçada.

— Está mesmo? Não serão seus olhos pregando peça?

— Não. Tenho certeza de que não. Além do mais tenho certeza de que o senhor bem sabe disso já que com certeza pode ler meu coração e meus olhos.

— É verdade. É um fato que ambos se mantêm abertos, sinceros e ávidos de conhecimento, longe de qualquer maldade; mas não se preocupe. Ajuste o foco do telescópio.

— E como eu faço isso?

— É bem simples. É só girar, com cuidado, a manivela que se encontra ao canto do telescópio.

Então, Jonas, ao percebê-la, girou-a e girou-a até dizer:

— Ah! Sim! Já estou conseguindo ver algo. O embaçamento da lente se desfaz assim como o céu laranja, e o que ocupa o seu lugar é um novo céu, é azul-escuro, muito escuro, quase preto... não... É preto mesmo! É o espaço! E começam a brotar pequenas estrelas! Nossa! — exclamou Jonas.

— O que você vê? — perguntaram-lhe seus amigos.

— Eu vejo o que parece ser um disco, bem redondo, crescendo entre as estrelas. Ele é lindo e prateado. Puxa! Já sei o que é, é uma lua! Tão linda e brilhante que parece um espelho!

E quando Jonas disse isso algo surpreendente aconteceu: começou a surgir, na face da lua, o reflexo de alguma coisa. E Jonas disse:

— Meu Deus! Estou vendo algo surgir na face da lua! É uma... uma cara... parece ser um rosto de alguém... Nossa! Que estranho! O rosto que se forma parece estar de cabeça para baixo... Não é estranho, Tupã?

— É porque você aproximou demais o foco da lua — disse Tupã. O menino não tinha ouvido direito e por isso retirou os olhos da lente e se voltou para Tupã para prestar mais atenção ao ancião.

Só que quando Jonas fez isso levou o maior susto da vida dele, ao ponto de se jogar ao chão e se agarrar no pé da cadeira, para não cair.

— Meu Deus! — disse o menino, que via tudo de cabeça para baixo. — Ou estou no teto ou... Mas... se estou no teto, por que não caio?

— Não, você não está dependurado de ponta-cabeça no teto — disse o astrônomo.

— Se não, então por que vejo tudo virado de pernas para o ar?

— É porque seus olhos veem tudo de cabeça para baixo, mas antes você não notava, até que...

— Até que o quê?! — perguntou o menino, atordoado.

— Até que você ajustou o foco da lente para poder ver melhor a verdade.

— Então, se eu mudar o foco e embaçá-lo, se inverter o processo na lente do telescópio, tudo voltaria ao normal?

— Não, Jonas, não mudaria nada, continuaria vendo de cabeça para baixo só que você não perceberia.

— Então a verdade é que tudo está virado ao contrário?

— Jonas, isso não é toda a verdade, é só parte dela. Às vezes precisamos ver as coisas sob outra perspectiva para podermos encontrar a verdadeira natureza delas, algo a mais que normalmente não é percebido.

— Então você está dizendo que se eu tentar enxergar tudo do outro jeito...

— Você não enxergará a verdade — concluiu Tupã.

— Está certo. Então seguirei esse método novo — disse Jonas que se levantava do chão e tentava se acostumar com a nova ótica. Ele olhou para a esquerda mas viu a direita, ele olhou para cima mas viu o que estava em baixo.

Então Jonas olhou para a esquerda para ver a direita, voltando para a cadeira, e ele tentou pular para alcançar o assento da cadeira, mas pular com tudo de cabeça para baixo era muito difícil e até impossível. Mesmo assim Jonas continuava tentando, quando sentiu o cutucar de alguém em suas costas. Era Rodolfo.

— Ei, Rodolfo, você veio me ajudar a subir na cadeira? — perguntou o menino muito contente com a presença do trigre.

— É... pode-se dizer que sim — disse Rodolfo com um sorriso.

— Então, deixe-me subir nos seus ombros; talvez assim eu alcance a cadeira — disse o garoto.

— Não! Vou fazer melhor do que isso. Vou lhe dar uma ideia: por que você não tenta subir pela escada invisível?

— É, Rodolfo, essa é uma boa ideia, mas há um pequeno "porém".

— E qual é? — perguntou Rodolfo.

— Olhe a escada.

Rodolfo se voltou em direção à escada, e disse:

— O que tem ela?

— Rodolfo, além de eu ver tudo de cabeça para baixo, tem o "porém" de eu não ver a escada. — E Jonas apontou para o canto onde estava Rodolfo.

— Hã?...! — disse Rodolfo, com cara de bobo, tentando entender.

E Jonas, de cara feia e dedo esticado, disse:

— A escada é invisível, como é que eu vou subir em algo invisível, e vendo tudo de cabeça para baixo?

— Ora, Jonas, você vê o vento...?

— Claro que não!

— Mas o sente, não é? — disse Rodolfo, com um ar espertalhão.

E Jonas, sendo um garoto inteligente, não demorou em compreender o que Rodolfo dizia.

— Tá, eu subo, mas, será que...

Jonas fez uma pequena pausa e olhou para baixo para ver para o alto onde estava o velho Tupã, e disse, ainda meio confuso por tudo estar ao contrário:

— Astrônomo, será que o senhor pode me guiar até ao primeiro degrau da escada, pelo menos, só para eu saber onde está ela?

— Claro que posso — disse o ancião, descendo calmamente os degraus.

Com dificuldade Jonas foi, meio que cambaleando, até onde estava Tupã.

Então Tupã, que parecia flutuar a um palmo do chão, segurou a sua mão e disse:

— Vamos, eu o ajudo! Você já está ao lado do primeiro degrau.

Com cuidado, Jonas levou o pé direito para trás, inclinando-se para ir para a frente para aproximar-se o mais possível da escada. Ao senti-la, deslizou vagarosamente o pé colado ao chão e assim subiu o primeiro degrau, sentindo-se descer com o outro pé. E repetiu o mesmo procedimento de ir para trás, para ir para a frente, desta vez com o pé esquerdo. Assim conseguiu chegar ao mesmo patamar do astrônomo, no primeiro degrau, a um palmo do chão aparentando flutuar sobre ele.

Nesse exato momento Jonas viu o ancião subir todos os degraus sem esperá-lo, e, achando a atitude uma falta de respeito, disse, nervoso:

— Como é que o senhor faz uma coisa dessas comigo?!

— Do que está falando? – perguntou o ancião que continuou a subir os degraus sem olhar para trás.

— Disso! Olhe! Como é que eu vou subir a escada se ela é invisível? E vejo a esquerda no que é direita, em cima no que é em baixo e para trás no que é frente?

— É só continuar arrastando o pé! O importante não é ver, é sentir – disse Tupã.

— Mas eu estou vendo tudo trocado – replicou Jonas.

Então o ancião, aborrecido, disse:

— Qual a parte da frase: "É só sentir o degrau" você não entendeu? Se a visão o perturba e você sabe que ela é desnecessária então feche os olhos, e apenas sinta com o pé a escada.

— Mas é fácil só no dizer... Não sabe que eu não tenho a prática do senhor? Eu corro o risco de, na metade da escada, perder o equilíbrio e rolar ao chão por falta de um ponto de apoio.

— Então você quer que eu lhe apoie para não perder o equilíbrio e cair...

— Exatamente.

Nesse exato momento Tokugawa-Confúcio e Rodolfo, movidos pela solidariedade, foram andando até onde estava Jonas, e, com cuidado, subiram os dois degraus e servindo como apoio ao garoto disseram:

— Não se preocupe. Nós o ajudaremos.

Imediatamente o sábio Tupã se virou, com a cara fechada, e disse:

— Ele agradece a ajuda, mas ela é dispensável, por favor, Jonas é capaz de subir só e se assim não fosse eu não o deixaria subir desacompanhado.

Jonas tentou digerir aquelas palavras que julgava intragáveis. Ainda surpreso não conseguia dizer palavra alguma e nem retrucar; apenas olhou com os olhos saltados aquele velho de penachos na cabeça.

Enquanto Rodolfo e Tokugawa-Confúcio desciam os degraus invisíveis, Tupã olhou para a direita de Jonas e falou:

— Jonas, estenda o braço direito para a sua direita.

E mesmo se atrapalhando entre esquerda e direita, quase sem perceber, Jonas havia estendido o braço e o levado à sua direita.

— Isso! Agora, baixe-o devagar.

Jonas foi abaixando, vagarosamente, o braço, até que, num dado momento, sentiu seus dedos tocarem algo estranho, sólido, comprido e frio. Imediatamente ele se virou para ver o que era, só que não podia ver nada, e disse:

— Estou sentindo algo mas não posso ver o que é.
— Exatamente — disse Tupã com um sorriso.
— O que é?
— É o corrimão da escada.

Jonas, com as bochechas rosadas de vergonha, lembrou-se de toda sua cena patética, de medo, mas logo em seguida veio outro pensamento e Jonas disse:

— Mas o senhor não disse antes que tinha um corrimão... Porque não me disse?
— Você não perguntou, sem citar que você tentou arranjar mais motivos para não subir os degraus do que motivos para subir, como, por exemplo, não pensar na probabilidade de haver corrimão. É, Jonas, as pessoas são feitas de motivos e de motivações. Se você leva consigo motivações, motivos negativos e vê somente as dificuldades nunca terá a oportunidade de ver o corrimão.

Então Jonas se recompôs, agarrou-se firmemente no corrimão. Agora mais facilmente conseguiu subir levando pé por pé e dando passos para a frente até à cadeira do telescópio.

Ao sentar-se na cadeira, embora com o desconforto da visão, espaço e perspectiva, Jonas pôs seus olhos na lente do grande telescópio. Viu o céu, a lua e as estrelas. A visão o reconfortava, pois não tinha a noção de cima ou de baixo. No céu, para Jonas não importava como se olhava, nada parecia estar de cabeça para baixo; como é serena a bela e redonda lua, pensou Jonas, mas algo muito estranho começou a acontecer com a lua: no centro dela começou a surgir alguma coisa. Jonas fixou sua atenção no fenômeno e começou a falar a todos:

— Vocês não imaginam o que está acontecendo com a lua! Eis que há, bem no meio dela, um ponto escuro que vai crescendo, parece ondular, não sei o que é... parece fumaça... Repentinamente o ponto está mudando de forma, parece adquirir a forma de um rosto, ainda não dá para distinguir de quem é... Nooossa! Agora... aos poucos estão surgindo nariz, boca e olhos... ainda não dá para saber de quem é, mas uma coisa eu tenho absoluta certeza: o rosto está de cabeça para baixo.

O fato de o rosto estar de cabeça para baixo deixava Jonas chateado, não sabia se culpava seus olhos ou o céu pois toda vez que o olhava se sentia enjoado... tudo de ponta cabeça de novo, pensou Jonas.

— Atenção! — disse Jonas a todos, acho que estou conseguindo identificar o rosto.

Então, quando tudo naquela lua ficou claro, Jonas identificou o rosto e calou-se, tamanha foi a sua surpresa. Após alguns segundos petrificado, o menino respirou fundo e disse, assustado:

— O rosto é o meu!

Embora o rosto estivesse de cabeça para baixo, era evidente que era o de Jonas, ainda mais que o menino começou a fazer caretas, mostrar a língua, abaixar e levantar as sobrancelhas para ver se o rosto na lua era o seu reflexo. Eis que todas as caretas que Jonas fez, o rosto na lua fez simultaneamente.

Aqueles que estavam em volta de Jonas, surpresos, não entendiam porque ele estava fazendo caretas ridículas.

— O que houve Jonas, porque faz caretas, o que há no céu? — perguntaram os amigos de Jonas.

— Vocês não vão acreditar, mas acho que a lua é um espelho, disse o menino.

Porém, quando Jonas concluiu a frase, algo surpreendente aconteceu na lua: eis que aquele rosto idêntico ao de Jonas começou a falar e disse:

— Antes de você chegar a este mundo e passar pelo túnel estreito, a única motivação que o fez vir até aqui foi o Menestrel e a origem da chama?

Ao ouvir aquilo Jonas ficou aflito de preocupação, pois temia as consequências que a verdade poderia trazer.

Era evidente que aquela pergunta era o teste, e a resposta mostraria as verdadeiras intenções, a sua motivação mais forte, porém o medo veio de novo: será que compreenderiam?

Jonas pensou: Será que devo falar a verdade ou devo mentir, será que se souberem de minhas outras intenções para estar nesse mundo eles me expulsariam deste mundo sem aprender a degustar palavras?

Jonas olhava para seus amigos, para Tupã e para a lua. Havia muita indecisão e medo pairando sobre Jonas. Então o menino lembrou-se de suas experiências até chegar ali e como havia sido indispensável ouvir o coração. O garoto voltou toda sua atenção para o que sentia seu coração.

Quando ele pensou em mentir, sentiu um grande aperto em seu coração... Seu coração falava claramente que a mentira não era o caminho. Quando pensou em dizer a verdade sentiu o seu coração se libertar do fardo da sua dúvida, ficou calmo e tranquilo sem a sensação de aperto, estava sereno. "Este é o caminho", disse o coração, "o caminho da verdade". Jonas falou para o seu reflexo, que com a aparência sisuda esperava uma resposta:

— Houve outro motivo, além do desejo de saber a origem da chama – disse o menino.
— E qual foi? – perguntou o reflexo na lua.
— Eu havia brigado com meus pais e fugi de casa, queria ser livre, tomar minhas próprias decisões e estar bem longe deles. Eu estava errado e não devia ter brigado, mas o que passei neste mundo me foi muito útil. Aprendi que liberdade não é querer ter o controle sobre tudo, mas sim saber ouvir a voz do coração, que é a voz da verdade. Espero aprender a degustar as palavras quando chegar a hora, para assim realmente saber que gosto elas têm.

Após falar com a lua, ela sorriu e seu reflexo disse: "Era esse o seu desafio!", e o reflexo de Jonas desapareceu da lua. Mal houve tempo de assimilar a frase de seu reflexo e do céu uma estrela caiu, como se caísse uma pluma levemente. Atravessou a imensa lente do topo do telescópio sem quebrá-la como se fosse um espectro. Quando Jonas viu que aquela estrela estava dentro do telescópio, retirou rapidamente seus olhos da minúscula lente com medo do que poderia acontecer.

— O que está acontecendo? Uma estrela dentro do telescópio? – perguntou o menino a Tupã.

— Não se preocupe, coloque suas mãos debaixo da lente e pegue-a.

Jonas, com um pouco de receio, obedeceu, deixou suas mãos juntas e embaixo da lente em forma de concha para melhor agarrar a estrela.

Então aquela pequenina coisa brilhante atravessou a lente, como se fosse uma película de água, e pousou delicadamente em suas mãos. O menino tentou espiar aquele ponto brilhante, mas a estrela pulou de suas mãos e ficou voando ao redor de Jonas que ainda via tudo invertido. Jonas acabou perdendo o equilíbrio e mais uma vez caiu da cadeira. Caiu sentado. A estrela pousou na ponta de seu nariz, foi assim que, naquela distância, entre a ponta de seu nariz e seus olhos, Jonas percebeu que não era uma estrela.

— Isso é um inseto! Mas como um vaga-lume pode

sair do espaço e vir até aqui, ou como ele conseguiu atravessar as lentes sem quebrá-las? – falou o garoto com os olhos cheios de espanto, voltados para o inseto.

– Isso não é um vaga-lume comum, ele é um fruta-lume, fruto da árvore dos fruta-lumes.
– É mesmo! – disse o menino, surpreso.
– Sim, só que ele não está maduro.
– Não está?
– Não está, e este não é o assunto. Guarde este fruta-lume no bolso e me ouça.

Prontamente Jonas pegou o fruta-lume da ponta de seu nariz e o pôs no bolso de sua calça.

Mas o fruta-lume, desobediente, voou para fora do bolso de Jonas. O garoto tentou inutilmente agarrar o inseto, mas como via tudo de cabeça para baixo se cansou, olhou meio confuso para Tupã e disse:

– Eu tentei pô-lo no bolso.

Tupã olhou para o inseto brilhante que voava e rodopiava, e disse, serenamente:

– Por favor, fruta-lume, entre no bolso de Jonas.

Imediatamente o brilhoso animal entrou no bolso do garoto, e Tupã olhando para o bolso disse: "Muito obrigado".

– Mas como o senhor conseguiu?– perguntou o menino, espantado.

E o astrônomo, olhando para Jonas disse:

– Nada se consegue sem: "Por favor" e "Obrigado",

pois educação é fundamental, tanto para si próprio quanto em relação aos outros. Agora que você tem o fruta-lume no bolso – prosseguiu Tupã, que se agachara um pouco para ficar ao nível da estatura de Jonas e olhar dentro de seus olhos: – Como eu estava dizendo, o fruta-lume não é o assunto, e sim o seu desafio.

– O fruta-lume é meu desafio?
– Não, o assunto é o seu desafio, o qual você já concluiu, pois era esse o seu desafio: o de ser honesto e falar a verdade mediante o interrogatório dos astros. Sabiamente, você ouviu o coração, pois só vencendo o desafio é que poderia lhe ensinar sobre o grande valor da verdade.

E assim o ancião Tupã, aproximando-se mais de Jonas e de seus amigos, disse:
– A verdade, criança, é o único caminho a se seguir em todas as direções da vida, em todas as decisões da vida. Pois é ela que dá validade à palavra, dá valor à palavra...

Se suas palavras são construídas com a verdade elas persistem e sobrevivem a qualquer dúvida em qualquer tempo, pois não há o que destrua um fato concreto e a consciência de quem o proclama, porque quando nos atemos à verdade não temos dúvidas, nem receios pois sabemos que qualquer mentira perece diante da verdade.

A mentira é sinônimo de covardia. Quem mente é medroso pois teme o resultado e as consequências da verdade e assim, covardemente, se esconde atrás de uma mentira. Aquele que procura a mentira necessita de mais mentiras para sustentá-la, e mentiras em cima de mentiras, Jonas, são como potes frágeis de barro uns em cima dos outros – disse Tupã – que, ao ficar embaixo da altíssima cadeira de observação abriu um alçapão que ficava sob ela e retirou de lá de dentro 44 potes de barro, de uma só vez, e disse a Jonas: "Empilhe-os uns sobre os outros". E Tupã deixou o monte de jarros no chão ao lado de Jonas.

O menino vendo aquele monte de potes perguntou a Tupã:
— Será que eu posso ter ajuda para empilhar os potes?
— Como quiser –respondeu o astrônomo.
Então, Jonas, tentando descobrir qual a relação dos jarros com a mentira, começou a empilhá-los uns em cima dos outros. Seus amigos Tokugawa-Confúcio, Talita e Rodolfo foram ajudá-lo, cada um pegava um pote de barro, e entregava ao garoto.

Embora os potes de barro fossem leves eles eram de um tamanho considerável pois passavam dois palmos acima da altura do umbigo de Jonas, e após erguer com muita dificuldade o seu terceiro pote Jonas recebe a ajuda de Talita.

Ele se apoia em seus ombros e assim, agora bem mais alto, recebe de Tokugawa-Confúcio e de Rodolfo os potes. E assim consegue empilhar mais três vasos. Vendo que Jonas já não conseguia colocar mais potes na pilha, Talita então sobe nos ombros de Rodolfo e agora, muito mais alto, o garoto consegue empilhar mais três vasos.

Ao perceber que Jonas já não alcançava os potes, Tokugawa-Confúcio deu também o seu apoio colocando sobre seus ombros Rodolfo que, por sua vez, nos seus ombros equilibrava Talita, a qual, com muito esforço, sustentava Jonas nos ombros. Agora muito mais alto, o garoto consegue colocar mais três potes porém notou que a pilha balançava devido à altura e ainda nem chegara a empilhar a metade dos vasos.

Jonas não se deixou abater e tentou empilhar mais três potes, colocou um, com cuidado, a pilha balançou muito mais forte, com cuidado colocou outro e mais forte a pilha balançou. Ela sacudia de um lado para o outro.

Jonas conseguiu colocar mais um vaso e quando se preparava para pôr o 16º vaso, o primeiro vaso da pilha não aguentou o peso de tantos vasos e se partiu em vários pedaços e toda a pilha veio abaixo assim como Jonas, Talita, Tokugawa-Confúcio e Rodolfo.

—Todos estão bem? – perguntou Jonas levantando-se do chão com o corpo meio dolorido. Todos se levantaram, aos poucos.

— Sim, estou bem – disse Talita, e todos assentiram, movimentando afirmativamente a cabeça.

Tupã se aproximou do menino e colocando a mão amigavelmente em seu ombro, disse:

— Compreendeu, Jonas? Cada pote representa uma mentira. O primeiro pote, justo o que primeiro se quebrou, representa a primeira mentira, e sabe por que ele se quebrou? Porque aquele que procura a mentira necessita de mais mentiras para sustentá-la, e cada pote em cima do pote inicial representa um argumento mentiroso que tenta tornar legítimo o ilegítimo: a mentira inicial.

Como já foi dito, Jonas, cada mentira necessita de mais mentiras para se sustentar, assim como cada pote necessita de um pote para se sustentar, o que acaba por ser uma pilha interminável de "potes de mentira", uns em cima dos outros, até que a pilha de mentiras seja tão grande que seu peso não é mais suportado pela mentira inicial e ela acaba entrando em contradição e se quebrando como o primeiro pote, levando todos os demais potes ao chão.

— Compreendo — disse Jonas, mas e o pote da verdade?
— Ah, sim! Você viu os potes mentirosos. Este é o pote da verdade. E quando Tupã disse isso ele foi até à pilha de potes inteiros que Jonas não usara e pegou um pote e entregou-o a Jonas dizendo:
— Este é o pote da verdade.
E Jonas disse: "Mas este pote é de barro, igual aos outros!"
— Não, o pote da verdade é totalmente diferente, ele está inteiro.
— Sim, está bem, mas cadê os potes em cima dele?

— É exatamente essa a diferença entre os potes da mentira e o da verdade.

O pote da verdade se mantém intacto porque a verdade é um corpo coeso, coerente. Ela se apoia apenas na razão dos fatos, e os fatos não são novos argumentos que se põem acima da verdade original; os fatos são resultado da verdade, e, quando confrontados, expõem a verdade, não tentam mascará-la com novos argumentos, mas sim elevam-na e a deixam mais sólida deixando-a em evidência, e quanto mais em evidência, mais alta e mais forte fica a pilha da verdade.

— Realmente, eu acredito que a verdade quanto mais em evidência mais ela se fortalece, e que ela é a única coisa que dá valor à palavra; mas como uma pilha extremamente alta feita de jarros da verdade que também são feitos de barro como os outros não se quebrariam?

— Bem, os jarros da verdade não se quebram pois a construção da pilha deles é diferente. Veja:

Então Tupã pegou um único jarro, que representava a verdade, deixou-o diante de dois outros jarros e disse: esses dois jarros se chamam fatos da verdade como o céu e a terra.

— Sim eu compreendo, mas eles não estão empilhados, eles estão um ao lado do outro.

— Calma, menino, tudo a seu tempo, vejam! Quando confrontada a verdade surgem dois fatos, que, quando confrontados, fazem surgir surgem mais três fatos.

E Tupã pôs três jarros atrás dos outros dois, e quando confrontados os três fatos surgem mais quatro. E colocou mais quatro jarros lado a lado, e continuou: Quando confrontados os quatro, surgem cinco outros, e quando confrontados os fatos surgem mais e mais e mais. E Tupã repetiu todo o mesmo proceso enfileirando todos os jarros inteiros da sala em uma ordem crescente, ao todo eram 28 jarros.

Jonas ficou olhando aquilo tentando entender a lógica de Tupã a respeito dos jarros enfileirados. Foi então que Tupã fez algo que para Jonas seria impossível. Na fileira em que havia seis jarros, Tupã os pegou um a um e os equilibrou em cima dos sete da fileira seguinte e mais uma vez, com calma, foi até à fileira que tinha cinco jarros e os pôs um a um, enfileirados, em cima dos seis jarros que se enfileiravam sobre os sete jarros.

Em seguida, Tupã foi à fileira composta por quatro jarros e pôs os quatro jarros em cima dos cinco que estavam sobre os seis jarros, que estavam em cima dos sete. Foi até à fileira dos três e, um a um, pegou-os e os pôs em cima dos quatro.

Depois Tupã foi na fileira dos dois jarros e colocou os dois em cima dos demais 25 potes empilhados, e por fim, com cuidado, o sábio Tupã colocou o último jarro no topo: o jarro da verdade, e Jonas, estupefato, compreendeu porque a pilha não caíra: a pilha da verdade tem base sólida porque é uma pilha piramidal.

E Tupã concluiu: quando a verdade é confrontada surgem um, dois, três... milhares de fatos que, se confrontados, evidenciam a verdade.

E o que há em comum entre eles e a verdade, é que todos os fatos ligados à verdade se apoiam uns nos outros, deixando a verdade em evidência. Quanto mais você os confronta, os questiona, mais eles evidenciam a verdade, elevando-a, porque a verdade é e sempre será mais forte que a mentira.

Então Jonas recordou-se da pilha de mentiras que havia se destruído.

Jonas lembrou-se de como era instável a pilha construída com mentiras em cima de mentiras que sempre oscilava ao se elevar, tentando ocultar, oprimindo a mentira original que, não suportando o peso, acabava por estilhaçar-se.

– Muito obrigado pelos ensinamentos – disse Jonas a Tupã, saindo de seu devaneio.

Nesse momento o bolso do menino começou a piscar e remexer-se, Jonas olhou para ele, viu que era o fruta-lume, mas algo lhe chamou mais a atenção: ao olhar para cima e ver o que estava para baixo não viu só o bolso mas o chão e os pés de Tupã, que usava mocassins. E ao olhar para baixo e ver o que estava para cima reparou no rosto de Tupã e notou que era discretamente pintado com pinturas indígenas, e, de repente, percebeu que o chapéu emplumado do astrônomo era um cocar.

— Como eu não percebi antes... — murmurou Jonas olhando para o ancião de pele parda e olhos mongóis. O senhor é um índio!...

Tupã ficou olhando o garoto sem compreender o que ele queria dizer.

Diga-me, de que tribo o senhor é: Xavante? Tupi? Sioux? Apache? Hope? Araucano?

— O que são: Tupi, Sioux, Apache? — perguntou o astrônomo, confuso.

— Ora, são indígenas e tribos, disse Jonas que já desconfiava da resposta que Tupã lhe daria. Talvez ele fale o que todos nesse mundo já falaram para mim, pensava o menino.

E Tupã disse: "Sim, eu tenho uma tribo".

— Ah, tem, e qual é? — perguntou o menino curioso.

— Minha tribo é a tribo humana, pois meu mundo é feito de pessoas independentemente de crenças, ideologias ou posições sociais, pois todos nós nascemos iguais, de uma mãe e de um pai; disse o ancião.

—Tudo bem, mas o seu nome é de origem Tupi-guarani, disse o menino a Tupã. Porém Jonas deu mais uma olhada para Tupã e refletiu, falando baixinho para si mesmo: "É, o nome é Tupi-guarani, mas os mocassins são de Apaches, as pinturas no rosto são de Araucanos, o corte de cabelo é Sioux, o gorro que ele possui junto ao cocar parece ser Inca, seus colares e adornos parecem ser de origem esquimó e o cocar acima do gorro parece ser Marajoara com Asteca, mas os outros adornos e pinturas seriam Maias ou seriam Toltecas... é, realmente, é impossível, apenas observando seus trajes, definir a que tribo o sábio Tupã pertence. Acho que o mais correto é dizer que talvez ele seja mesmo da tribo humana na qual todos são iguais.

— Você disse Tolteca? — perguntou Tupã ao menino.
— Sim. Por quê? Acaso o senhor é Tolteca?
— É que em uma de minhas muitas viagens para o seu mundo, Jonas, eu encontrei um grande continente que fica embaixo de uma estrela muito brilhante à qual eu dei o nome de Meérica, e naquele continente eu encontrei uma aldeia onde todos se intitulavam como sendo Toltecas. Fiz amizade com aquele povo e ensinei a ele a agricultura, a astronomia, a matemática, a arquitetura e uma escrita. Também lhes deixei quatro mandamentos, a saber: seja impecável com sua palavra; não leve nada para o lado pessoal; não tire conclusões precipitadas e, por fim, sempre dê o melhor de si.

— Que incrível! Então foi o senhor o responsável pelo desenvolvimento de uma das civilizações mais técnicas e avançadas do período pré-colombiano, os Toltecas?

— Sim, mas também ensinei os meus conhecimentos para outros povos como um chamado de... ma... ah, sim, Maia.

— Os Maias! Que são considerados por muitos estudiosos os gregos das Américas, devido a seus equivalentes saltos no campo da astronomia, escrita e matemática, comentou, boquiaberto, Jonas.

— Na verdade, eu só mostrei o caminho, eles que foram sábios e o trilharam.
— Poxa, mas isso faz tempo, não faz? – indagou Jonas.
— Cinco meses e três dias. Foi exatamente há cinco meses e três dias – respondeu Tupã.
Jonas pensou como seria possível isto, mas acabou lembrando de certa vez Talita haver dito, que fazia sete ou oito meses que Pitágoras havia ido deste mundo para a terra. Era evidente que o tempo se organizava de uma maneira diferente neste mundo, então não quis comentar.

Após conversar com Tupã, Jonas já estava de saída com seus amigos quando o seu bolso começou a formigar. Jonas olhou para cima para ver para baixo e descobrir que era o fruta-lume, piscando, em seu bolso. Imediatamente ele se voltou para o velho astrônomo e perguntou:
— O que eu faço com este inseto aceso em meu bolso?
— Eu não sei... – respondeu Tupã.

— Como o senhor não sabe? Acaso não foi o senhor que disse que consegue ler os gestos do corpo das pessoas, descobre o que elas estão pensando, compreende os astros e as estrelas e entende de tantas outras coisas mais como a moral dos homens e seus princípios éticos?

— De fato eu não sei, pois tudo o que faço é somente interpretar sinais já existentes estejam estes no céu ou na terra, e o que você me pede é prever o futuro, e isso eu não faço pois o seu futuro pertence a quem comanda as suas decisões.

— E quem comanda as minhas decisões?

— Se você não sabe essa resposta então você está perdido, porque só você poderia saber.

Então Tupã se despediu mais uma vez de Jonas, e o menino desceu a pirâmide astronômica sem saber o que deveria fazer com o fruta-lume em seu bolso, mas, felizmente para Jonas, algo inesperado aconteceu.

Quando ele desceu o último degrau e olhou para trás, surpreendentemente a pirâmide não estava mais de cabeça para baixo, nada mais estava, nem a esquerda era direita e nem a frente era atrás, nada estava invertido. Tanto que o menino sentiu vontade de subir e perguntar a Tupã do porquê de sua visão e sua percepção haverem voltado ao normal, mas antes de pôr o pé de volta no degrau, Tokugawa-Confúcio, que já estava no balão com os outros seus amigos, perguntou:

— Ei, Jonas, o que faz parado aí, olhando para a pirâmide? Vamos procurar o Menestrel Errante, e saber qual é o próximo desafio.

— Tem razão Tokugawa-Confúcio, vamos procurar o Menestrel Errante — disse o menino que sabia que procurar o Menestrel era mais importante que apenas voltar para trás e descobrir por que sua visão havia se modificado.

Jonas embarcou no balão, que logo subiu.
— O que você fará com esse fruta-lume? — perguntou Talita a Jonas que respondeu:
— Não sei... Talvez o Menestrel Errante saiba a resposta.

Jonas tirou o inseto do bolso e ficou observando-o. Realmente, era muito bonito. Todo o seu corpo era de um verde jade intenso que emitia, de segundo em segundo, um pulsar de luz verdejante.

Todos se encantavam com a beleza do inseto enquanto o balão vagava e deixava para trás o rio, o imenso lago e a ilha de Tupã.

**51135**

13

???????
???????

**96211**

A vegetação não era tão rica quanto a de antes mas não deixava de ter sua beleza. Sem mais morros, o balão cortava o ar por cima de um imenso planalto de vegetação rala, rasteira, e de algumas árvores retorcidas, com casca rugosa: era uma vegetação de cerrado. Olhando para as árvores retorcidas, Talita disse a Jonas:

— Veja que árvores bonitas.

— Quais? Aquelas? – perguntou o menino, apontando para algumas árvores próximas do balão.

— Sim, essas – confirmou a menina.

— Mas elas têm cascas tão grossas quanto pele de elefante.

— Sim, mas se não fosse a casca grossa elas não teriam flores delicadas e belas.

Logo Jonas reparou que havia miúdas flores penduradas nos galhos das árvores, e falou:

— É, mas as flores poderiam ser maiores e mais belas se o solo não fosse tão pobre... Veja, parece que há pedras no solo.

— Sim, são os cristais. Eu acho o cristal uma pedra muito linda. A beleza deles compensa a fragilidade das flores dessas árvores.

— Realmente... Há cristais por toda a parte e de todas as cores! Realmente são belos! Não sei como não os notei antes. Além disso as flores não precisam ser grandes para serem belas; elas são belas talvez justamente por serem pequenas e sua pequenez transmite uma sensação agradável – disse Jonas.

Nesse momento o menino reparou que havia em seu bolso um volume do tamanho de uma laranja. Era o fruta-lume que há pouco ele havia colocado ali, mas, pensou ele, como um bicho que há minutos tinha o tamanho de uma tampinha de garrafa agora está com o tamanho de uma laranja?

De repente o fruta-lume cresce mais e fica do tamanho de uma bola de futebol.

– Olha só isso! O que está havendo!? – falou Jonas, segurando o bicho no colo.

– Bem, ele é um fruta-lume, disse o trigre Rodolfo que apontava para o bicho e continuou: "Todo fruta-lume é um fruta-lume-fruto, um fruto da árvore de fruta-lume. Eles despencam verdes do pé, para amadurecerem aos poucos. Assim, se o fruta-lume cresce é porque está amadurecendo.

– Quando ele para de crescer?

– Ele para de crescer quando ele não crescer mais... daí ele para de crescer, e quando acontecer isso ele deverá ser plantado para nascer outro pé de fruta-lume e assim outros mais, disse Talita. E quando a menina terminou de falar o fruta-lume dobrou de tamanho, ficando como um bebê de colo.

Os amigos de Jonas viam o crescimento do inseto brilhante sem surpresa, como algo normal, mas Jonas não conseguia conceber algo que em instantes havia dobrado de tamanho e agora quadruplicado e continuava crescendo.

Todos no balão já sentiam dificuldades em se mexer no cesto, cada vez mais apertado.

— Vamos empurrar esse inseto para fora do cesto — disse Tokugawa-Confúcio, temendo o futuro de seu balão.

— Não dá! — disseram Rodolfo e Jonas, que, inutilmente, tentavam levantar o pesadíssimo inseto que não parava de crescer. Nem todos os ocupantes do balão juntos conseguiram tirar o bicho.

Ainda temendo o pior, Tokugawa achou melhor baixar a altitude do balão, e disse: "Vamos pousar".

Então Jonas disse:

— Tive uma ideia: o fruta-lume pode voar. Vou pedir para ele sair daqui voando... E Jonas gritou para o bicho:

— Voe!!!

E todos gritaram: — Nãããooo!!!

Mas era tarde demais... A criatura, que ocupava todo o cesto e espremia a todos nas laterais, bateu suas enormes asas e ao fazer isso, destruiu por completo o cesto, arremessando todo mundo para o chão; logo em seguida caiu sobre eles a imensa lona do balão.

Todos se remexiam cobertos pela lona multicor, à procura de luz. Enfim, aos poucos, Tokugawa, Jonas, Talita e Rodolfo encontraram as bordas da lona e saíram para fora do que restara do cesto, atordoados.

— Poxa! Sinto muito pelo estrago! – disse o menino, que se limpava da poeira, dirigindo-se a Tokugawa-Confúcio que ajudava Talita a se levantar do chão.

Ao ouvir Jonas, Tokugawa-Confúcio, que segurava uma das bordas do balão, juntamente com Rodolfo e Talita, que seguravam outras bordas, respondeu:

— Sei que não era sua intenção destruir o cesto. Venha cá e nos ajude.

Jonas agarrou uma das bordas do balão e, viu uma outra das bordas se aproximar da sua. Quem trazia essa borda era Tokugawa-Confúcio. Logo ele fez um gesto para Talita e ela aproximou de Rodolfo a borda que ela segurava. Quatro bordas do balão se unem formando um grande retângulo que corresponde à metade do tamanho do balão.

Em seguida, todos segurando nas pontas do retângulo, juntaram as pontas novamente, formando um quadrado, em seguida um retângulo menor e um quadrado menor ainda. Logo Talita e Rodolfo largaram as pontas e Jonas fez o mesmo e disse:

— Agora que tudo está dobrado vamos fazer o quê? Você, Tokugawa-Confúcio, com certeza vai enrolar este quadrado, mas ainda está tão grande que seria preciso que cada um de nós o leve junto, disse Jonas olhando para o quadrado que tinha o tamanho de uma lona de caminhão.

— Não vou enrolá-lo – disse Tokugawa-Confúcio.

— Então o que você vai fazer? – Perguntou Jonas.

— Isso! — respondeu Tokugawa-Confúcio que começou a dobrar sozinho a lona.

E Tokugawa-Confúcio dobrou e dobrou e dobrou tantas vezes a lona que ela ficou do tamanho de uma caixinha de fósforo !!

— Mas como você conseguiu dobrar até chegar a este ponto diminuto? — perguntou, estarrecido, Jonas.

E Tokugawa-Confúcio, colocando o diminuto pacotinho de lona no bolso de seu jaleco, disse:

— Da mesma forma que dobraram a gigantesca lona dentro de sua cabeça.

— Há uma lona dobrada dentro de minha cabeça?! — exclamou Jonas.

— Bem, na verdade a lona de sua cabeça está amarrotada, mas o amarrotamento é uma forma que sua cabeça encontrou para dobrá-la, ou seja o amarrotamento é uma forma diferente de se dobrar.

E Talita continuou, concluindo o que dizia Tokugawa-Confúcio:

— E quando você descobrir como se dobra amarrotando a dobrada e amarrotada lona de sua cabeça, você apreenderá a amarrotar dobrando qualquer coisa, assim como descobrirá como dobrar a amarrotada e dobrada lona do balão.

Jonas ficou pensando no que eles queriam dizer, mas uma imensa sombra repentinamente o cobriu e depois lançou um brilho muito forte e desconcentrou o garoto.

— Mas o que será isso, uma sombra de montanha piscando? — perguntou Jonas que, ao virar-se, levou o maior susto.

— Meu Deus! O que é isso?! — exclamou o garoto ao ver que era o fruta-lume.

O inseto agora tinha o tamanho de uma montanha, e projetava uma sombra tão extensa que ofuscava o brilho dos cristais coloridos espalhados no cerrado.

Ao ver aquilo Jonas percebeu que o que deveria fazer agora era priorizar, imediatamente, a resposta para aquele colossal enigma do fruta-lume, já que para Jonas a resposta para o bizarro dobrar do balão bem poderia ser resposta alguma.

— Vamos procurar o Menestrel Errante, urgentemente — disse o menino, indicando o monstruoso fruta-lume.

— Sim, vamos — concordaram todos.

— Mas como vamos? — perguntou Jonas, que se via sem balão.

— Ora, a pé, respondeu Talita.

E todos foram andando, caminhando à procura do Menestrel Errante.

Jonas e seus amigos, após andarem um bom trecho com o imenso fruta-lume seguindo atrás deles, sentiram um grande desconforto pois o fruta-lume era tão imensamente grande que sua sombra projetada, quando o inseto não piscava, além de cobrir quase tudo que podiam ver, era tão intensamente escura que quase não se podia ver nada.

Era como se fosse noite, se não fosse outro detalhe: quando o bicho piscava e emitia seu forte brilho verde, o brilho era tão forte que, em segundos, parecia brilhar mais que o dia e ofuscava a todos. Pensaram em pôr o colossal animal à frente deles, mas piorou tudo, pois além do intenso brilhar seguido da intensa escuridão da sombra do bicho piscante havia outro problema: o fato de ser o bicho tão grande que se arrastava, tampando qualquer tentativa de se ver o caminho.

Pensaram em subir no bicho e seguir o caminho montados nele, mas ele era tão grande que todos que conseguiam chegar ao topo (o único lugar onde havia luz normal) não conseguiam se manter equilibrados e acabavam caindo.

Jonas teve a ideia de em vez de andar atrás ou à frente do bicho, andarem ao lado do fruta-lume. Mas nada sugeriu pois logo percebeu que os lados do inseto eram tão escuros e claros quanto a frente dele. Assim, com muito desconforto, seguiram o caminho à frente do imenso inseto de brilho oscilante.

Quando não havia brilho eles forçavam seus olhos para enxergar; quando o brilho começava, eles colocavam as mãos sobre os olhos para amortizar a claridade. De tanto assim fazer logo perceberam que entre um piscar e outro havia um intervalo de três segundos, então logo começaram a contar para não serem pegos de surpresa pelo ofuscante brilho, evitando assim o atordoamento que se seguia após o choque da claridade.

1,2,3 colocavam a mão à altura dos olhos. Após contar 1,2,3 tiravam a mão dos olhos e se esforçavam para ver na escuridão; 1,2,3 sempre de três em três segundos se patrulhando. E após tanto andar e contar Jonas percebe algo curioso em seu trajeto: quando a luz faltava e tudo era escuridão eis que o que começava a se ver naquela estrada escura eram pequenos pontos brilhantes do tamanho de besouros a voar.

— Vejam! São pequenos fruta-lumes! — disse o menino.
— Não são fruta-lumes... — disse o trigre Rodolfo, são vaga-lumes.
— Como você sabe que são vaga-lumes? — perguntou Jonas.
— Eu sei, porque o vaga-lume brilha quando o fruta-lume se apaga, e quando o fruta-lume brilha o vaga-lume se apaga.
— Então a diferença é que eles brilham em tempos diferentes? — perguntou Jonas.
— Não é só essa — replicou o trigre, balançando as três caudas. Os vaga-lumes nascem de outros vaga-lumes, e o fruta-lume nasce da árvore de fruta-lumes, é

por isso que ele é tão grande e o vaga-lume não. E sabe de uma coisa? Essas criaturazinhas podem nos ajudar muito – continuou o trigre, olhando fixamente para um galho infestado de vaga-lumes. Ele se aproximou sorrateiramente do galho, sem se fazer notar, e com uma agilidade felina capturou um punhado desses insetos com sua boina vermelha.

– Rodolfo, o que você vai fazer com esses insetos? – perguntou Talita, temendo que Rodolfo os devorasse.

– Não se preocupe, não vou comê-los – falou Rodolfo. Vou fazer um óculos de vaga-lume.

– Que boa ideia – disseram Talita e Tokugawa.

– Boa ideia por quê ? – perguntou Jonas, sem entender.

Então Rodolfo pegou dois vaga-lumes de sua boina e colou com cuidado cada um a frente dos olhos de Jonas.

Agora Jonas não precisava ficar contando os intervalos entre luz e escuridão pois os vaga-lumes em seus olhos acendiam-se quando tudo escurecia e apagavam quando tudo clareava amortecendo o forte brilho.

– Espantoso!!! – repetiu Jonas, tentando acreditar em seus olhos. Esses vaga-lumes funcionam mesmo!

– Vaga-lumes, não! Agora são óculos de vaga-lume – retrucou o trigre.

– Se são, cadê as hastes, isto é, as pernas dos óculos, a armação dos óculos? Não concorda comigo que se esses dois vaga-lumes fossem óculos deveriam estar presos por armações de óculos?

— Para que serve a armação de óculos? — perguntou Rodolfo.

— Ora, para não caírem as lentes — respondeu Jonas.

— Então os vaga-lumes estão caindo? — perguntou o trigre.

— Não, mas...

Logo Rodolfo atrapalhou o raciocínio de Jonas, falando:

— Então para que serve um óculos, Jonas?

— Bem... os óculos, pelo que sei, servem para poder enxergar melhor.

— E consegue agora enxergar melhor com estes "vaga-lumes"? — insistiu Rodolfo.

— É, vendo desta maneira, são óculos — disse Jonas, achando graça.

Desta maneira seguiram os amigos tendo o imenso fruta-lume como companhia. E quando tudo ficava escuro, de longe podia-se ver os olhos de todos cintilarem como moedas de ouro.

De repente, no meio do caminho, Jonas e seus amigos encontram uma linha marcada na terra, linha esta que parecia ter sido feita por um filete de água.

— Que coisa estranha — diziam eles, e se perguntavam: quem será que fez este risco?

— Olhem — disse Talita, apontando para uma pedra tosca e escura. — É granito.

— É a única que se destaca, deve ser porque todas as outras pedras desta paisagem sejam cristais — comentou Tokugawa-Confúcio.

— Não é só isso. Veja! Parece que há algo se mexendo atrás dela — disse Talita.

Foi então que apareceu por detrás da pedra escura aquele que ninguém esperava encontrar naquele lugar: O Menestrel Errante.

— Ninguém se mexa, cuidado! — disse o Menestrel, preocupado.

— O que houve? — perguntou Jonas.

— Olhem para baixo! —ordenou o Menestrel, com ênfase.

Então todos viram que quase tocavam os pés na linha.

— O que há de mais em um risco feito por água no chão? — perguntou Jonas.

— Que risco!? — retrucou o Menestrel, apontando para o chão e dizendo enfaticamente: — Este não é um risco, é um rio, o menor rio do mundo, e, por ser um rio não se pode atravessá-lo sem o barqueiro.

— Bem, mesmo que este traço úmido na terra seja um rio eu consigo atravessá-lo, é só levar meus pés a poucos centímetros e estarei na outra margem — disse Jonas.

— Pois bem, se você tem tanta certeza de que pode atravessá-lo... embora sabendo que precisa do barqueiro... então tente.

Naquele breve momento, Jonas olhou fixamente para a estreita faixa, um instante em que lhe veio à memória milhares de momentos vividos até agora, e apesar do ato de cruzar a linha mostrar-se simples lhe dava um grande frio na barriga... um ato tão simples.
— Não se preocupe. Eu lhe garanto que você não corre risco de se afogar – tranquilizou-o o Menestrel Errante.

Jonas assentiu com a cabeça e, antes de cruzar o menor rio do mundo, segurou na mão de Talita que estava ao seu lado. Talita olhou sorrindo para Jonas, e formando uma corrente de pura união Tokugawa-Confúcio e Rodolfo deram as mãos a Jonas e Talita e todos cruzaram o rio ao mesmo tempo, em um passo só.
E quando fizeram isso, notaram que ainda permaneciam do mesmo lado embora houvessem atravessado.

— Mas como pode? – questionou Jonas. Nós atravessamos a margem e ainda continuamos no mesmo lado.
— Então não atravessamos – comentou Talita, surpresa.
— Exatamente! Se vocês atravessaram mas ainda continuam do mesmo lado é porque não atravessaram – confirmou o Menestrel Errante.

Não podendo aceitar os fatos, Jonas começa a pular de um lado pro outro da "linha", e não importa o quanto pulasse Jonas ainda continuava olhando de trás da "linha" para o Menestrel Errante, ao lado daquela pedra fosca e escura.

O Menestrel então estendeu a mão para Jonas que estava visivelmente exausto e Jonas, reparando o gesto, mesmo sem compreender seu significado por completo, segurou na mão do Menestrel Errante, e assim foi puxado para o seu lado.
No entanto, esse único passo dado pelo garoto pareceu durar uma eternidade, como se ele agora estivesse conectado a uma espécie de limbo, onde os segundos duravam horas e neste novo momento atemporal de se fazer a passagem do rio, o Menestrel pediu ao garoto:

— Então, Jonas, antes de cruzar para o outro lado, me dê a passagem.
— O senhor é o barqueiro! — disse o menino, surpreso.
— Sou e não sou.
— Ora! Como você pode ser e não ser o barqueiro? — interrogou Jonas.

— Sou e não sou do mesmo modo que lhe disse certa vez que para ser rei você precisa ser servo dos servos, da mesma forma que quanto maior a árvore e mais próximo do céu ela está, maiores e mais profundas as suas raízes estão e mais íntimo é o seu contato com a terra, pois não se pode vislumbrar o que há nas alturas sem antes vislumbrar a beleza de suas origens, da terra, pois se você não consegue compreender o que está aqui em baixo, jamais vai compreender o que está lá em cima.

— Desculpe, seu Menestrel, mas eu acho que não compreendi – disse Jonas.

Então o Menestrel continuou:
— Você não compreendeu, Jonas, porque acha que não compreendeu. De fato, posso eu ajudar você com a questão, já que ela pode ser interpretada de várias formas.

Numa delas eu me refiro ao fato de que se sou e não sou o barqueiro é porque eu alcancei a maestria, e se eu a tenho, logo eu compreendo que não posso ignorar nenhuma função, nenhum ofício.

Assim sendo, continuou o Menestrel, eu atuo em todos, não os julgo, não preciso saber qual é o melhor ou pior, simplesmente faço porque sei fazer, faço porque compreendo que devo fazer.

— Sim, agora entendo, mas... qual é a outra forma de interpretar esta questão?

Ao ouvir a pergunta, o Menestrel Errante apertou a mão de Jonas segurando-a mais fortemente. O menino, preocupado com a ação, achou que a pergunta houvesse sido incômoda; e nisso o Menestrel, olhando nos olhos do garoto, disse:

— A outra forma de compreender tal questão... é sabendo sentir.

— Como assim? – voltou a interrogar Jonas em seus segundos infinitos.

— Digo que para ter a compreensão da resposta você não deve esperar encontrá-la graças a conjecturas racionais, argumentação e lógica, das quais muitas vezes muitos se cercam; mas saberá que tem a resposta quando senti-la em toda a parte, e também dentro de você.

— E como eu faço para senti-la? —continuou Jonas.
— É só você relembrar, vasculhar em suas experiências vividas até agora e você descobrirá, terá a resposta.

Nesse momento, o Menestrel apontou com sua mão esquerda para o peito esquerdo de Jonas, e o menino ao abaixar a cabeça para a direção disse:
— O que foi? Está suja a minha roupa? O que tem aí?

O Menestrel Errante então sorriu, e mudou discretamente o gesto que fazia com o indicador; seus dedos foram se abrindo e a palma da mão se estendendo.
— O que foi? — perguntou Jonas.
E o Menestrel disse:
— Para cruzar o rio, e estar do outro lado você tem que me pagar.

O menino, surpreso, então disse, rapidamente:
— Tenho que lhe pagar!... mas com o quê?
— Com o que está diante de seus olhos.
— Mas é o senhor que está diante de meus olhos... como eu posso pagar ao senhor com o senhor mesmo?
— Então, se você considera que o que está diante de

seus olhos sou eu, então não haveria problemas de sua parte se eu pegar eu mesmo, para eu pagar-me "com eu" mesmo.

Jonas não entendia o que o Menestrel Errante dizia, mas mesmo assim balançou a cabeça concordando com a ideia maluca.

Logo o Menestrel Errante levou a sua mão diante dos olhos de Jonas e retirou da frente dos olhos os dois vaga-lumes que ali estavam, e ele pegou as duas criaturinhas redondas e douradas que não paravam de piscar, e as colocou dentro de sua cartola.

— Poxa, estavam há tanto tempo estes vaga-lumes tão perto de meus olhos que eu me esqueci deles e eu nem pude vê-los, mas... E por que os vaga-lumes em forma de pagamento? – perguntou Jonas.

— Porque aqui desse outro lado você já não precisará mais deles – disse o Menestrel. E ao ouvir o Menestrel dizer estas coisas Jonas já havia chegado ao outro lado da margem.

Ao deixar o menino, o Menestrel se virava para buscar os outros, e Jonas rapidamente agarrou na perna do Menestrel Errante dizendo-lhe:

— Não parta antes de me responder algo que muito me intriga.

— Sim, diga.

Jonas no mundo das ideias

— Você puxou minha mão e de lá vim para cá.
— Sim.
— Sem barco.
— Sim.
— Se o senhor é um barqueiro, onde está o barco da travessia, e se o senhor é um barqueiro a travessia não deveria ser feita de barco?
— Eu disse, Jonas, que a travessia só poderia ser feita com o barqueiro, eu sou o barqueiro, eu não disse que a travessia seria de barco.

Logo o Menestrel partiu para buscar os outros amigos de Jonas, e quando o Menestrel virou as costas, Jonas, enquanto olhava para o ínfimo risco úmido feito na terra, perguntou a si mesmo quantas horas o Menestrel levaria para atravessar este rio.

Para o espanto de Jonas o Menestrel só levou um segundo dando apenas dois passos, um passo para o outro lado da "linha" para buscar Talita e outro passo em direção de Jonas segurando a menina com sua mão direita.

— Meu Deus! Talita, como pode, eu levei horas para atravessar esse risco no chão e você levou um segundo! – disse o menino.

— Um segundo?? Você está enganado. Eu levei incontáveis horas – retrucou a menina.

Logo se passaram mais dois segundos e estavam do outro lado da margem Tokugawa-Confúcio e o trigre Rodolfo, o que logo deixou todos inquietos querendo saber como a travessia pode demorar muito tempo e nenhum, mas o Menestrel explicou a todos, mesmo antes de qualquer um lhe fazer a pergunta: "O segredo não está em saber como, está em sentir".

E, sabendo que o Menestrel lhe daria a resposta fazendo um gesto vago que ele não conseguiria decifrar, Jonas resolve tocar em outro assunto mais pertinente:

— Menestrel — perguntou o garoto — você diz "em sentir". A única coisa que sinto nesse momento é que eu não entendo como uma pessoa tão sábia como Tupã não me soube responder a pergunta que fiz a ele: "O que eu faço com o fruta-lume?".

E ele me disse que não sabia. Que apenas interpretava sinais já existentes no céu e na terra, e disse que o que eu pedia a ele era prever o futuro e isto não podia fazê-lo, e concluiu: "O seu futuro pertence a quem comanda as suas decisões".

— E o que você disse a ele? — perguntou o Menestrel Errante achando interessante a conversa.
— Eu perguntei a ele quem comanda as minhas decisões — falou o menino.
— E o que ele respondeu? — voltou a perguntar o Menestrel Errante.
— Ele disse que se eu não sei essa resposta eu estou perdido por que só eu poderia sabê-la. Então me diga o

senhor: O que eu faço com o fruta-lume? Qual é esta resposta que Tupã disse que eu sei?

— A resposta para o seu futuro pertence a quem comanda as suas decisões é: o seu futuro pertence a quem comanda as suas decisões.

— Espere um pouco: não se pode dar a mesma pergunta como resposta para a mesma pergunta... não faz sentido.

— Faz sentido quando a pergunta já tem a resposta — disse o Menestrel, que ainda concluiu: Mas como tudo são respostas que são perguntas, pois têm em si vários caminhos que se pode seguir, interpreta-se de várias maneiras.

A única coisa que posso fazer é lhe dar dois possíveis caminhos, que você pode seguir: o primeiro caminho, a primeira resposta é muito difícil porque é muito simples, porque não deixa de ser uma pergunta cuja resposta você também pode obter, porém a simplicidade e a dificuldade que se encontra é que para entendê-la você terá que procurar a resposta em você.

— Então me diga logo qual é a resposta, o primeiro caminho — pediu o menino.

— A resposta à pergunta e o caminho são você — disse o Menestrel, complementando: — Olhe para a pergunta e reflita e depois olhe para você e reflita. Busque a resposta dentro de você e terá você a resposta, pois este é o primeiro caminho.

— Está bem, agora me diga qual é o segundo caminho.

— O segundo caminho, a segunda resposta... é o que lhe vier na sua cabeça, Jonas, nesse exato momento; sendo ou não sendo a resposta para o primeiro caminho.

Jonas só conseguia pensar que precisava saber o que o sábio Tupã queria dizer com tudo aquilo, o que ele deveria fazer com aquele colossal fruta-lume que não parava de crescer e que como seria bom se ele, Jonas, fosse o Menestrel para saber o que fazer. Imediatamente veio a brilhante ideia, e, já tendo a resposta, o menino disse ao Menestrel:

— A resposta que me veio à cabeça para a pergunta é que eu só saberia para onde eu devo ir se eu fosse você. Assim, Menestrel, me diga então se você fosse eu o que você faria com o fruta-lume?

— Se essa é sua resposta, digo que se eu fosse você procuraria o jardineiro. Ele saberá o que fazer com o imensamente colossal fruta-lume.

— E onde posso encontrá-lo?

— Não é você que vai encontrá-lo, é ele que pode encontrar você.

E, dizendo estas coisas, o Menestrel andou até à fosca pedra de granito e atrás da pedra que cobria sua cintura ele andou como se estivesse descendo uma escada, e Jonas não o viu mais. Ele até foi ver se havia um buraco com algum tipo de escadaria atrás da pedra, mas não havia. Ele olhou para a face daquela estranha pedra que percebera, agora, de perto, ser uma pedra angular, e viu que nela havia uma estranha inscrição que dizia:

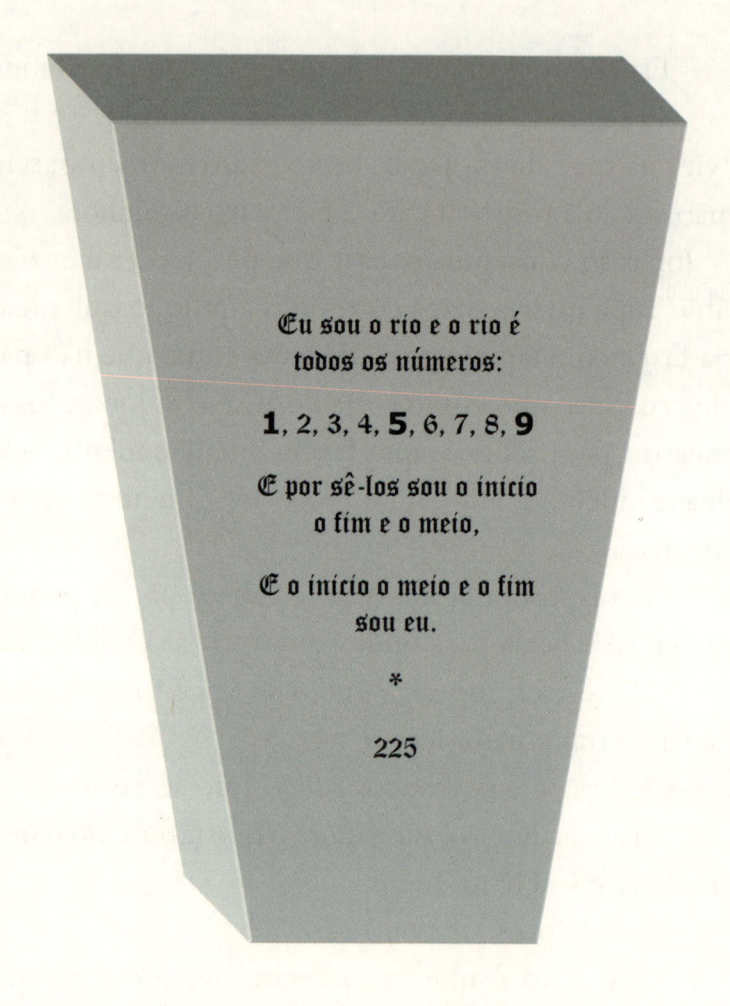

> Eu sou o rio e o rio é
> todos os números:
>
> **1**, 2, 3, 4, **5**, 6, 7, 8, **9**
>
> E por sê-los sou o início
> o fim e o meio,
>
> E o início o meio e o fim
> sou eu.
>
> \*
>
> 225

Jonas nada entendeu, pois sabia se tratar de outro mistério daquele mundo, talvez fosse o tamanho do rio ou qualquer coisa, não importava... para ele, naquele momento, o que importava era aprender a degustar as palavras.

Então Talita se aproximou de Jonas e perguntou lhe:

– Jonas, você perguntou para o Menestrel Errante qual era o último desafio?

Jonas arregalou os olhos e se virou, surpreso, para Talita dizendo, quase mudo: "Não!!!".

# 14

## O Jardineiro inominado

**J**onas, meio queixoso consigo mesmo, continuou a andar à procura do jardineiro. Seus amigos tentavam animá-lo, mas resmungando ele dizia: "Como pude, como não me passou pela cabeça... por que não perguntei para o Menestrel qual era o último desafio... Por que eu tive que me importar com esse imenso, colossal paquiderme verde de asas?", disse o menino a si mesmo, virando-se para a extraordinária montanha que era o fruta-lume. Então voltou-se para a frente e seguiu seu caminho, sem rumo definido, sendo sua única definição a sua culpa.

Seus amigos já haviam feito o possível para que ele visse as circunstâncias com outros olhos, mas compreendiam que era questão de dar tempo ao tempo para o menino de temperamento forte se esfriar. E dito e feito. Após horas, os resmungos cessaram e se o menino ainda dava umas olhadas para o fruta-lume, não havia mais repreensão em seus olhos, e, de vez em quando, ao vê-lo dava um sorriso de canto de boca, discreto.

Havia silêncio e todos andavam, quando, num repente, o menino comentou:

— Sabem, antes estava tão irritado e me culpava tanto que não pude perceber que via tudo sem os óculos de vaga-lume que entreguei ao Menestrel Errante. Sabem, é muito bom ver tudo sem se preocupar ou se incomodar com o piscar do descomunal fruta-lume, poder ver tudo sem estar perdido na escuridão da sombra do fruta-lume, ou ser cegado pelo seu intenso brilho quando há o piscar, o acender e apagar. Há algo dentro de mim que me diz que se acharmos o jardineiro...

— Você quer dizer... quando o jardineiro nos achar — interrompeu Talita.

— Sim, quando estivermos com o jardineiro teremos a compreensão do último desafio, e quem sabe o fruta-lume seja o desafio.

Todos concordaram e ficaram muito felizes com Jonas pela sua compreensão.

E todos andavam e andavam esperando que o jardineiro os encontrasse.

Após caminharem muito tempo Jonas começou a perceber algo diferente... Não era a paisagem, a qual se mantinha modesta e cerrada... Jonas se virou e foi para perto de Talita como se farejasse algo. Respirando fundo, o menino logo foi para perto de Tokugawa-Confúcio e de Rodolfo, mas, concluindo que o que procurava não estava em Talita e nem nos dois amigos, perguntou:

— Vocês estão sentindo esse cheiro?

Todos pararam, respiraram fundo e falaram:

— Sim! É um perfume!

Todos concordavam, inspiravam profundamente, e constataram unanimemente: "É perfume de rosas!".

Jonas logo se pôs à frente, inspirando e aspirando o perfume, a doce e delicada fragrância de rosas. Andaram mais um bom tempo, todos em uma espécie de fila indiana: Jonas, Talita, Rodolfo e Tokugawa-Confúcio, todos tentando seguir o aroma, senti-lo o melhor possível e, aos poucos, o aroma ficava mais perceptível e agradável.

Da mesma forma, aos poucos a paisagem mudava, a grama estava mais verde, os cristais emanavam outras tonalidades de cores e havia flores e flores pelo caminho... Então todos deixaram de apenas seguir o perfume, pois se viam contemplados com enorme beleza: estavam em um jardim.

A grama era verde-esmeralda e havia árvores de todos os tamanhos, flores de todas as cores, plantas de todas as espécies, até espécies de plantas que seriam inconcebíveis naquele agradável clima de verão. Jonas se perguntava como era possível tulipas, ipês, petúnias, orquídeas, espécies de montanha florescerem, algumas até nascerem com uma temperatura dessas!

Não era, porém, apenas esse fato que o impressionava: "Como pode", dizia o menino a si mesmo, "corais floridos estarem aqui? Esses animais e essas plantas não deveriam estar embaixo da água?"

No entanto, apesar disso tudo não se encaixar de forma lógica, havia uma singular harmonia naquele lugar, vitórias-régias em meio a sândalos e cedros, plantas marinhas florescentes parecendo tubos, esferas e canudos que, em tese, pertenciam a altas profundidades estavam lá no jardim! Que beleza ímpar era aquela!

Jonas e seus amigos viram, logo à frente, uma cerca viva composta por plantas trepadeiras. Era uma cerca muito bonita que surgia dos dois lados do jardim e se elevava, formando um caminho e ocultando partes da frente do jardim como se o envolvesse.

E todos perceberam que o perfume que seguiam estava mais presente entre a beira do caminho em meio às cercas vivas e seguiram o perfume sem saber o que havia atrás das cercas vivas. Após percorrerem o curto caminho, o simples trajeto, e atravessarem as cercas, depararam-se com uma pessoa que, a poucos passos, estava de costas, agachada em frente a um grande arbusto, no qual estava a origem do indescritível odor.

O homem cortava cuidadosamente o que, de longe, parecia uma rosa branca. Jonas chegou mais perto e notou que não reconhecia a flor, e percebeu então que o cheiro não era de rosas.

— Que flores são essas? — perguntou Jonas à pessoa que podava alguns galhos e flores do arbusto.

— São narcisos — respondeu o homem para Jonas.

— Você é o jardineiro?

— Sim — disse o jardineiro, virando-se e cumprimentando a todos.

— Eu pensei que fossem rosas — disse o menino.

— Você não conhecia essa flor? — perguntou o jardineiro, com um lindo narciso entre as mãos.

— Não conhecia. Nenhum de nós conhecia.

— Mas mesmo assim vocês seguiram o perfume, porque... vocês o relacionaram ao que vocês conheciam: o cheiro da rosa. E como acharam o odor parecido com o de rosas acharam que fossem rosas e... sabe por que não são? Por que o cheiro é só parecido, não é de rosas. As pessoas só podem conceber aquilo que realmente conhecem, se não conhecem comparam e deduzem, daí vêm as distorcões.

—Distorção? — repetiu o menino sem entender.

—Distorção é o não conhecer o que é.

—E o que é? — insistiu o menino.

Com aquela flor delicada em suas mãos o jardineiro, com suavidade, colocou-a atrás da orelha de Talita, e perguntou para Jonas:

—O que você sabe sobre narcisos?

E Jonas, após um pouco pensar, diz:

— De narcisos só conheço a lenda, mas não a flor....

— Conte-me a lenda — pediu o jardineiro.

— Bem... segundo a lenda... Narciso era um homem muitíssimo belo e era tanta sua beleza que todos que o viam se apaixonavam por ele. Certa vez ele, que não conhecia o tamanho de sua beleza, pois nunca havia se visto, foi beber água em um lago e ao fazer isso se deparou com o reflexo de seu rosto na superfície da água do lago, e, ao se ver, apaixonou-se por si mesmo. E tamanha foi a paixão que Narciso não podia fazer outra coisa se não ficar contemplando a si próprio no reflexo da água, e assim ficou infindamente até que em seu lugar nasceu uma flor. O nome dela é narciso, e ela representa toda a vaidade e futilidade.

— Bem, vou usar a lenda para lhe explicar "o que é" – disse o jardineiro, e voltando-se para Jonas perguntou:

— Você acredita que a flor é vaidade e futilidade?.

— É o que diz a lenda... – disse o menino.

— Então você acredita em distorções, e a distorção não existe, não existe a futilidade da flor, é só uma ideia, um símbolo. E sabe? No fim das contas o que apenas existe...é a flor, existe apenas a flor. É o que ela é. Fora isso, o resto é engano, e digo ainda mais, e se eu disser que esse cheiro que você achou que fosse de rosas e que não é de rosas, também não é de narciso, embora seja oriundo deles, esse olor sublime, esse aroma adocicado é de jasmim? Acredito que ninguém aqui além de mim conheça o aroma dos jasmins, pois se conhecessem não o teriam associado com o das rosas.

— Mas como pode uma flor ter o aroma de outra? – perguntou o menino, intrigado.

E o jardineiro, contente com o questionamento, respondeu:

— Porque ela não é o que dizem que é, ela é o que é.

— Mas você não disse que esta flor se chama narciso? E agora diz que não?

— Disse que se chama narciso porque neste mundo as flores que parecem com narciso mas têm cheiro de jasmins se chamam narcisos; enquanto que...? como se chama em seu mundo um narciso que tenha cheiro de narciso? – perguntou o jardineiro.

— Ora! De narciso! – disse Jonas, surpreso com a pergunta confusa.

— Mas isso você me diz convicto, sem nunca sequer ter visto um narciso ou um jasmim? — retrucou o jardineiro, surpreso com a convicção do garoto.

— É claro! Eu simplesmente uso a lógica! — disse Jonas, faceiro por ter certeza.

— Ora! Mas que lógica mais ilógica, que desrespeita a lógica dos outros de dizer que o meu certo está errado para mim...

— É porque seguindo a lógica está certo.

— Então seguindo essa tal de "lógica" o que você faria com a flor? — perguntou o jardineiro um tanto confuso.

— Bem, eu analiso a flor seguindo a lógica: vejo que ela parece com narciso, porém o cheiro é de outra flor, analiso o cheiro, logo noto que o cheiro é de jasmim, mas esta flor não é jasmim, e sendo que ela não é narciso e nem jasmim ela é uma outra flor diferente das citadas, e então vou dar a ela um nome diferente de narciso e de jasmim porque narciso chama-se narciso e jasmim chama-se jasmim — explicou Jonas.

— Mas isso é muito engraçado, porque no meu mundo se não quero chamar o narciso de narciso eu chamo de outro nome, seja de violeta, margarida, não dou importância a nomes e frequentemente mudo o nome das flores.

— E porque você não dá importância a nomes?! — perguntou Jonas admirado com o que acabara de ouvir.

E o jardineiro, apontando para as flores, respondeu:

— Porque elas não vão deixar de ser o que são.

— Acho que compreendo as flores.

E o jardineiro, com um sorriso misterioso que não se podia saber se era de cordialidade ou desafio, respondeu:

—Jonas, Jonas, se você está entendendo é porque não sabe de nada. As flores não nasceram para serem entendidas; elas nasceram para serem sentidas, e só pode senti-las quem as percebe dentro de seu sentir.

Jonas aceitou o dito como um enigma lúdico, achou muito curioso aquilo que para ele era apenas uma estranheza. Única coisa que poderia fazer e fez foi pegar um botão daquela flor "esquisita" que parecia narciso mas tinha cheiro de jasmim e cheirá-la e concordar com o jardineiro. E quando o jardineiro perguntou que cheiro tinha a flor que Jonas acabara de sentir, Jonas respondeu que tinha cheiro dela mesma.

Ouvindo isso o jardineiro prosseguiu:
— Muito bem, agora vocês sabem sentir as flores, digam-me o que os traz ao meu jardim.

Jonas foi contar-lhe o motivo, mas notou algo realmente estranho no jardineiro, e não era em suas simples modestas roupas de trabalho, em suas botinas escuras, calças longas e grossas presas por suspensórios ou sua camisa de mangas longas; o que chamava a atenção de Jonas era o rosto do jardineiro, aquele rosto de traços simples e comuns que muitos diriam não ser bonito e nem feio. Jonas, ao reparar no rosto do jardineiro, disse:
— Eu o conheço?
— Sim, eu acabei de me apresentar, sou o jardineiro.

— Não! O que digo é que você me é familiar, como se já o conhecesse de longa data, mas não sei, talvez seja um *dejavu*, os traços de seu rosto são simples demais, comuns.

—Não são! — disse Talita contrariando Jonas e ainda destacou: — O rosto do jardineiro é muito bonito, tão belo quanto o seu jardim.

Jonas se surpreendeu com a opinião de Talita, pois não via nada no rosto daquele homem que pudesse ser destacado como um traço notável de beleza.

Mesmo assim Jonas concordou com Talita, balançando a cabeça para não perder seu tempo com justificativas desnecessárias, e voltou ao assunto:

— Mas eu conheço o senhor? Ou será apenas um *dejavu*?

— Se você está tendo um *dejavu*, então, provavelmente, todos estão tendo.

Jonas virou-se para seus amigos, e notou, com espanto, que o jardineiro estava certo, pois todos os seus amigos olhavam o jardineiro como se estivessem hipnotizados, ou como se buscassem em suas memórias um referencial do jardineiro em suas vidas, pois todos sentiam que conheciam o jardineiro de algum lugar.

Jonas ficou tão impressionado com aquilo que não podia tirar seus olhos daquela cena, e havia se esquecido completamente do que ia falar. Naquele momento não existiam fruta-lumes gigantescos, desafios a serem cumpridos, palavras a serem degustadas, não existia nada... Era como uma folha em branco, era como se a razão de Jonas e seus pensamentos estivessem fora dele, falando inutilmente: "*Dejavu* coletivo, como pode?".

Então o jardineiro perguntou a Jonas, novamente:

— O que os traz ao meu jardim? O que fazem em meu jardim?

E naquele instante Jonas se recordou do que ia falar, esquecendo-se por completo daquele momento estranho, e com Jonas todos se esqueceram daquele momento. E Jonas perguntou ao jardineiro:

— Por favor, diga-me, o que eu faço com esse descomunal fruta-lume?

E o jardineiro perguntou:

— Onde está o fruta-lume descomunal?

Jonas, sem entender, olhou para trás e constatou que o fruta-lume ainda estava lá, imenso como sempre, e disse ao jardineiro:

— Como assim, onde está o fruta-lume? Acaso não nota que ele está atrás de nós? Veja como o seu tamanho é imensamente grande, tal qual o de uma montanha... Note como ele ultrapassa as nuvens, talvez até esteja nevando em seu topo.

Ao ver o fruta-lume que o menino tanto apontava o jardineiro se aproximou mais da imensa criatura, olhou para as patas do inseto e olhou para cima com a cabeça voltada para o céu, como se tentasse vê-lo por completo. Após a análise o jardineiro recuou para onde estava, ficando bem perto de Jonas, e comentou com o menino:

— Você está equivocado. Este fruta-lume é muito pequeno, nem sequer atingiu o seu tamanho médio, muito menos o tamanho grande.

Jonas, diante das palavras do jardineiro, só podia dizer uma coisa:

— Eu não entendo...

E o jardineiro, ao ouvi-lo, prosseguiu explicando:

— Todo fruta-lume nasce com o tamanho de quase nada. Se comparado ao seu tamanho final são praticamente microscópicos, quase do tamanho dos seus parentes mais próximos: os vaga-lumes, mas quando chegam ao seu maior tamanho... quando chegam ao tamanho final, realmente ficam tão grandes que não se pode dar medidas.

— Se há fruta-lumes tão grandes assim onde é que estão que eu não os vejo? – perguntou Jonas, meio incrédulo.

— Bem, olhe para cima. Com certeza os verá – disse o jardineiro, apontando para o céu.

Jonas elevou seus olhos para o alto mas nada conseguia ver, além de nuvens.

— Não estou vendo nada – disse o menino.

— Então olhe ali – disse o jardineiro, apontando para um imenso campo de margaridas.

— O que tem lá? – perguntou o menino que só podia ver o campo e as margaridas.

— Como o que tem lá... Você não está vendo dois imensos fruta-lumes?

— Não. Não vejo nenhum.

— É que o senhor não explicou para ele – disse Tokugawa-Confúcio ao jardineiro.

— Explicou o que? — perguntou Jonas.

— Que um fruta-lume cresce tanto, tanto, mas tanto que não se pode mais vê-lo — disse Tokugawa-Confúcio.

— É impossível isso! Como algo pode ser tão grande que não pode ser notado? Se é tão grande assim é claro que pode ser notado — disse Jonas.

— Ele tem razão. Eu esqueci que para muitos é impossível notá-los — comentou o jardineiro.

— Diga-me, então, algo que se possa comparar com o tamanho de um fruta-lume adulto.

— Bem... A única coisa aqui perto que se poderia comparar com o tamanho de um fruta-lume, está embaixo de seus pés — disse o jardineiro.

E Jonas olhou para baixo, e olhou para a sola de seus sapatos, e novamente olhou para o chão e após muito olhar, falou:

— Ei! Mas a única coisa que eu vejo no chão e nas solas de meus sapatos é terra...

— Exatamente, é esse o tamanho que um fruta-lume pode atingir — disse o jardineiro, junto com Tokugawa, que assentiu com a cabeça.

Jonas não conseguiu compreender o tamanho... Só balançou a cabeça concordando, um gesto puramente mecânico, mas dentro de si se perguntava como grãos de terra podem ser tão grandes que não se possa vê-los, ou como algo pode ser tão grande, tão grande e ter o tamanho de grãos de terra e mesmo assim não poder vê-lo.

— Não pense, sinta! — disse o jardineiro.

E Jonas, muito surpreso, perguntou:

— Você também pode ler a mente como Tupã, o astrônomo?

— Não, mas é fácil perceber quando alguém está pensando em algo... ouvindo, quieto, "concentrado" e "concordando", DISTRAÍDO...

Jonas ficou envergonhado, mas mesmo assim respirou bem fundo, concordou com o jardineiro, e, em vez de pensar nos fruta-lumes, tentou senti-los, mesmo não os vendo, esvaziou ao máximo as ideias de sua mente e, respirando bem fundo, concentrou-se em sentir, sem procurar entender, e quando conseguiu sentir, sentiu seu coração, e percebeu uma presença extraordinária que se manifestava além dos sentidos... Ele não a tocava, não a via, não a ouvia mas estava lá, voava e serpenteava nos céus e na terra. Jonas sentia os imensos fruta-lumes e por senti-los era como se os visse.

E, mais uma vez, Jonas compreendeu que o coração é o centro de toda a verdade, de toda a justiça e entendimento. Se antes ele havia aprendido a ouvir com o coração agora ele aprendera a sentir com o coração, mas ele sentia que ainda havia mais coisas a serem aprendidas e foi só sentir que aconteceu: o jardineiro começou a andar calmamente e disse a todos:

— Sigam-me.

E nisso ele cruzou entre duas árvores de finos troncos, em cujas copas os galhos se entrelaçavam formando um portal. Jonas observou que as árvores eram cerejeiras e todos cruzaram aquele magnífico portal florido cor-de-rosa, e, ao atravessarem esse portal, o trigre Rodolfo fez uma observação a Jonas:

— Você viu o jardineiro atravessando o portal? Ele conseguiu atravessá-lo sem ficar preso ou esbarrar nos troncos... impressionante feito, como ele consegue sendo um homem de porte físico tão grande e robusto? É como se um elefante passasse por debaixo da porta.

Jonas achou muito incomum aquele comentário tão estranho quanto o de Talita, pois para Jonas o jardineiro era uma pessoa que estava longe de ser robusta, sendo um homem de estatura mediana. Era impossível crer que aquela figura fosse gorda quanto mais comparada com um elefante passando por baixo da porta. Mas, quando foi discordar de Rodolfo, o jardineiro parou dentro de um enorme círculo de pétalas multicores, e disse:

— É esta a tua hora, fruta-lume! Tu serás plantado e de ti nascerá um outro imenso jardim.

E nisso Jonas se calou e só observou o fruta-lume voando para cima em velocidade indescritível, como um raio expelido da terra ao alto. Incandescente como barras de aço em brasa, o fruta-lume volta em igual retorno, raio fugaz expelido do céu à terra, brilhante vivo como rubi. Sua manifestação mais bela vem com a mudança da cor, e ao se chocar com a terra o fruta-lume, que era agora como um cometa, faz sentir o seu impacto estremecendo e abalando tudo sobre a terra. O seu som, como o de mil trovões, fez-se sentir profundo na alma de todos, no entanto ele penetrou na terra transpassando a todos sem ferir ninguém como um espectro ou espírito cruzando as paredes, como a luz que passa sobre o vidro sem quebrá-lo, assim penetrou o fruta-lume nas entranhas da terra.

Enquanto penetrava na terra com uma explosão de cores o fruta-lume deixava um rastro cintilante de ângulos, círculos e linhas sinuosas.

Jonas, assim como os seus amigos, levantaram-se do chão, meio atordoados e ao mesmo tempo fascinados. O jardineiro já estava de pé, notou o menino, e deu um sorriso. Jonas então percebeu que, apesar do incrível impacto, tudo estava de pé. E ao perceber que o menino não se cansava de observar tudo ao seu redor, o jardineiro disse:

— Não tente achar explicação... Veja, tudo está em sua perfeita ordem e é isso que importa. Ordem! — repetiu o jardineiro, pensativo.

— O que tem a ordem? — perguntou o menino.

E o jardineiro respondeu:

— A ordem é o segundo passo para quem já compreende a natureza das coisas, a natureza do ser, o que é, e como você certamente compreende o primeiro passo vou ao segundo: que é a ordem, a simetria ou seja a beleza.

— Mas me lembro de ter conversado com Safira, a moça que vive no farol das nuvens, e ela havia me dito algo como: "a verdadeira beleza habita dentro de você e não nas coisas materiais"... — disse o menino.

— De fato, mas chegou a hora de externar esta beleza. Safira não estava errada ao afirmar o que disse nesta frase, muito sábia, que, segundo se pode entender, nos diz que não é para se deixar levar única e exclusivamente pelas coisas materiais, pois, embora elas sejam necessárias, não são absolutas. Creio que seja este o dito pois como bem a conheço, ela quis dizer que somos espíritos que habitam em corpos e este corpo é material — disse o jardineiro.

— É... realmente é isso mesmo. Ela só disse para não nos apegarmos às coisas materiais como sendo o único caminho — concordou Jonas.

— Exatamente — disse o jardineiro no meio do círculo florido.

O jardineiro fez um leve gesto com os dedos das mãos indicando para todos se aproximarem. Todos se aproximaram, ficando exatamente junto do jardineiro, que, acolhendo a todos em um abraço, começou a falar-lhes enquanto tudo parecia, agora, girar em derredor deles como um majestoso desfile das flores:

— O que venho a ensinar-lhes, compartilhar com vocês, é a beleza de estender a beleza interior que habita no coração e é perfeita. Sendo esta da alma, do espírito, é nosso dever externá-la em grande benevolência às coisas materiais para estas serem um reflexo de sua beleza interna.

Ao ouvir estas palavras Tokugawa-Confúcio toca com a mão o ombro de Jonas e comenta com o garoto, sussurrando em seu ouvido:

— Palavras grandiosas, curiosamente ditas por uma pessoa de estatura tão baixa... Elas nos fazem refletir: as dimensões da alma são infinitas, e não importa o tamanho do corpo. Mesmo este sendo tão pequeno, ao externar a beleza de sua alma imagine as maravilhas que pode fazer.

Ditas estas coisas Tokugawa-Confúcio percorreu seus olhos pelo jardim, deslumbrado com tudo.

Jonas, ouvindo aquelas palavras, mais uma vez se surpreendeu, pensando consigo mesmo: "Será que Tokugawa-Confúcio está ficando cego? Ele não vê que a estatura do jardineiro é a de um homem adulto normal, de cerca de 1,75 m? Será que Tokugawa-Confúcio não consegue perceber que o jardineiro é maior do que ele que deve ter uns 1,60 m de altura?".

Jonas então perguntou para Tokugawa-Confúcio, como se tirasse a dúvida da cegueira do amigo:

— Tokugawa-Confúcio, para você que tamanho o jardineiro tem?

— Hã... é um pouco menor que a senhora Bolulu, respondeu o rapaz.

E Jonas ao ouvir aquilo só podia pensar: "Ele está ficando cego! A senhora Bolulu é uma anã, quem dera tenha a altura de um pigmeu...".

Naquele momento Jonas pensou em abrir a boca para discordar, mas sentiu seu coração falando para se calar, e Jonas assim obedeceu e nada falou. Ficou prestando atenção nos ensinamentos do jardineiro sem se importar com a altura dele.

— Veja, Jonas! — disse o jardineiro, a podar algumas rosas vermelhas de uma roseira próxima ao círculo.

Jonas olhou para a roseira e viu que o jardineiro estava podando rosas muito diferentes de outras rosas vermelhas. Estas eram escuras e murchas, algumas quase sem pétalas, e Jonas perguntou:

— Porque você está podando estas rosas diferentes das outras vermelhas?

E o jardineiro disse:

— Porque elas estão mortas. Devemos cortar todas as flores doentes ou mortas para que no lugar delas nasçam outras mais vivas e belas. Sabe, Jonas, nós também somos como as flores; necessitamos ser podados, precisamos retirar de nossas vidas tudo que esteja morto e que não produza, porque se conservamos os frutos e flores feios nos galhos de nossas vidas, em nossas ações, atitudes e na maneira como nos mostramos para a sociedade, jamais nascerão frutos e flores belos e novos.

Veja, Jonas, como as flores belas e vivas se afastam das feias e mortas, e como as flores feias e mortas atraem pragas para si. Veja: há brocões, fungos e carunchos e outras pestes sobre elas.

Jonas percebeu que, de fato, as rosas vermelhas pareciam tentar se afastar das doentes, e que de fato as rosas doentes pareciam atrair outras rosas doentes para si, assim como legiões de pestes e pragas.

— Sabe, disse o jardineiro, a beleza está em nos sentirmos belos, e para isso retiramos de nossas vidas tudo o que nos faz nos sentirmos mal. A fim de reforçarmos a beleza em nossa vida e em nossa alma, cultivamos a beleza no nosso físico e exterior. Ai está, agora que podei todas as flores feias... — disse o jardineiro, mostrando a roseira resultante.

— Agora que você podou... — falou o menino com intuito de que o jardineiro prosseguisse a frase.

E o jardineiro prosseguiu:

— Que eu podei as flores feias, só ficaram as belas, que chamarei de ações e atitudes. Eu irei regá-las.

Então o jardineiro pegou o seu regador e molhou-as com uma água tão límpida e cristalina que as gotas que caíam pareciam pequenos brilhantes e as flores abriram mais as pétalas.

O jardineiro pôs o regador no chão e pegou seu borrifador e borrifou finas gotículas douradas que pareciam orvalhos feitos de ouro e que emanavam o calor morno e gostoso de um cobertor quentinho em noites de inverno, e as flores pareceram crescer mais e mais vistosas. Então o jardineiro pegou seu rastelo e rastelou a sujeira das flores mortas no chão e com as enxadas afofou o solo, como se acariciasse suas plantinhas e as limpasse com toalha de veludo fino, e as flores ficaram com suas cores mais vivas e de um vermelho mais intenso, tão rubro quanto o pôr do sol em um dia de verão, e era tudo muito bonito!

E o jardineiro continuou a explicar:

— As flores belas e saudáveis já eram belas e saudáveis quando extirpei as feias, mas como disse, elas representam ações e atitudes. As ações e atitudes boas já eram boas antes de ter podado as flores mortas: ações e atitudes contrárias. Se eu mantivesse as boas como estavam, elas por elas, apenas boas, sem acréscimo de regador e cuidados apenas atitudes e ações boas consigo mesmo, estaria bem, mas elas estariam… E as outras pessoas?

Talvez nem mesmo as enxergariam pois as ações e atitudes não aparecem tanto quanto a beleza externada, do estar belo materialmente, no físico. Digo isso porque quem nos olha antes de nós mesmos são as pessoas, e elas em sua maioria não têm o nosso entendimento de ser o que é sem se preocupar com rótulos, nomes, narcisos e jasmins.

A falta desse entendimento deixa as pessoas cegas pois não enxergam as outras pessoas pelo que são, apenas pelo que parecem ser, e mesmo você sendo boa pessoa, as pessoas não se aproximarão de você se sua beleza interior não for condizente com a sua beleza exterior.

Se sua beleza exterior não for realmente expressiva, ela será como a beleza das rosas antes de eu as regar, limpar e tratar. Será uma beleza abafada pela beleza de flores ainda mais belas. Será imperceptível diante do jardim, e isso não é bom pois se a flor não é percebida ela pode ser confundida com a grama e pisada, ou as amigas das flores, as abelhinhas podem não perceber a flor que não se destaca, e a flor sem a companheira abelha não consegue espalhar suas sementes, seu pólen, e sem espalhá-lo a flor deixa de cumprir um de seus objetivos: espalhar flores para o jardim ficar mais belo.

Em muitos aspectos somos iguais às flores: nós também carregamos pequenas sementes dentro de nós e ansiamos que outras pessoas, como as abelhas, nos notem, para que essa nossa semente, mensagem que temos a dar para o mundo, seja acolhida, percebida.

Para que essa nossa mensagem, nosso dom ou objetivo de vida possa crescer e se multiplicar, a fim de ter o jardim de nossas vidas e deste nosso mundo enriquecido com as flores que temos a dar, e para melhor concretizarmos nossa missão, devemos ser e estar belos pois somos espírito e matéria.

— Compreendo — disse Jonas ao jardineiro — O estar belo fisicamente é como um esforço mais que necessário para conservarmos o nosso estar belo interiormente, é como aquele velho dito do grande alquimista Hermes Trimegisto: o que está em cima é igual ao que está em baixo; mas, neste caso, com uma pequena alteração: o que está dentro de nós é igual ao que está fora de nós.

— É... de fato. Se somos matéria e espírito então ambos, matéria e espírito, influenciam um ao outro e, se não cuidarmos de um, acabaremos por estragar o outro — comentou Talita.

— É exatamente isso. Pode-se notar uma rosa debaixo de um monte de esterco de vaca? — comentou o trigre Rodolfo, e todos concordaram.

O jardineiro continuou a falar:

— Exatamente! Por isso as ações e atitudes são reforçadas com o que eu chamarei de capricho. No caso das rosas o capricho foi constituído por uma tesoura de podar, um regador, enxadas e rastelo. No ser humano é tudo aquilo que ele pode fazer para deixar em evidência a beleza interna, fazendo-a refletir-se no exterior, para transmitir o belo não apenas a si mesmo, mas para compartilhá-lo com os outros e deixar o mundo mais belo, sendo limpo, tendo uma boa higiene, arrumando-se o melhor possível e se organizando.

E ele continuou:
— E percebam, agora, como as rosas estão belas! Elas estão presentes, o jardim não as engole com outras flores, mas sim, agora, ele passa a mensagem dela ao jardim inteiro e ele sorri para ela assim como as abelhinhas – disse o jardineiro.
— Veja, reparou Jonas: que interessante! Parece que as rosas deixam o jardim mais belo e com isso todas as flores ficam mais belas.
— Sim – disse o jardineiro.
— É isso que acontece também com as pessoas belas: deixam mais belas as pessoas com quem se relacionam, e mais belas as coisas de sua vida. Com o capricho elas externam sua beleza em tudo, em seu quarto, em sua cozinha, em sua casa, em seu ofício. Externando a beleza deixam o belo mais belo e as oportunidades começam a brotar para ela, pois ela agora é visível, e o maior reflexo da beleza é a harmonia, pois a pessoa aprende a criar um vínculo com o todo e a se encontrar nele e a se identificar com tudo o que é belo.
Assim, vão criando sua harmonia, que é a rotina, a disciplina e o cuidado, que vão da atenção ao cuidado de

estar belo e ser um reflexo de si mesmo, pois quando se aprende a amar a si próprio interna e externamente, se aprende a amar o todo interna e externamente, vendo o belo no espírito do todo e em suas sutilezas. Assim todos percebem como o todo é belo com tudo que nele está contido: nas grandes e nas pequenas coisas, nos grandes e nos pequenos gestos, num sorriso, num pôr de sol, em uma pequena formiga a carregar sua folha. E quando você atingir esse nível de compreensão, sabe o que você descobre?

— O que eu descubro? — perguntou o menino, ansioso.
— Descobre que assim como a semente germina e brota, tudo o que você planta você colhe.
— Como assim? — perguntou Jonas com sua insaciável curiosidade.
— Bem, se você plantar beleza interna, colherá paz de espírito; se você plantar beleza externa colherá gratidão; se você plantar as duas colherá sabedoria. Assim, em toda ação é descoberta uma reação, e o sábio percebe as reações e sabe quais ações são boas e ruins para assim colher as boas.

O sábio planta sementes boas e colhe frutos bons, ele sabe que se emporcalhar o seu ambiente automaticamente se emporcalha, ele sabe que se ele destrói alguma coisa do imenso jardim da mãe natureza acaba recebendo destruição em troca, não porque a mãe natureza seja vingativa, mas porque ela conecta tudo a todos pois queira ou não também somos natureza.

E assim — continuou o jardineiro — se fizermos mal à natureza é como se construíssemos um muro sobre a única estrada em que podemos trafegar: cedo ou tarde nos chocaremos com o muro, compreende? Se você desmata encostas de morros, vem a chuva, molha a terra e há deslizamentos que podem destruir sua casa, caso esteja esta no morro. Se você poluir o rio, não tem água para beber, não tem peixes para comer, e há doenças em troca, devido à água poluída.

Se você toca fogo no mato seco, esse fogo pode virar um incêndio e degradar o solo deixando-o pobre e sem nutrientes, assim planta alguma nasceria e não haveria vida próspera, pois não haveria fartura, sem comentar que com incêndio há fumaça e esta contamina o ar e nos impede dentre outras coisas, de respirar. Em resumo: o homem colhe o que o homem faz.

Jonas, ouvindo aquilo, disse:
No entanto, há casos que são exceções. Conheço um importante cliente do banco de meu pai, e essa pessoa tem uma grande serraria que fica perto de um rio, e todos os resíduos e serragens da serraria são lançados no rio, e muitas árvores centenárias são cortadas e... não vejo descontentamento nele, não parece que ele é afetado pela mão da natureza, pois ele plantou... e o que colheu?

O jardineiro, ouvindo Jonas, pensou durante um breve momento, como se pesasse as palavras do menino e as comparasse com todas as suas. Então seus olhos brilharam e suas sobrancelhas ficaram ligeiramente altas como se houvesse descoberto algo, e Jonas, afoito por respostas, em sua impaciência ouviu o que jamais esperaria:

— Há um hiato em sua oração, meu caro.

— O que você está dizendo? — disse o menino, perplexo, frente a frente com o jardineiro.

— O que estou dizendo é que há um erro no que você diz, uma falácia, uma contradição.

— Como pode haver uma contradição? Onde ela está?

Apesar da reação de Jonas e suas inquietações, calmamente o jardineiro inspirou profundamente e explicou:

— Lembra de que eu disse, de quando eu externo a minha beleza interior cultivando tanto a beleza que habita dentro de mim quanto fora de mim eu adquiro a compreensão de que tudo que eu planto eu colho?

O menino assentiu com a cabeça em um discreto movimento.

— Pois bem, prosseguiu o jardineiro: Responda-me: você sabe me dizer como a serraria é?

— Sim. Toda vez que viajamos nas férias passamos próximo a ela que fica na saída da cidade.

— E como ela é? perguntou o jardineiro.

— Ela é grande, e estranha pois parece que nada nasce por lá. Seu chão de terra batida com serragem, é povoado por homens carrancudos e descontentes, talvez pelo profundo mau cheiro que exala da serraria, cujas paredes de madeira são tingidas de preto e cinza, ora de marrom da poeira e serragem do chão. Porém, fora certa quantidade de lixo que se vê no local como sucata e restos de comida, o cheiro mais desagradável e evidente vem do rio ao lado do galpão de máquinas da serraria. Mesmo passando pela estrada o cheiro era nauseante como, por vezes, o das madeiras cortadas e empilhadas, deixadas a secar no sol e que largavam lentamente uma gosma nojenta, não sei se é seiva, mas é nojenta.

— Observe, Jonas, e reflita: é cultivando a beleza que nos damos conta da grande e imutável lei do retorno que nossa amada mãe natureza rege e executa; é apenas pelo canal da atenção que obtemos uma melhor percepção dos fenômenos que regem o todo. Se entendermos que tudo o que conquistamos quando aprendemos a amar a nós mesmos e ao todo externando esse amor em beleza física é a percepção da beleza e a lei do retorno, a lei de que tudo que plantamos, colhemos... então me responda, Jonas: se esse homem não percebe a beleza e faz o mal para a natureza, será que ele percebe a lei do retorno, a lei segundo a qual tudo que ele planta ele colhe?

— Não. Se o homem não percebe a beleza, então ele não percebe a lei do retorno e não sabe que para tudo que ele faz para a natureza há consequências.
— E se ele não percebe as consequências possivelmente não poderia vê-las como algo natural e normal, ter ambiente degradado e água poluída, com cheiro horrível? — comentou o jardineiro, olhando para Jonas.

E o menino respondeu: "Sim, possivelmente".
O jardineiro retribuiu a compreensão de Jonas com

um afável sorriso, e Jonas naquele instante descobriu que o importante cliente de seu pai não possuía descontentamento com sua serraria porque achava normal aquele ambiente fétido e sujo de sua serraria, porque ele não conseguia cultivar a beleza.

E como se pudesse ler pensamentos, o jardineiro concluiu:

— Sabe, Jonas, tudo isso que o dono da serraria está passando, fedor e poluição, já são consequências. E talvez a consequência seja maior do que possamos imaginar, pois é dos homens a natureza de revelar apenas o que convém. Seja como for, ele já está colhendo, e continuará colhendo se ele não mudar a atitude.

Ele pode achar normal conviver com poeira, lixo e fedor, mas pense como esse ambiente de "normalidade" seria melhor se ele o conservasse limpo, organizado, sem poluir o rio e sem destruir a mata ciliar, sem derrubar árvores centenárias. Se ele apenas derrubasse as árvores que ele cultivou para tal fim. Se da maneira poluída é normal para este homem, imagine como seria melhor se ele agisse desta outra maneira.

— Com certeza ele colheria melhores frutos: água límpida, ambiente respirável e funcionários contentes — acrescentou Jonas.

O jardineiro balançou a cabeça em um gesto de aprovação, e disse:

— Vamos, sigam-me! Agora que vocês conhecem o princípio da beleza, só falta uma única coisa.

— O que é ? — perguntou Jonas, parado, olhando o jardineiro caminhando em direção ao sul.

O jardineiro, acenando, voltou a dizer:
— Sigam-me!
E Jonas e seus amigos o seguiram.

# 51135

## 15

*À beira do abismo*

499949156

Andando em meio às flores, Jonas, seus amigos e o jardineiro chegaram ao final do jardim e começaram a caminhar por uma campina verdejante de um lindo gramado quadriculado, verde-esmeralda.

Quando pareciam ter chegado a algum lugar, pois o jardineiro começou a caminhar em passos lentos e a observar alguma coisa, atentamente, na direção do horizonte, o jardineiro voltou a apressar o passo, e todos voltaram a acelerar o ritmo da caminhada, acompanhando-o.

Assim cruzaram a imensa campina e ao chegar ao final dela viram que dava lugar a um abismo, e lá, na beira, todos pararam, e Jonas olhou para onde os olhos do jardineiro olhavam: para o horizonte além do abismo, e para o garoto a distância parecia infinita.

Jonas então voltou a atenção para Talita que olhava para dentro do abismo, e ele olhou também para o abismo e notou que era imenso... sem fim... A sensação que o acometeu naquele momento, Jonas jamais havia sentido.

Foi a sensação mais estranha e esquisita sentida por Jonas neste mundo "estranho" e "esquisito" das ideias, e por nunca tê-la sentido antes o garoto não soube descrevê-la, não conseguiu saber se era boa ou ruim, e por não saber sentiu culpa, e ao sentir a culpa Jonas resolveu distrair seus olhos e os levou para o primeiro ser que viu.

Este ser era Rodolfo e Jonas percebeu que Rodolfo olhava para o abismo. Jonas, porém, não queria olhá-lo novamente por medo de ao vê-lo sentir de novo a culpa, mas naquele momento Jonas percebeu em Rodolfo que o trigre olhava alguma coisa a mais que propriamente o abismo.

Por impulso ou instinto, mirou seus olhos na mesma direção para a qual os olhos do trigre se voltavam, e viu, no meio das profundezas, o piscar do que parecia ser uma tímida estrela que piscou três vezes e cessou. Ao ver que a escuridão voltara infinita, Jonas desviou seus olhos. Viu Tokugawa-Confúcio e notou que ele olhava para o sul, no horizonte, e o menino levou os olhos para a mesma direção, e viu o jardineiro.

E o jardineiro disse:
— Vou atravessar o abismo e olhou para todos repetindo com tenaz incentivo: "Vamos atravessar o abismo".

Jonas, temendo o pior, olhou à frente, o jardineiro, e ao abrir a boca para dizer "Não! Pare!", ele se surpreendeu dizendo algo que não cabia no momento:

— O que é aquilo que piscou nas entranhas do abismo?

E ao perceber o que havia falado Jonas tentou desconversar, mas era tarde demais. O jardineiro interrompeu-o, respondendo:

— Essa é a estrela do abismo, que nasce do coração do mundo, e pisca três vezes a cada três horas dos dias que antecedem o terceiro ano, no terceiro século, a cada três mil anos.

— Nossa! — disse Jonas, perguntando: — E o que há de especial nisso?".

E o jardineiro disse:

— Se você está perto e a vê, já é um momento muito especial, compartilhado apenas por quem já viveu o momento. E, nesse instante, o jardineiro falou com voz imponente, olhando para o horizonte: "Que venham as flores".

E ao dar seu primeiro passo para a boca do infinito, justo no momento em que Jonas acha que aquele passo seria fatal, os pés do jardineiro foram aparados por lindas pétalas coloridas que se materializaram na superfície antes vazia do abismo, e como se fossem uma ponte, o jardineiro, pisando sobre elas, atravessou até ao final do abismo enquanto pétala por pétala caía atrás dele.

— Jamais pensei que isso fosse possível! — foram as palavras de Jonas após ver o jardineiro na outra margem.

— O que não seria possível? — perguntou Talita ao menino que estava ao seu lado, e Jonas, afoito, respondeu:

— Jamais pensei que uma pessoa apenas por manifestar o desejo, transformando o pensamento em verbo conseguiria realizá-lo do nada ... Como é possível que as coisas aconteçam assim, apenas falando?

— Como assim? Não sabe que o verbo se manifesta no real? Acaso se esqueceu de tudo que aprendeu antes de subir a montanha mágica para o primeiro desafio? — perguntou Talita.

— Do que você está falando? — perguntou Jonas.

— Lembra, próximo da montanha, quando você escorregou em uma das listras de Rodolfo, e ao cair, irritado pronunciou palavras feias e xingamentos?

— Hã... sim, estou me lembrando — disse Jonas, refletindo.

— Pois bem, nos xingamentos, você não chamou pelo mal e ele veio dando espetadas no seu bumbum? Era aquela criaturazinha medonha de chifrinhos e rabinho. Escute, não mencionarei o nome dele pois coisas ruins não valem a pena mencionar quando se sabe o que esperar... dele — disse Talita com seu ar meigo de puro esclarecimento.

— É verdade, você tem razão, eu me lembro quando você me alertou. Depois de minha dolorida experiência, você disse: "Nesse mundo palavras se tornam realidade" — disseram, em uníssono, Jonas e Talita.

— Mas espera aí... então, para eu atravessar o abismo, eu terei que falar, dizer: "Que haja uma ponte" e ela se manifestará?

— Sim, você sabe que sim. Afinal toda palavra age de acordo com quem as pronuncia, pois toda palavra é viva, já que nasce de uma fonte viva que é quem as pronuncia, e se as palavras estão vivas assim como nós elas mudam o todo pois nós mudamos o todo.

E dizendo estas palavras, Talita se aproxima do abismo e diz: "Que venham as nuvens", e ao falar isso uma ponte de nuvens se materializou na superfície do abismo, e ela andou sobre as nuvens até chegar do outro lado do abismo, e lá estando as nuvens se elevaram aos céus.

Jonas pensou em atravessar, levou seus pés o mais próximo possível da beira do abismo, e o menino, só de medo ao olhar vagamente a boca escura do abismo sentia palpitar-lhe acelerado o coração, fazendo seus medos aumentarem.

Era aquela escuridão sem fim, cujo fundo não se via... era como se o próprio abismo quisesse devorá-lo, e nisso Jonas virava os olhos pra cima de tanto terror pelo que sentia. Em seu pânico vertiginoso Jonas tentava pronunciar: "Ponte", mas seus dentes não paravam de bater.

Então ele se conteve, respirou fundo, com calma e pronunciou, o que era quase um sussurro, a frase tímida de medo: "Que venha... ...que venha a ponte!", e tentando dar mais um passo, sem perceber ele colocava cada vez mais devagar seu pé direito no vazio do abismo, e quando percebeu que nada pisava se sentiu puxado pela cruel gravidade do abismo, o menino desequilibrou-se e sentiu seu corpo aos poucos despencar sem nada poder tocar... seus pés estavam dentro do abismo e Jonas num instante pensou: "É meu fim!", enquanto a inclinação de seu corpo denunciava a fatalidade do momento.

No entanto, quando estava praticamente mergulhando no vazio, Jonas sentiu seu corpo subitamente ser puxado com força e trazido de volta para a margem de terra segura em que Tokugawa-Confúcio e Rodolfo estavam. O menino levou sua mão, vagarosamente, à parte dolorida do seu antebraço, estirado pelo forte puxão, e sentiu ainda a mão firme de Tokugawa agarrada, e ao ver o seu herói, aliviado com o salvamento, Jonas se levantou com calma e agradecendo por sua vida disse:

— Muito obrigado, Tokugawa-Confúcio, muito obrigado, mas eu não consigo entender...

— O que foi, qual é o problema? – perguntou Tokugawa-Confúcio.

— Eu não entendo! Como pode? O jardineiro e Talita usaram o poder da palavra e um caminho para eles se fez e eles cruzaram o abismo. Eu também usei minha palavra, no entanto, nem ponte, nem caminho vieram em meu auxílio. Por que?

E Tokugawa respondeu:

— Pode um carpinteiro entalhar com as mãos amarradas?

— Não! – respondeu Jonas, sem compreender onde o rapaz queria chegar.

— Então, como suas palavras podem construir uma ponte estando elas amarradas pelo medo? Não há palavra que surta efeito envolta em medo, pois o medo paralisa você e assim paralisa a palavra, pois você sabe que a palavra é sua própria extensão. Veja, Jonas, como nada temo, a minha palavra se manifesta livre para cumprir os meus desígnios.

E Tokugawa aproximou-se do abismo e disse: "Que se faça a ponte!". Então a terra que estava às duas margens do abismo começou a correr como um longo e grande braço, cujas duas pontas se encostavam, e então vieram as nuvens do céu, chuvosas, e, ao chover, uniu-se o barro, e após uni-lo vieram os raios das nuvens que cozinharam o barro formando uma ponte de barro sólido como tijolos. Era uma ponte majestosa, em forma de arco.

Jonas jamais imaginou que pudessem existir pontes em arco tão belas! Ele viu o oriental atravessando, e, não resistindo à beleza da ponte, o menino resolveu seguir Tokugawa-Confúcio. Jonas achava mais fácil e menos arriscado atravessar o abismo enquanto havia uma ponte de pé do que se arriscar com pontes manifestas por ele e voltar a cair no abismo. "Vou atravessá-la enquanto posso... Vai que eu não tenho esse dom da palavra", foram os pensamentos do garoto ao subir pela ponte

Jonas então andou vários metros pela ponte até chegar ao meio dela, e avistou, vários metros à frente dele, Tokugawa-Confúcio que estava já no final do percurso. E quando Tokugawa-Confúcio terminou de atravessar a ponte e estava com seus dois pés já na margem oposta, algo muito estranho aconteceu no trecho em que estava Jonas: a ponte começava a se esfarelar voltando ao pó e era tão intenso esse processo que Jonas já não podia atravessar, tendo ele como única alternativa recuar, desesperadamente, antes que caísse com a ponte abismo adentro, e foi isso que ele fez.

Sem pensar duas vezes ele correu o mais rápido que

pôde para a margem onde outrora estava, reuniu todas as suas forças em passos tão apressados que o impediam de sentir a superfície da ponte, o que fazia Jonas pensar: será que estou pisando em pó!?

 Sendo essa uma afirmação no momento não totalmente errônea pois o pó, evanescente, chegara em seus calcanhares, o que levaria Jonas a lutar no desesperado intento de apressar seus passos, num extremo esforço pois a fadiga já havia chegado, então Jonas, em sua última tentativa para vencer a corrida pela sua vida, fecha seus olhos e com o que lhe resta de força dá o maior salto possível a fim de chegar à margem. Ele se sente flutuar, e tudo apaga para Jonas. O que pareciam ser horas passando para um menino imerso em trevas, se torna poucos segundos quando ele é acordado por um forte sacolejo de Rodolfo.
 — Está bem? — perguntava o trigre, aflito, ao menino que antes desacordado pelo choque de perder a vida volta com a consciência recobrada ao lado de Rodolfo na antiga margem do abismo.
 — Estou bem — respondeu Jonas, confuso e frustrado.
 — Que bom que está — afirmou Rodolfo.
 — Você viu o que aconteceu? A ponte foi se desintegrando quando eu estava quase atravessando.
 — Sim e por isso você teve que voltar, e sabe por quê? Porque esta travessia deve ser feita por uma pessoa de cada vez. Além do mais, a ponte de Tokugawa-Confúcio foi desmoronando com você em cima porque além do fato de ela ter sido feita por ele, há o fato de que ele a fez sozinho

Jonas no mundo das ideias

e você não o ajudou a fazer a ponte. Parece-me que você tentou tirar proveito, mas é aquilo que acontece... quando alguém cria o caminho e ao criar o caminho faz a travessia e já não tem a necessidade do caminho, e quem o seguiu tentando tirar proveito jamais percorrerá todo o caminho, porque quando o dono do caminho se vai, vai-se também o segredo do fazer o caminho, o que o interesseiro não tem, e por isso o caminho se torna instável e impossível ao interesseiro.

Quem quer tirar proveito jamais está preocupado em construir o próprio caminho. E sem construir não há caminho; disse Rodolfo a Jonas que ao ouvir ficou todo sem jeito, e disse:

— Pois bem, então eu criarei o meu próprio caminho, a minha linda ponte.

E Jonas falou para si mesmo: "Já que cada um tem que construir a sua ponte, então assim será! Só espero conseguir fazê-la, já que medo eu não possuo... Bem, se é que não era medo, era o quê que me impedia de fazer minha ponte anterior? Talvez...? Quem sabe eu a construa... bem só por via das dúvidas eu, desta vez, vou verbalizar meu desejo com os olhos bem abertos para não ter de novo a surpresa desagradável e talvez fatal de pôr meus pés no nada e ser puxado pelo abismo.

Mais confiante, Jonas olhou para o abismo e disse: "Venha, ponte!"

E, aos poucos, pregos e madeiras se materializaram

como uma transparente névoa que se solidificava aos poucos ao passo que estes materiais se juntavam e se alinhavam formando a ponte.

Ela estava lá, Jonas a via, mas também viu algo peculiar: uma grande sequência de números coloridos escrita, na beira do abismo. Jonas não a tinha percebido antes. Inclinou seu rosto, mais perto e tentou entender o que estava escrito, o que não conseguiu pois estava tudo de cabeça para baixo e tentar compreender significaria pôr os pés no abismo sem nada, sem ponte, Jonas não queria esse risco para ele e assim ficou observando-a para decifrá-la em segurança:

**↓0952⊢32282ə38**

— Jonas, não se distraia! — falou Tokugawa, que prosseguiu: — Não se distraia em seu caminho. Pois se assim o fizer, saiba: quem anda distraído sobre uma ponte corre o risco de errar o passo e acabar caindo. Não se distraia em seu caminho! Vamos, venha!

Jonas aceitou que aqueles números pertenciam a outros mistérios e que não lhe cabia, no momento, decifrá-los.

E sem hesitar, de olhos bem abertos, Jonas deu o seu primeiro passo para a ponte, e seu pé ao tocar a superfície da ponte, atravessou-a como se a ponte ainda fosse feita de névoa. Jonas nem chegou a sentir a ponte. O garoto, seu pé, sua perna, seu corpo a atravessaram por completo como se ela nem existisse...

O menino começou a se sentir caindo e caindo e o que poderia pensar o menino senão no porquê de sua queda...? Ele não tinha resposta: estava cercado pelo abismo, em sua interminável queda. Rodolfo, que estava na beirada do abismo já não podia enxergar direito o menino, e quando teve a certeza que o infinito abismo havia encoberto o menino com sua escuridão, Rodolfo se jogou para dentro do abismo como num mergulho sem volta.

Jonas caía numa velocidade tão grande e estava tão longe de tudo, da beira, das bordas, do fundo que já não sabia se caía ou flutuava. Estou flutuando? Jonas se perguntava, e quando pensava sem nada saber, pois a escuridão dificultava, ele sentiu algo, alguém se aproximava... O menino olhou para cima e viu de fato alguém vindo em um mergulho em sua direção: era Rodolfo.

— Rodolfo, você aqui! Por que você saltou? Não teme o perigo?

E Rodolfo, em queda, se aproximou mais do menino e, estando frente a frente, sem medo disse: "Medo de quê? De nunca chegar ao fundo?".

E Jonas, aterrorizado com a situação e com tantas perguntas, tantas dúvidas e com tantos "porquês", achou a resposta de Rodolfo um insulto à situação em que se encontrava e fez a única coisa que achava ser sensata: ele respondeu retrucando:

— Eu não estou aqui para adivinhações e acho estúpido você responder àquilo que digo com preocupação com algo sem sentido.

— Sem sentido o quê? Dizer que?… …de temer nunca achar o fundo… …de tantas outras coisas que não fazem sentido algum?

— Eu fiz o que me mandaram: criei uma ponte sem medo. Eu a vi com meus próprios olhos.

— E se não tivesse visto ela não existiria? – questionou o trigre Rodolfo.

— Eu a pisei sem medo, como pode eu a atravessar como se ela não existisse, como se ela ainda fosse feita de névoa…Você a viu Rodolfo, eu vi… …porque caí? perguntava o menino.

— De fato, você pisou-a sem medo, mas uma ponte como essa, feita das suas ideias, de suas palavras não suporta o peso de algo tão destrutivo para ela…

— O que eu poderia carregar que fosse tão pesado, destrutivo, o que poderia carregar no momento se não a roupa de meu próprio corpo?

— O peso da dúvida, respondeu Rodolfo, que prosseguiu: – Nenhuma ideia ou realidade, mesmo que manifesta, há de suportar o peso da dúvida de quem as cria, pois a dúvida é também uma criação com o objetivo de sabotar e destruir a anterior criação; como você poderia guiar um cavalo ou mesmo andar com suas próprias pernas se possuir a dúvida?

Enquanto o peso de seu corpo não for suportado por suas pernas com certeza você não daria um passo pois não saberia parar e cairia, ou se o cavalo manso, adestrado, acata suas ordens e presta obediência aos seus comandos, com certeza, sem firmeza sobre o cavalo, você acabará caindo.

— Mas a dúvida não pode ser de todo um mal — retrucou Jonas que prosseguiu: — Não é a duvida que nos permite questionar, e não é o questionamento que nos permite ter uma visão mais ampla das coisas, da vida, do certo e do errado?

— Quando você indaga o que é mistério e o estuda, o questionar se torna um fato sábio e nobre. ...Mas se você questiona aquilo de que já tem amplo conhecimento é sinal de que o não conhece e se não o conhece para você não existe. Não há ato mais tolo que questionar uma ação já entendida. Se já é sabido, que é o ato da dúvida senão um questionar de si mesmo, uma contradição... Quando se sabe o certo, trocar pelo errado é tolice. E depois acha estúpido dizer que você não quer chegar ao fundo...

— É, realmente, a dúvida dita nestas circunstâncias se mostra ameaçadora, é instrumento de fragilização do caráter humano...

— Assim como fragiliza o próprio ato da palavra levando-a a perder força e validade. E se as palavras não têm validade elas não acontecem e nada assim pode existir. É por isso que, apesar de ver a ponte, a sua ponte não existia...

— A dúvida impossibilitou a concretização do ato — emendou Jonas a frase de Rodolfo. — Mas agora que eu sei, de que isso me adianta se estou caindo para lugar algum?

— Ora, não subestime o poder da palavra — respondeu animadamente Rodolfo que prosseguia dizendo: "Com o mesmo método que você criou a ponte, construa a sua saída... a sua liberdade do fundo desse abismo. Junte o seu poder da palavra com coragem e certeza, e brotará em você uma fé indestrutível, capaz de qualquer coisa, de esperar sem ver e sem haver o tempo exigido pela ação pois você saberá que tem a chave em suas mãos, que é senhor de seu próprio tempo. E o impossível passa a ser uma mera trivialidade sem importância aos seus olhos, sem significado em seu vocabulário, pois você se tornou senhor do impossível.

E quando Rodolfo acabou de dizer estas coisas ele usou o seu poder da palavra e disse: "Que venham asas!" E, nesse momento, surgiram da escuridão abaixo duas enormes, duas imensas plumas, duas asas gigantescas, do tamanho de asas de condor e tão belas quanto a plumagem de um pavão e tão fortes quanto a asas de um avestruz.

Jonas via as asas se aproximarem, e ao certo ele não sabia se era elas que se aproximavam subindo ou eles que mais perto delas chegavam, cada vez mais perto, em sua queda. Enfim, eles chegaram até elas e, quando esse encontro ocorreu, Rodolfo as agarrou e as usou como asas e planou com elas e voou cada vez mais para cima e se despediu de Jonas, dizendo: "Espero você lá em cima, do outro lado da ponte".

Jonas, ao presenciar todo o ato, ficou feliz pelo amigo e mais do que isso pelo conselho dado, e então o menino, no silêncio da profunda escuridão, imerso no abismo em que se encontrava, criou, com o poder de sua palavra, um meio para subir: o menino havia pensado em uma longa rede de fitas e cordas sustentadas por festivos balões flutuantes que subiam até ao céu e o levariam, protegido nessa "rede", para fora do abismo, mas achou que essa ideia era muito grande para o seu próprio pensamento recém-liberto do ceticismo, o que fez aparecer para ele apenas uma corda.

O menino não era nada bobo e por isso se conformou com o que tinha em mãos e agarrou firmemente a corda. Jonas agora estava suspenso por uma corda no meio do abismo e ele não sabia ao certo o quanto levaria para subir ou o quanto faltaria para chegar ao fundo, se é que haveria um fundo, mas isto francamente não interessava ao menino que, muito agradecido pelas oportunidades e meios que a vida lhe dava para sair do abismo, foi subindo e subindo pela corda até sair do abismo, de sua escuridão, de sua dúvida... E, de repente, estava o menino na beirada do abismo, onde tudo começou.

Jonas se via agora, novamente, bem na frente de sua ponte de madeira, pregos e neblina. Para ele não importava muito como tudo aquilo havia começado mas sim que havia aprendido coisas novas e essenciais, ensinamentos importantes que guardaria pelo resto da vida e que tinha certeza de que agora sim, teria, como sempre teve, um final feliz, pois com coragem, fé e certeza sua ponte se tornara sólida porque sua palavra era sólida.

Ele atravessaria, sem dúvida alguma, aquela ponte, o que fez ao dar o seu primeiro longo passo e os subsequentes 32 que, apesar de não serem muitos nem poucos, só com estes ele conseguiu cruzar uma ponte de 1,618 léguas e chegar são e salvo ao outro lado, com um sorriso de orelha a orelha, tão contente que deixava transparecer toda a felicidade do mundo.

E, nesse momento Jonas encontra e vê naquele trecho onde todos estavam outra sentença numérica similar à anterior, e como a outra também estava à beira do abismo. Jonas olhou bem para aqueles números para ver se eram iguais aos do outro lado:

**8395853452918**

Quando Jonas achava que podia entendê-los, ele ouviu alguém chamá-lo; ele se aproximou do jardineiro, o qual explicou que a ponte era bem isto: um desafio...

Um desafio de se pôr em prática o poder da própria palavra. E o jardineiro disse ao menino: "Lembra, Jonas, de quando eu falei de beleza a você, e que a beleza, saiba agora, está presente em tudo, tanto nos atos como nos gestos, e que para melhor dela comungar é necessário que não apenas se veja a beleza, que não apenas se pratique a beleza, mas que haja beleza dentro e fora de você...

É preciso que você tenha conhecimento que é a chave de todas as belezas e que saiba atraí-las ostentando-as na língua pois a medida de seu corpo é a medida de sua língua e a medida de sua língua é a medida do seu coração todo... Sinta, veja, pratique e seja a beleza.

E Jonas pôde senti-la, sê-la e vivenciá-la naquele momento e todo aquele êxtase não apenas Jonas vivenciava mas todos no grupo vivenciavam como sendo tomados e arrebatados, embriagados pelo amor; eram fogo do próprio Ser Amor e falavam as línguas do coração.

Assim passaram um tempo indefinido além dos limites do próprio tempo como se nada existisse. Sentindo o puro amor. E quando todo aquele arco-íris maravilhoso se atenuou, Jonas chegou ao jardineiro e perguntou: "Cadê aquele amor? Acabou?

E o jardineiro, sorridente, respondeu: "Não. Apenas transformou-se pois na vida tudo se transforma. Ele está aí em você, você é todo amor, e tudo é uma forma diferente de se ter amor. Aprenda a amar desta nova forma que você diz ter acabado mas que ainda é, e então você verá que este amor é, e é tão forte quanto o anterior, e aprenderá a amar de novas maneiras novos amores de novas belezas.

— E então o que faremos agora? – perguntou Jonas.

E o jardineiro respondeu:
— É simples, veja agora o que se tem adiante, neste trecho depois da ponte.

E Jonas viu que apenas havia grama rala e vegetação

seca de como antes de eles haverem entrado no jardim, e respondeu:

— O que vejo é quase uma savana, não diferente do que via em alguns trechos antes de chegar ao jardim.

— Pois aí está, respondeu o jardineiro. Seu último e definitivo desafio: praticar a beleza estendendo os limites do jardim além do abismo e das terras inférteis pois a prática faz o mestre — disse o jardineiro que via na grama rala e no capim seco o latente potencial para um imenso jardim.

E foi isso que todos fizeram, Jonas, Talita, Rodolfo e Tokugawa-Confúcio.

Todos, durante dias e dias acamparam naquele local e acordavam bem cedinho, escovavam os dentes, tomavam café, pegavam suas ferramentas de jardinagem e saíam bem contentes para jardinar e expandir o jardim; plantavam todas as flores, todos os sonhos, todas as sementes de belezas possíveis, praticando, praticando, afofando o solo e o adubando, enriquecendo-o e nutrindo-o, seguindo a beleza de ser exatos com seus compromissos e afazeres, estabelecendo-os em harmonia e boa vontade.

O amor da rotina e do hábito levou-os a estabelecer e cumprir etapas para o progresso do grande jardim de felicidade, e assim fizeram sem ver o tempo passar e o processo durou 40 dias, sete manhãs e oito tardes e antes do terceiro mês tudo estava concluído.

O jardim estava pronto, belo, florido e frondoso, com todas as espécies de plantas que iam desde as encontradas nas altas altitudes dos picos e montanhas como as encontradas em terras baixas sejam estas quentes ou úmidas como também plantas impensáveis tais como as que, em tese, só poderiam viver dentro da água seja esta rasa ou funda, salgada ou doce, todas as plantas de todos os mundos ali conviviam em harmonia e era tudo tão bom que o jardineiro, ao assim perceber, deu sua tarefa por concluída e descansou, liberando Jonas e seus amigos para encontrarem o Menestrel.

Porém, antes de todos irem embora, Jonas chegou-se ao jardineiro e falou:

— Com licença, mas acaso o senhor poderia indicar a nós o paradeiro do Menestrel Errante, ou pelo menos sugerir por onde começar a procurá-lo?

E o jardineiro, contente e grato por tudo, deitado em seu imenso tapete de belas flores multicores, disse:

— Por que não os ajudaria? É simples, querem ter o caminho, é só seguir adiante para onde o caminho indica.

— Que caminho? — perguntou Jonas.

Então o jardineiro pegou um punhado de sementes de seu bolso e as atirou para o alto, onde elas caíam começavam a brotar flores. Um lindo caminho de flores materializava-se pouco a pouco com o germinar de cada semente e brotar de cada flor tão bela quanto as do tapete de flores do jardineiro. E Jonas, antes de seguir o caminho, olhou atentamente para o jardineiro como se tentasse desvendar algo, olhou para o lado e viu que seus amigos já seguiam as flores do caminho, mas antes de segui-los, teve de perguntar uma coisa, e foi o que fez, dizendo:

— Uma coisa me intriga, jardineiro, há muito, antes de cruzarmos a ponte, quando estávamos todos nós no primeiro jardim, ouvi diversos comentários, pontos de vistas de cada um de nós, com suposições a respeito de quem e como você é de fato.

Talita dizia que suas feições, seu rosto era extraordinariamente belo, não num sentido metafórico da palavra, mas como um atributo concreto de esplêndida beleza de alguém que tem a formosura da simetria na face, como uma escultura renascentista ou rosto de artista, de "galã". Mas eu vi em seu rosto apenas traços simples de uma beleza comum e nada mais.

Rodolfo também certa vez disse achá-lo surpreendentemente gordo e não sabia como conseguiu cruzar o estreito espaço entre duas árvores, e acaso aconteceu de novo, de eu não pensar ou achar nada daquilo, para mim você não era gordo e nem obeso, mas simplesmente uma pessoa comum, de feições comuns e peso comum, com no máximo 78 quilos e, com esta observação de Rodolfo igualmente também fiquei confuso.

No entanto, a que mais me surpreendeu entre todas as análises foi a de Tokugawa-Confúcio ao classificá-lo como uma pessoa de estatura baixa, praticamente um anão, o que me surpreendeu e muito pois logo percebi então que Tokugawa-Confúcio era, e é mais baixo que o senhor. Em resumo, qual é a sua verdadeira face, qual é seu verdadeiro corpo, qual é seu nome?

E o jardineiro sorrindo e rindo disse:
— Esse quem sou, sou eu. Eu sou é minha verdadeira face e meu verdadeiro corpo e meu verdadeiro nome e sei que sou porque quem tem a verdadeira resposta é o seu coração e ela só se torna clara quando e se há entendimento comum por quem sou, caso contrário nunca me achará e nem de fato me reconhecerá pois eu, assim como tudo e todos, habito nos corações de cada um de vocês e só tendo o meu entendimento é que me verão como eu sou.

E ouvindo aquelas palavras Jonas teve a resposta de quem era o jardineiro o que o deixou muito feliz e se despediu dele com um longo e vibrante: "Até mais ver!". E seguiu em largos passos o caminho florido que se estendia em busca de seus amigos e do Menestrel Errante.

Na companhia de seus amigos, Jonas seguiu o caminho de flores, seguindo-as à medida que cada nova flor brotava do chão, colorida e elegante. Eles seguiram e seguiram o caminho até estarem no que parecia ser o início de toda a história para Jonas.

Estavam do lado da grande parede do diminuto furo pelo qual Jonas passara muito antes de tudo, para tudo começar. Jonas contemplou admirado o furo que nem mesmo a espessura de uma agulha poderia atravessar, no entanto ele o atravessara, sabia o garoto. Mas logo percebeu que havia algo acima do furo, uma frase escrita, de forma arcada que não podia antes ter percebido pois estava muito pequena e apagada na parede como se alguém houvesse tentado apagá-la, mas ela ainda era legível embora difícil de entender:

*Sahlivre ed asac aneudeP*

Jonas olhou e olhou a inscrição, mas seu coração começou a pesar como se dissesse: "Você não está preparado para esse mistério". E assim Jonas obedeceu, desviando sua atenção para a paisagem.

Jonas contemplou o imenso campo quadriculado de gramado de tons verde claro e escuro parecendo um gigantesco, um infindável tabuleiro de xadrez e viu que as flores acabavam em cima de uma árvore, que não podia saber ao certo se era uma imensa árvore ou uma imensa flor ou sei lá… uma imensa árvore parecida com uma flor ou uma imensa flor parecida com uma árvore, de certo só sabia que estava ali.

Ele não poderia saber se estava ali antes do tapete de flores alcançar aquela enorme espécie vegetal ou seria uma própria flor do tapete de flores a nascer um momento depois com a distração de todos, e se assim fosse era uma flor especial, gigantesca, em destaque em meio ao tapete florido... Ela teria surgido assim com que fim? Com que intenção? Seria ela própria um marco como um "X" do tesouro em mapas de piratas?

O menino e seus amigos só sabiam que havia alguma coisa de especial naquela flor, um propósito, não porque foram avisados, mas porque sabiam de coração.

Jonas viu uma sombra de alguém se projetar leve sobre a beirada do tronco da árvore-flor. Era uma pessoa que parecia estar sentada, agachada, ou se escorando ao tronco como quem o faz em uma pescaria de domingo, tranquila, esperando o peixe fisgar, quase dormindo. E Jonas, assim como todos os seus amigos, foram ver quem era, e era o Menestrel, que, de algum modo os esperava para degustar palavras e ensinar a Jonas essa fina arte.

Ansiosamente o menino foi ter com o Menestrel, a chave para o mistério, aprender a degustar palavras e enfim ser um legítimo habitante benquisto por aquele mundo. E Jonas, radiante de felicidade, chacoalhou o Menestrel que estava com as pálpebras pesadas.

O Menestrel, em um pulo, saltou, surpreso, e viu que

era Jonas, e em seguida notou a presença de todos os seus amigos, e meio confuso ou sonolento o Menestrel Errante perguntou ao garoto:

— O que querem de mim?

E o menino falou:

—Vim exatamente aprender. Já concluí todos os meus desafios e afazeres, e sei que agora saberei pelo senhor como degustar palavras.

O Menestrel Errante, meio que surpreso, com um sorriso esperto no rosto e uma cara que para muitos que não o conhecessem pareceria beirar o deboche, disse:

Siga-me, Jonas, e então eu irei, enfim, lhe ensinar a degustar as palavras.

— Para onde a gente vai? — perguntou o garoto.

E o Menestrel Errante respondeu:

— Para dentro da cartola.

E tirando a cartola de sua cabeça fez dela um túnel, esticando-a e esticando-a e pondo-a de lado, na horizontal, e tanto Jonas como o Menestrel lá entraram como se entrassem num túnel. E o menino, ao aproximar-se cada vez mais do fundo da cartola queixou-se do escuro e da pouca luz dizendo:

— Menestrel, Menestrel! Onde está que não o vejo?

E repentinamente, como num passe de mágica, a luz se fez em um pequeno foco no meio da cartola como se um holofote do teto deixasse tudo a sua volta escuro menos o que se mostrava em seu facho de luz: uma longa cadeira com pernas bastante longas e Jonas percebeu que havia uma igualmente longa escada nas costas da cadeira. Sem pensar muito, o garoto subiu por ela até chegar ao assento da cadeira, onde sentou-se.

Assim que sentou, caiu leve sobre o seu colo uma prancha quadrada, de madeira, suficientemente grande para ser equiparada a uma pequena lousa de escola infantil, o que fez perceber de imediato onde estava sentado.

Jonas olhou para os lados e disse: "Nossa! Estou sentado em uma cadeirinha de bebê!" e quando disse isto ouviu um ruído: "pléft"! E viu o final de uma escada igualmente longa, era como aquela pela qual ele havia subido, e ela estava escorada pela cadeira e pela prancha de madeira presa à cadeira, e em seguida ouviu mais ruídos, do tipo: "Tóc! Tóc! Téc! Tóc!".

Era alguém subindo a escada, e o menino instintivamente gritou:
— Menestrel! É o senhor!?
E quanto mais forte ficava o "Téc! Tóc!" Jonas percebia algo estranho, diferente no ar, e era agradável, era um cheiro de cozido, pensou o garoto, mas cozido de que? ...de legumes frescos com lentilha e algo mais. Espera aí, o que é? ...seria o quê... seria massa?

Deduziu, achando mais curioso o palpite, e quando o cheiro já não podia ser mais perceptível do que já estava pois a tudo impregnava, Jonas começou a ver leves fumaceiras, do que parecia ser vapor de algo muito quente e em seguida uma mão e um outro ruído: pléft!

Uma colher grande de metal, parecendo ser prata, aparecera, e Jonas agora sabia:

— É uma sopa! disse o garoto. E em seguida ela apareceu: uma tigela de sopa, uma tigela branca de louça com requintados florais pintados em traçados de renda com tinta azul-celeste estampada sutil e delicadamente nas bordas da tigela.

Jonas olhou para a sopa da tigela e ao vê-la teve uma grande surpresa e esta foi tão grande que não poderia deixar de evitar escapar pela boca a tal exclamação:

— Sopa de letrinhas!!! — exclamou o menino.

Em seguida, para completar, apareceu no topo da escada o Menestrel Errante, dizendo:

— Fique à vontade! Pode degustar as palavras sem pressa. Como uma ação basicamente guiada pelas palavras do Menestrel, o menino pegou a colher e começou a tomar aquele caldo vermelho-alaranjado e seus legumes e letrinhas, como quem apenas queria refletir e meditar para encontrar significado no ato.

Quando a sopa estava no seu fim, ele viu o fundo da tigela, e enxergou outro desenho peculiar que no início parecia ser um esquisito jogo-da-velha. Ele observou melhor o estranho símbolo e viu que não o era. Ele era assim:

| 4 | 9 | 2 |
|---|---|---|
| 3 | 5 | 7 |
| 8 | 1 | 6 |

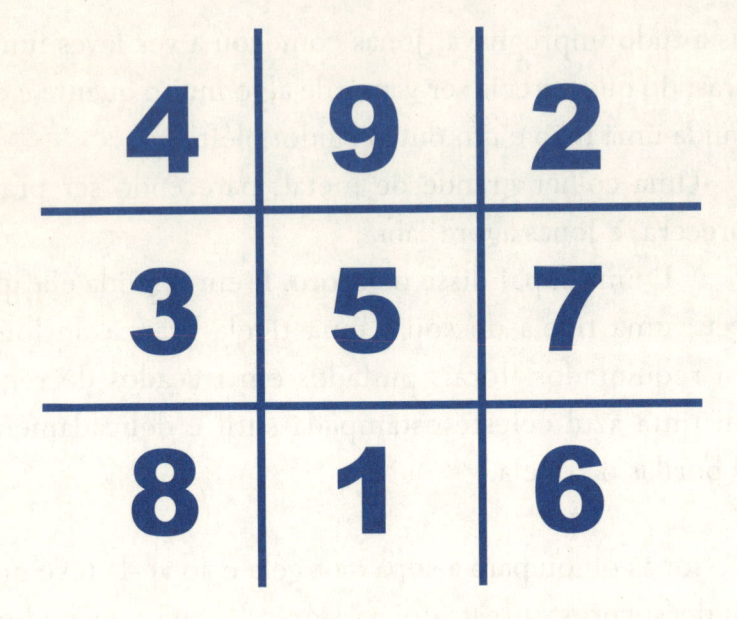

 E Jonas tentou achar entendimento no que era confuso e os números só diziam para ele uma coisa: "Ouça seu coração, sinta seu coração, veja seu coração, seja seu coração. Porque você é seu coração e seu coração é sua língua".

 E Jonas finalmente entendeu.

# O
## A revelação

E disse o menino ao Menestrel errante:
— Eu realmente compreendo o que é degustar as palavras!
— Como você pode saber? Foi a sopa que tomou que lhe deu o conhecimento? — interrogou o Menestrel Errante a fim de extrair a verdade.

E o menino sorridente disse:
— Não! A vivência me trouxe o conhecimento quando aprendi a ouvir meu coração e compreendi que se eu tivesse me irritado com a sopa, se eu tivesse me abalado, ou pensado que degustar as palavras era tomar uma sopa de letrinhas, eu nada teria aprendido.
— Pois agora, então, você está pronto, você é, porque sempre foi, cidadão deste mundo, e recebeu por próprio mérito o entendimento de que a compreensão do significado de todas as coisas pelas quais passou é a sabedoria de acolher os ensinamentos destas, que o revelaram a você mesmo, assim como revelaram que verbo, palavra, é ação.
— Exatamente, Menestrel, quando eu compreendi os ensinamentos e bem os escutei, nesse exato momento eu descobri que todos nós somos um imenso coração, imerso em imenso amor, ligados em aliança eterna com todo o Amor — disse Jonas que começava a sentir um sentimento tão forte e tão bom que se debulhava em lágrimas de tamanha felicidade.

Então o Menestrel o pegou, tomou-o em seu colo, desceu as escadas e saiu da cartola, e todos, muito felizes, se confraternizaram em gestos, ações e abraços tão calorosos quanto o coração de Jonas que para eles era um novo irmão desperto, e sobre todos veio uma luz tão forte e intensa que Jonas, naquele momento, apenas viu uma densa e ofuscante claridade, e o que se seguiu foi o tilintar de metais a baterem com agudo estrondo.

Jonas piscou os olhos e acordou, com algo pesado sobre seu rosto. Ao segurar o que estava sobre seus olhos e suspendê-lo viu que o que segurava em mãos era o seu volumoso livro de contos, que estava deitado em sua cama e que os "metais" a baterem eram as campainhas de seu relógio despertador. Viu também que uma ave pequena voou do galho da figueira que se estendia até à janela de seu quarto.

O menino se levantou, tentando assimilar o que se passara, se era sonho ou realidade, e ouviu sua mãe chamá-lo para o jantar. Ele se levantou e foi até a cozinha. Seu pai já o esperava com um copo d'água na mão.

O homem colocou o copo já pela metade ao lado do prato. O menino deu um abraço afetuoso em seu pai e foi até sua mãe que tirava a caçarola do fogão. Ela colocou o jantar sobre a mesa e ao ver o menino, abraçou-o calorosamente e ele lhes disse o quanto os amava.

Seus pais sorriram, admirados com tamanha demonstração de afeto, e o menino disse:

— Tenho tantas coisas a lhes falar, mas com palavras mal sei dizer...

E aproximando-se da mesa puxou uma cadeira para se sentar em seu canto de mesa habitual e ao sentir o assento sentiu outra coisa além da cadeira: algo a se espatifar dentro dos bolsos de trás das suas calças e Jonas imediatamente se levantou.

Ele já sabia, mesmo antes deste ato acontecer, que tudo, de alguma forma, fora verdade. E sua mãe, notando uma expressão estranha em seu rosto, perguntou:
— James, meu bem, o que houve?

E Jonas respondeu:
Nada, mãe, foram apenas os figos que se esmagaram...

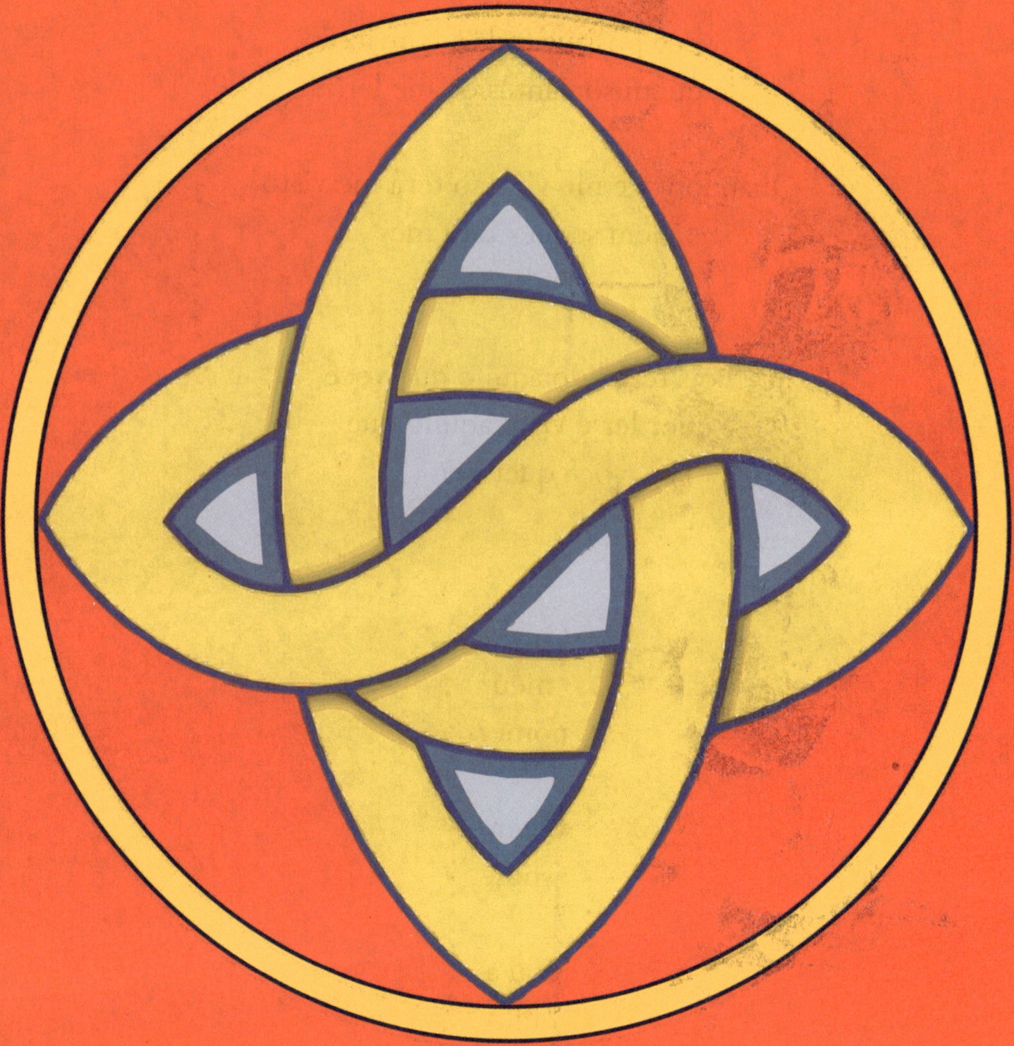

## Diálogo entre a Palavra e os Olhos que Vagam

Se você possuir toda a convicção
de quem sou antes de me ler...

Quando você me vir não terá me visto
nem sequer terá me
lido.

Pois terá lido aquilo que você
quer ler e visto aquilo que
você quer ver.

Qual é
meu
nome?

Quem
sou?

Sou a
quilo
que sou:

**UEUEMEDARVALAP**

*Na planta do pé direito do Menestrel estava escrito*

Construo um diálogo não visando a certeza da opinião implacável, mas o diálogo de uma discussão de forma artística. Esta é uma forma de avançar degraus: contemplando a beleza da arte do debate, olhando para a pessoa não como adversário, mas como um espelho, um irmão. Debato com o próximo para achar soluções, e não para ter a certeza. Eu não disputo a autoridade do saber, eu procuro encontrá-la junto com o próximo, vendo-me eu dentro dele, assim como ele dentro de mim.

Na planta do pé esquerdo do
Menestrel estava escrito

Eu não dou certezas,
mas sim caminhos (meios),
pois as certezas estão
dentro de ti, e que
posso eu, senão,
tentar aflorá-las?

**5 1 1 3 5 4
4 5 4 9 3 9 7 6 1**

# COMO SE CIFROU A MENSAGEM

Algumas palavras do texto foram escritas nas cores que, neste livro, constam da Tabela Pitagórica ou seja, azul, verde e rosa.

Estas palavras, devidamente analisadas conforme explicações a seguir, dão origem às letras necessárias à decodificação da mensagem cifrada.

## Orientações para decodificar a parte cifrada

Para decifrar o Código, você, leitor, deverá:

- Observar que a Tabela Pitagórica, inserida no capítulo 4 deste livro e disponibilizada no marcador de páginas, é formada por algarismos e letras que estão distribuídas em colunas de diferentes cores.

- Observar que cada algarismo corresponde a três diferentes letras.

- Observar que no livro há palavras grafadas em diferentes cores, iguais às cores da Tabela Pitagórica (azul, verde e rosa).

- Usar a Tabela Pitagórica para encontrar o valor de cada letra da palavra analisada, inicialmente sem se preocupar com as cores, apenas verificando os valores numéricos de cada letra.

- Em seguida somar esses valores até obter a soma total.

- Se o total da palavra for um número composto por mais de um algarismo, somam-se esses algarismos até obter um número de um único algarismo, conforme se mostra a seguir, no exemplo em que analisamos a palavra FECHA (grafada em azul):

- F = 06
- E = 05
- C = 03
- H = 08
- A = 01

TOTAL = 23

$$F + E + C + H + A$$
$$06 + 05 + 03 + 08 + 01$$

Como o total da palavra foi um número composto por dois algarismos, estes devem ser somados. Ou seja:

$$TOTAL\ 23 = 2 + 3 = 5$$

Assim, a palavra FECHA tem valor numérico igual a "5".

- Feito isso, volta-se à Tabela Pitagórica, e na coluna formada por números, encontra-se o algarismo "5".

- Estando a palavra FECHA grafada em azul, observa-se que a letra que corresponde ao número "5" na coluna azul é a letra E. Portanto, a palavra FECHA tem valor numérico "5" e equivale à letra E.

OBSERVE:

Se a palavra FECHA estivesse grafada em outra cor, o valor numérico seria o mesmo, mas a LETRA correspondente seria outra. Veja:

FECHA = 23 = 2+3 = 5 = 5 azul = E
FECHA = 23 = 2+3 = 5 = 5 verde = N
FECHA = 23 = 2+3 = 5 = 5 rosa = W

- Assim você deverá analisar cada palavra grafada em cor igual a uma das colunas da tabela, somando os algarismos que correspondem a cada letra da referida palavra.

- O resultado final da SOMA dos valores das letras de cada palavra destacada indica uma letra, conforme o algarismo que lhe corresponde na Tabela Pitagórica.

- Esta LETRA será aquela que estiver na coluna de cor idêntica à da palavra destacada.

- ESTAS LETRAS (resultantes da soma das letras das palavras destacadas), colocadas uma ao lado da outra ou na vertical, em coluna, e lidas na sequência em que se apresentam, formam as palavras que representam a mensagem decodificada.

ATENÇÃO:
- Observe que, por vezes, a palavra está seguida de um algarismo em tamanho menor, como se fosse indicação de notas de rodapé. No entanto não se trata de nota de rodapé mas de complementação do valor da palavra em questão para ajustá-la ao valor necessário à decifração do código. Sempre que isso ocorrer o valor desse algarismo colocado após a palavra deverá ser somado ao valor final da soma dos valores das letras da referida palavra, conforme poderá ser observado nas páginas seguintes nas quais, para melhor esclarecer o assunto, apresentamos além de exemplos, algumas palavras já decodificadas da mensagem cifrada.

- NÃO ESQUEÇA: No caso de uma palavra com uma só letra, pode, inclusive, mas não necessariamente, haver coincidência entre a letra e o seu valor numérico. Por exemplo: A letra " O" vale 6 e pode representar "O" se estiver grafada em verde. Mas se estiver grafada em azul, valerá 6 e representará a letra "F").

Veja este exemplo. Observe a frase:

**JOVEM, RESPEITA SEMPRE A TUA MÃE!**

Suponha que:

As palavras "JOVEM", "SEMPRE" e "A" não estão destacadas.

A palavra RESPEITA está destacada em AZUL.

A palavra TUA está destacada em VERDE.

A palavra MÃE está destacada em ROSA.

R + E + S + P + E + I + T + A
9 + 5 + 1 + 7 + 5 + 9 + 2 + 1 = 39

— 39 = 3 + 9 = 12
— 12 = 1 + 2 = 3 AZUL = C

T + U + A
2 + 3 + 1 = 6 VERDE = O

M + A + E
4 + 1 + 5 = 10

— 10 = 1 + 0 = 1 ROSA = S

Neste exemplo, na frase cifrada, as palavras "RESPEITA TUA MÃE" equivalem a C + O + S.

C + O + S = CÓS

A palavra CÓS significa: faixa de pano reforçada que, em certas roupas, especialmente calças e saias, cinge a cintura, servindo de remate; cinta, cinto, cintura).

OBSERVE:

CADA LETRA da palavra corresponde a um número. A soma dos números corresponde a um número e a uma letra.

A soma das letras corresponde a uma palavra decodificada ou representa o espaço entre uma palavra e outra.

E a soma das palavras corresponde a uma frase.

Nesta frase não inserimos palavras que representem o espaço entre uma palavra e outra, mas no correr do texto, no livro, esses espaços são respeitados e também estão cifrados, como você verá mais adiante.

A palavra "CÓS" também pode ser decodificada e equivalerá a uma letra. Para treinar, descubra qual é esta letra, supondo que esta palavra ("CÓS") esteja grafada na cor azul.

Para saber se acertou olhe a resposta ao pé desta página.

RESPOSTA: 1 = A

# EXEMPLO: tabela de decifração

| | | | | | | | | | | | | | VALOR NUMÉRICO | LETRA |
|---|---|---|---|---|---|---|---|---|---|---|---|---|---|---|
| P | I | A | R | | | | | | | | | | | |
| 7 | 9 | 1 | 9 | = | 26 | | | | | | | | | H |
| | | 2 | 6 | = | 8 | | | | | | | | 8 | |

| S | O | B | R | E | S | S | A | L | T | O | | | | |
|---|---|---|---|---|---|---|---|---|---|---|---|---|---|---|
| 1 | 6 | 2 | 9 | 5 | 1 | 1 | 1 | 3 | 2 | 6 | = | 37 | | Á |
| | | | | | | | 3 | 7 | = | 10 | | | 1 | |

| P | Õ | E | | | | | | | | | | | | |
|---|---|---|---|---|---|---|---|---|---|---|---|---|---|---|
| 7 | 6 | 5 | = | 18 | | | | | | | | | | — |
| | 1 | 8 | = | 9 | | | | | | | | | 9 | |

| A | | | | | | | | | | | | | | |
|---|---|---|---|---|---|---|---|---|---|---|---|---|---|---|
| 1 | = | 1 | | | | | | | | | | | 1 | A |

| C | U | L | P | A | | | | | | | | | | |
|---|---|---|---|---|---|---|---|---|---|---|---|---|---|---|
| 3 | 3 | 3 | 7 | 1 | = | 17 | | | | | | | | Q |
| | | | 1 | 7 | = | 8 | | | | | | | 8 | |

| P | E | N | S | $A^2$ | | | | | | | | | | |
|---|---|---|---|---|---|---|---|---|---|---|---|---|---|---|
| 7 | 5 | 5 | 1 | 1 | = | $19^2$ | | | | | | | | U |
| | | | 1 | $9^2$ | = | $10^2$ | | | | | | | | |
| | | | 1 | 0 | 2 | = | 3 | | | | | | 3 | |

| E | | | | | | | | | | | | | | |
|---|---|---|---|---|---|---|---|---|---|---|---|---|---|---|
| 5 | = | 5 | | | | | | | | | | | 5 | E |

| F | A | Z | E | $R^1$ | | | | | | | | | | |
|---|---|---|---|---|---|---|---|---|---|---|---|---|---|---|
| 6 | 1 | 8 | 5 | 9 | = | $29^1$ | | | | | | | | L |
| | | 2 | $9^1$ | = | $11^1$ | | | | | | | | | |
| | | 1 | 1 | 1 | = | 3 | | | | | | | 3 | |

| E | | | | | | | | | | | | | | |
|---|---|---|---|---|---|---|---|---|---|---|---|---|---|---|
| 5 | = | 5 | | | | | | | | | | | 5 | E |

|   |   |   |   |   |   |   |   |   |   |   | VALOR NUMÉRICO | LETRA |
|---|---|---|---|---|---|---|---|---|---|---|---|---|
| T | R | O | U | X | A |   |   |   |   |   |   |   |
| 2 | 9 | 6 | 3 | 6 | 1 | = | **27** |   |   |   |   | — |
|   |   |   | 2 | 7 | = | **9** |   |   |   |   | **9** |   |

|   |   |   |   |   |   |   |   |   |   |   |   |   |
|---|---|---|---|---|---|---|---|---|---|---|---|---|
| C | O | L | O | C | A | - | A$^3$ |   |   |   |   |   |
| 3 | 6 | 3 | 6 | 3 | 1 |   | 1$^3$ | = | **23$^3$** |   |   | Q |
|   |   |   |   |   |   | 2 | 3$^3$ | = | **5$^3$** |   |   |   |
|   |   |   |   |   |   | 5 | 3 | = | **8** |   | **8** |   |

|   |   |   |   |   |   |   |   |   |   |   |   |   |
|---|---|---|---|---|---|---|---|---|---|---|---|---|
| A | L | G | U | N | S$^1$ |   |   |   |   |   |   |   |
| 1 | 3 | 7 | 3 | 5 | 1$^1$ | = | **20$^1$** |   |   |   |   | U |
|   |   |   |   | 2 | 0$^1$ | = | **3** |   |   |   | **3** |   |

|   |   |   |   |   |   |   |
|---|---|---|---|---|---|---|
| D | A |   |   |   |   |   |
| 4 | 1 | = | **5** |   | **5** | E |

|   |   |   |   |   |   |   |
|---|---|---|---|---|---|---|
| E | S | T | A |   |   |   |
| 5 | 1 | 2 | 1 | = | **9** |   |
|   |   |   |   |   | **9** | — |

|   |   |   |   |   |   |   |   |   |
|---|---|---|---|---|---|---|---|---|
| M | E | S | M | A$^1$ |   |   |   |   |
| 4 | 5 | 1 | 4 | 1$^1$ | = | **15$^1$** |   |   |
|   |   |   | 1 | 5$^1$ | = | **6$^1$** |   | G |
|   |   |   | 6 | 1 | = | **7** | **7** |   |

|   |   |   |   |   |   |   |   |
|---|---|---|---|---|---|---|---|
| C | O | R | T | A |   |   |   |
| 3 | 6 | 9 | 2 | 1 | = | **21** |   |
|   |   |   | 2 | 1 | = | **3** | **3** | U |

|   |   |   |   |
|---|---|---|---|
| A |   |   |   |
| 1 | = | **1** | **1** | A |

|   |   |   |   |   |
|---|---|---|---|---|
| D | E |   |   |   |
| 4 | 5 | = | **9** | **9** | R |

|   |   |   |   |   |   |   |
|---|---|---|---|---|---|---|
| V | I | V | E | R |   |   |
| 4 | 9 | 4 | 5 | 9 | = | **31** |
|   |   |   | 3 | 1 | = | **4** | **4** | D |

|   |   |   |   |   |   |   |   |   |
|---|---|---|---|---|---|---|---|---|
| S | O | L |   |   |   |   |   |   |
| 1 | 6 | 3 | = | **10** |   | 1 | 0 | = | **1** | **1** | A |

# GABARITO

| | | | | | | | | |
|---|---|---|---|---|---|---|---|---|
| 1 | Piar | 8 | H | | 32 | Eu | 8 | H |
| 2 | Sobressalto | 1 | Á | | 33 | A | 1 | Á |
| 3 | Põe | 9 | ---- | | 34 | Homem | 9 | ---- |
| 4 | A | 1 | A | | 35 | A | 1 | A |
| 5 | Culpa | 8 | Q | | 36 | Hem | 8 | Q |
| 6 | Pensa[2] | 3 | U | | 37 | Ainda[1] | 3 | U |
| 7 | E | 5 | E | | 38 | E | 5 | E |
| 8 | Fazer | 3 | L | | 39 | Diz | 3 | L |
| 9 | E | 5 | E | | 40 | Senhor[7] | 5 | E |
| 10 | Trouxa | 9 | ---- | | 41 | Vê | 9 | ---- |
| 11 | Coloca-a[3] | 8 | Q | | 42 | Eu | 8 | Q |
| 12 | Alguns | 3 | U | | 43 | James | 3 | U |
| 13 | Da | 5 | E | | 44 | Igual | 5 | E |
| 14 | Esta | 9 | ---- | | 45 | Velhos | 9 | ---- |
| 15 | Mesma[1] | 7 | G | | 46 | Quem | 2 | T |
| 16 | Corta | 3 | U | | 47 | Da | 5 | E |
| 17 | A | 1 | A | | 48 | Com | 4 | M |
| 18 | De | 9 | R | | 49 | Coleira | 9 | ---- |
| 19 | Viver | 4 | D | | 50 | Mas | 6 | O |
| 20 | Sol | 1 | A | | 51 | De | 9 | ---- |
| 21 | Cuja | 9 | ---- | | 52 | Senhor[3] | 1 | S |
| 22 | O | 6 | O | | 53 | Garoto[1] | 5 | E |
| 23 | Voz | 9 | ---- | | 54 | Rapidamente | 7 | G |
| 24 | Que[3] | 1 | S | | 55 | Estende | 9 | R |
| 25 | É | 5 | E | | 56 | E | 5 | E |
| 26 | Um | 7 | G | | 57 | Numa | 4 | D |
| 27 | Homem | 9 | R | | 58 | Muito | 6 | O |
| 28 | Da | 5 | E | | 59 | Errante | 9 | ---- |
| 29 | Questiona | 4 | D | | 60 | Retira | 8 | H |
| 30 | Responde | 6 | O | | 61 | Questiona[6] | 1 | Á |
| 31 | De | 9 | ---- | | 62 | Algum | 9 | ---- |

Jonas no mundo das ideias

| # | Word | # | Letter |
|---|---|---|---|
| 63 | Tipo | 6 | O |
| 64 | Sabe[1] | 1 | S |
| 65 | Convém | 9 | ---- |
| 66 | Eu | 8 | Q |
| 67 | Acabei | 3 | U |
| 68 | Puxando | 5 | E |
| 69 | Errante | 9 | ---- |
| 70 | Já | 2 | B |
| 71 | Não | 3 | U |
| 72 | Relação | 1 | S |
| 73 | Nos | 3 | C |
| 74 | Como | 1 | A |
| 75 | Garoto | 4 | M |
| 76 | Para | 9 | ---- |
| 77 | Conduta | 6 | O |
| 78 | Ou | 9 | ---- |
| 79 | Voce[1] | 1 | S |
| 80 | É | 5 | E |
| 81 | Ameaçador | 7 | G |
| 82 | Para | 9 | R |
| 83 | É | 5 | E |
| 84 | James[1] | 4 | D |
| 85 | O | 6 | O |
| 86 | De | 9 | ---- |
| 87 | Sua | 5 | E |
| 88 | Errante | 9 | ---- |
| 89 | A | 1 | S |
| 90 | Sobre | 5 | E |
| 91 | Conversando | 4 | M |
| 92 | Um | 7 | P |
| 93 | Me | 9 | R |
| 94 | E | 5 | E |
| 95 | Menestrel | 9 | ---- |
| 96 | O | 6 | O |
| 97 | De | 9 | ---- |
| 98 | Tentou[6] | 2 | B |
| 99 | James | 3 | U |
| 100 | Pensar | 1 | S |
| 101 | Entender[8] | 3 | C |
| 102 | Si | 1 | A |
| 103 | De | 9 | R |
| 104 | Elas | 1 | A |
| 105 | Próprias | 4 | M |
| 106 | Está | 9 | ---- |
| 107 | Ponto | 8 | H |
| 108 | Eram | 1 | Á |
| 109 | Para | 9 | ---- |
| 110 | Tem | 2 | T |
| 111 | Peguei[1] | 1 | A |
| 112 | Figuelra | 4 | M |
| 113 | Tem | 2 | B |
| 114 | Pois | 5 | É |
| 115 | Com | 4 | M |
| 116 | Possui | 9 | ---- |
| 117 | Mais | 6 | O |
| 118 | Sobre[5] | 1 | S |
| 119 | De | 9 | ---- |
| 120 | São | 8 | Q |
| 121 | Meu | 3 | U |
| 122 | E | 5 | E |
| 123 | Bolso | 9 | ---- |
| 124 | Sim | 5 | N |
| 125 | Tá | 3 | U |
| 126 | É | 5 | N |
| 127 | Quatro[1] | 3 | C |
| 128 | Maduros | 1 | A |

| # | Palavra | Nº | Letra |
|---|---|---|---|
| 129 | Bolso | 9 | ---- |
| 130 | Vasculhar | 6 | O |
| 131 | Frutos | 9 | ---- |
| 132 | E | 5 | E |
| 133 | Incrivelmente | 5 | N |
| 134 | Diz | 3 | C |
| 135 | Mirou[2] | 6 | O |
| 136 | Algo[6] | 5 | N |
| 137 | Emudeceu[6] | 2 | T |
| 138 | De | 9 | R |
| 139 | Figo | 1 | A |
| 140 | Homem | 9 | R |
| 141 | Como | 1 | Ã |
| 142 | Chegar | 6 | O |
| 143 | Ou | 9 | ---- |
| 144 | De | 9 | I |
| 145 | Não[7] | 1 | S |
| 146 | Meu[7] | 1 | S |
| 147 | O | 6 | O |
| 148 | Errante | 9 | ---- |
| 149 | Menino | 7 | P |
| 150 | Muito | 6 | O |
| 151 | De | 9 | R |
| 152 | Cabeça[2] | 8 | Q |
| 153 | James | 3 | U |
| 154 | E | 5 | E |
| 155 | De | 9 | --- |
| 156 | Começa[4] | 8 | H |
| 157 | A | 1 | Á |
| 158 | Em | 9 | ---- |
| 159 | Chama | 8 | Q |
| 160 | Tentando | 3 | U |
| 161 | Palito[4] | 5 | E |
| 162 | Porém | 4 | M |
| 163 | Forma[1] | 9 | ---- |
| 164 | Incontável | 7 | G |
| 165 | Assim[5] | 3 | U |
| 166 | Então | 1 | A |
| 167 | Me | 9 | R |
| 168 | Acha[4] | 4 | D |
| 169 | O[4] | 1 | A |
| 170 | Entendido | 9 | ---- |
| 171 | Tudo | 6 | O |
| 172 | Em | 9 | ---- |
| 173 | A | 1 | S |
| 174 | E | 5 | E |
| 175 | Observando | 7 | G |
| 176 | Menino[2] | 9 | R |
| 177 | Com[1] | 5 | E |
| 178 | Ele | 4 | D |
| 179 | O | 6 | O |
| 180 | Lhe[2] | 9 | ---- |
| 181 | Sim | 5 | E |
| 182 | Você | 9 | ---- |
| 183 | A | 1 | S |
| 184 | Fica | 1 | A |
| 185 | Com[7] | 2 | B |
| 186 | Resposta | 5 | E |
| 187 | Saber | 9 | ---- |
| 188 | Da[2] | 7 | G |
| 189 | Menestrel | 3 | U |
| 190 | Como | 1 | A |
| 191 | Ela | 9 | R |
| 192 | E[8] | 4 | D |
| 193 | Figo | 1 | Á |
| 194 | Única | 3 | L |
| 195 | O | 6 | O |
| 196 | Seu | 9 | ---- |

| # | Word | # | Letter |
|---|---|---|---|
| 197 | Que | 7 | P |
| 198 | Onde[4] | 6 | O |
| 199 | Parar | 9 | I |
| 200 | A | 1 | S |
| 201 | Uma[1] | 9 | ---- |
| 202 | Sem[2] | 3 | C |
| 203 | Fôlego | 6 | O |
| 204 | Grandeza | 4 | M |
| 205 | Desse | 7 | P |
| 206 | Túnel | 9 | R |
| 207 | Sinto | 5 | E |
| 208 | Sinto | 5 | E |
| 209 | É | 5 | N |
| 210 | Ele | 4 | D |
| 211 | A[4] | 5 | E |
| 212 | Você | 9 | ---- |
| 213 | Uma | 8 | Q |
| 214 | Não | 3 | U |
| 215 | E | 5 | E |
| 216 | Quase | 9 | ---- |
| 217 | O | 6 | O |
| 218 | Em | 9 | ---- |
| 219 | Sinal | 1 | S |
| 220 | A[4] | 5 | E |
| 221 | Afinal | 7 | G |
| 222 | Há | 9 | R |
| 223 | Arábia | 5 | E |
| 224 | Criança | 4 | D |
| 225 | Anos[2] | 6 | O |
| 226 | Vida | 9 | ---- |
| 227 | Ao[6] | 4 | M |
| 228 | Então | 1 | A |
| 229 | Em | 9 | I |
| 230 | Suspense | 1 | S |

| # | Word | # | Letter |
|---|---|---|---|
| 231 | De | 9 | ---- |
| 232 | Dois | 2 | B |
| 233 | Depois | 5 | E |
| 234 | Porém | 4 | M |
| 235 | Ei[4] | 9 | ---- |
| 236 | Senhor | 7 | G |
| 237 | Não | 3 | U |
| 238 | Eu[2] | 1 | A |
| 239 | Minha | 9 | R |
| 240 | Numa | 4 | D |
| 241 | As[8] | 1 | A |
| 242 | Trens | 4 | D |
| 243 | Suportam | 6 | O |
| 244 | Túnel | 9 | ---- |
| 245 | E | 5 | É |
| 246 | Percebe | 9 | ---- |
| 247 | O | 6 | O |
| 248 | Uma[1] | 9 | ---- |
| 249 | Dele | 8 | Q |
| 250 | Meu | 3 | U |
| 251 | Verdade | 5 | E |
| 252 | Túnel | 9 | ---- |
| 253 | Andar | 2 | T |
| 254 | O | 6 | O |
| 255 | Com | 4 | D |
| 256 | Teto | 6 | O |
| 257 | Então | 1 | S |
| 258 | Em | 9 | ---- |
| 259 | Um | 7 | P |
| 260 | Mas | 6 | O |
| 261 | Acha | 4 | D |
| 262 | Por[1] | 5 | E |
| 263 | Por | 4 | M |
| 264 | Me | 9 | ---- |

| | | | |
|---|---|---|---|
| 265 | Você | 9 | I |
| 266 | Só | 7 | G |
| 267 | Da | 5 | N |
| 268 | Luz[1] | 6 | O |
| 269 | Túnel | 9 | R |
| 270 | Sim[5] | 1 | A |
| 271 | Quando | 9 | R |
| 272 | Você | 9 | ---- |
| 273 | Só | 7 | P |
| 274 | Olhos | 6 | O |
| 275 | Seu | 9 | R |
| 276 | Um[1] | 8 | Q |
| 277 | Elástico | 3 | U |
| 278 | Da | 5 | E |
| 279 | Para | 9 | ---- |
| 280 | Da | 5 | E |
| 281 | Do | 1 | S |
| 282 | Fora[7] | 2 | T |
| 283 | Do | 1 | Á |
| 284 | De | 9 | ---- |
| 285 | Repente | 2 | B |
| 286 | Pernas | 1 | A |
| 287 | A | 1 | S |
| 288 | E | 5 | E |
| 289 | Como | 1 | A |
| 290 | Uma[5] | 4 | D |
| 291 | Abriu | 6 | O |
| 292 | Chão | 9 | ---- |
| 293 | E | 5 | N |
| 294 | Num | 3 | U |
| 295 | Menestrel[1] | 4 | M |
| 296 | Para | 9 | ---- |
| 297 | Corpo | 4 | D |
| 298 | Então[5] | 6 | O |
| 299 | Virou-se | 1 | S |
| 300 | Para | 9 | ---- |
| 301 | Era | 6 | F |
| 302 | Não | 3 | U |
| 303 | Lugar | 5 | N |
| 304 | Parede | 4 | D |
| 305 | Do | 1 | A |
| 306 | Ele | 4 | M |
| 307 | Sua | 5 | E |
| 308 | E | 5 | N |
| 309 | Fala | 2 | T |
| 310 | Sua[1] | 6 | O |
| 311 | A | 1 | S |
| 312 | Túnel | 9 | ---- |
| 313 | Com | 4 | D |
| 314 | A | 1 | A |
| 315 | Olha | 9 | ---- |
| 316 | Garoto | 4 | V |
| 317 | E | 5 | E |
| 318 | Não | 3 | L |
| 319 | Seja | 8 | H |
| 320 | Tolo[2] | 1 | A |
| 321 | Em | 9 | ---- |
| 322 | Entrar | 4 | V |
| 323 | E | 5 | E |
| 324 | Em | 9 | R |
| 325 | Porém | 4 | D |
| 326 | Então | 1 | A |
| 327 | Com | 4 | D |
| 328 | James[2] | 5 | E: |
| 329 | De | 9 | ---- |
| 330 | Do | 1 | A |

Jonas no mundo das ideias

| | | | |
|---|---|---|---|
| 331 | Voltados | 9 | ---- |
| 332 | Parede | 4 | D |
| 333 | Dela[1] | 5 | E |
| 334 | De | 9 | ---- |
| 335 | Olhou | 8 | Q |
| 336 | Não | 3 | U |
| 337 | Ele[1] | 5 | E |
| 338 | Para | 9 | ---- |
| 339 | Essa | 8 | Q |
| 340 | Não | 3 | U |
| 341 | Pois | 5 | E |
| 342 | Com | 4 | M |
| 343 | Conseguindo | 9 | ---- |
| 344 | Polegar | 2 | T |
| 345 | Da | 5 | E |
| 346 | Parede | 4 | M |
| 347 | Respondeu | 9 | ---- |
| 348 | Mais | 6 | O |
| 349 | Vez[1] | 9 | ---- |
| 350 | Menestrel | 3 | C |
| 351 | O | 6 | O |
| 352 | E | 5 | N |
| 353 | Uma | 8 | H |
| 354 | E | 5 | E |
| 355 | Menestrel | 3 | C |
| 356 | Não[6] | 9 | I |
| 357 | Com | 4 | M |
| 358 | Ênfase | 5 | E |
| 359 | Você[5] | 5 | N |
| 360 | Sentisse | 2 | T |
| 361 | Se | 6 | O |
| 362 | De | 9 | ---- |
| 363 | Jeito | 5 | E |

| | | | |
|---|---|---|---|
| 364 | Para | 9 | ---- |
| 365 | Da | 5 | N |
| 366 | De[3] | 3 | U |
| 367 | Encostar | 5 | N |
| 368 | Menestrel | 3 | C |
| 369 | Não[7] | 1 | A |
| 370 | Há | 9 | ---- |
| 371 | Que[8] | 6 | O |
| 372 | De | 9 | ---- |
| 373 | Sentidas[2] | 3 | U |
| 374 | Dedo | 1 | S |
| 375 | Diga[7] | 1 | A |
| 376 | Sente | 9 | ---- |
| 377 | Muro[1] | 5 | É |
| 378 | Ah | 9 | ---- |
| 379 | James | 3 | C |
| 380 | Na | 6 | O |
| 381 | Um[6] | 4 | M |
| 382 | Qual | 6 | O |
| 383 | Uma[1] | 9 | ---- |
| 384 | Como | 1 | S |
| 385 | Não[2] | 5 | E |
| 386 | Sabe | 9 | ---- |
| 387 | Atrás | 5 | N |
| 388 | Pelo | 3 | U |
| 389 | Agulha | 5 | N |
| 390 | Pessoa | 3 | C |
| 391 | Aí | 1 | A |
| 392 | Deixamos | 9 | ---- |
| 393 | Esse[3] | 6 | O |
| 394 | Para | 9 | ---- |
| 395 | Que[4] | 2 | T |
| 396 | Para | 9 | I |

| # | Word | # | Letter |
|---|---|---|---|
| 397 | Que[6] | 4 | V |
| 398 | Dizendo | 5 | E |
| 399 | Casa[4] | 1 | S |
| 400 | Por[6] | 1 | S |
| 401 | E | 5 | E |
| 402 | Sob | 9 | ---- |
| 403 | Mares | 2 | T |
| 404 | Oceanos | 9 | I |
| 405 | Além | 4 | D |
| 406 | Deles | 6 | O |
| 407 | Minha | 9 | ---- |
| 408 | Sem | 1 | A |
| 409 | Isso[2] | 1 | S |
| 410 | Um[3] | 1 | S |
| 411 | De | 9 | I |
| 412 | Tá[1] | 4 | M |
| 413 | De | 9 | ---- |
| 414 | Vezes | 5 | E |
| 415 | Nós | 3 | U |
| 416 | Quando | 9 | ---- |
| 417 | Não | 3 | L |
| 418 | Distância | 8 | H |
| 419 | Você[5] | 5 | E |
| 420 | Só[2] | 9 | ---- |
| 421 | Os[6] | 4 | D |
| 422 | Carrega-os | 6 | O |
| 423 | Menestrel | 3 | U |
| 424 | Encontravam | 9 | ---- |
| 425 | Esse[8] | 8 | T |
| 426 | Das | 6 | O |
| 427 | Onde[2] | 4 | D |
| 428 | Nasce | 6 | O |
| 429 | Sim[5] | 1 | S |
| 430 | De | 9 | ---- |
| 431 | Ter[8] | 6 | O |
| 432 | Como | 1 | S |
| 433 | Nasceu | 9 | ---- |
| 434 | Entrar | 4 | M |
| 435 | Mãe[4] | 5 | E |
| 436 | Hã | 9 | I |
| 437 | Nascer | 6 | O |
| 438 | Somente | 1 | S |
| 439 | Você | 9 | ---- |
| 440 | Quer | 7 | P |
| 441 | Bom[7] | 1 | A |
| 442 | Maravilhoso[2] | 9 | R |
| 443 | E[5] | 1 | A |
| 444 | Ver | 9 | ---- |
| 445 | Com | 4 | D |
| 446 | Vai | 5 | E |
| 447 | Bem[1] | 3 | C |
| 448 | Para | 9 | I |
| 449 | Tudo | 6 | F |
| 450 | Colocava | 9 | R |
| 451 | Olhe[6] | 1 | A |
| 452 | Para | 9 | R |
| 453 | Para | 9 | ---- |
| 454 | Dê[5] | 5 | E |
| 455 | Torno | 1 | S |
| 456 | Mesmo | 2 | T |
| 457 | Isso[6] | 5 | E |
| 458 | Ah | 9 | ---- |
| 459 | Não | 3 | C |
| 460 | Tem[4] | 6 | Ó |
| 461 | Não[1] | 4 | D |
| 462 | Você | 9 | I |
| 463 | Acabou | 7 | G |
| 464 | Nascer | 6 | O |
| 465 | Ah | 9 | ---- |

Jonas no mundo das ideias

?

1839951219
691579546
91291!

Há aquele que guarda o segredo. Há aquele que tem o segredo. Há os que buscam o segredo e sempre o buscaram. Há também os que nunca o encontrarão.

Isso porque há quem guarda o segredo e sabe guardá-lo pois compreende que o segredo mais bem guardado é o que todos podem ignorar porque está baseado num dos fundamentos da velha verdade: a de que quem tem o conhecimento e nunca o usa é como se nunca o tivesse tido. Assim, eu lhe dou todos os meios para decifrar este código e conhecer o segredo.

**Parte da mensagem NÃO cifrada no livro:**

E a verdade escancarada é assim tão citada que se torna banalizada; e mesmo sendo a verdade fato ela cai na descrença.

Para conhecer o segredo deve-se ter merecido conhecê-lo, deve-se procurar investigar antes a si próprio para depois procurar por ele. Sem ser afoito. Antes aprendendo com o tempo para que através do saber aguardar não tropece.

E o que acontece com quem vê o segredo como banal?
Não o vê. Assim está preservado o segredo pela descrença ou está preservado pela torre de Babel: perdido por fórmulas e línguas.

O que é um pão sem a receita certa? Não é pão; o pão não é feito apenas pelos ingredientes mas pela combinação exata destes: a receita e o modo de fazer.

Assim só quem compreende tem entendimento. A receita é que pode, aos poucos, preparar o iniciado, mostrando-lhe quão perto dele está o segredo, e que só aos poucos se tiram os véus, pois quando a trama está bem feita seus nós só se desfazem lentamente para não se perder a linha ou atar mais fortemente o ponto.

Para bem ilustrar o segredo, ele é como o homem andando sobre o Planeta Terra... Quando ainda vivia em cavernas, o homem não podia conceber que o Planeta Terra é redondo, que ele pisava em algo tão grande que ele não podia ver.

O segredo está tão perto, embaixo dos seus pés, o segredo é tão grande que você não pode ver. O segredo é paradoxo pois o maior segredo é não haver segredo, já que todo o conhecimento está disponível para todos: basta querer, de fato, desvendá-lo.

FONTE: Perpetua
PAPEL: Luxcream 60g/m²
IMPRESSÃO: Retec

#Talentos da Literatura Brasileira
nas redes sociais